고구려 역사소설

해명태자와 다물(多勿)

봉 필 현 지음

도서출판 동 강

봉필현 장편소설

해명태자와 다물(多勿)

머리말

나는 현대를 살아가는 사람이면서 중국을 별로 좋아하지 않는다. 물론 우리 조상의 잘못으로 우리 고유의 고조선 옛 땅을 회복 못하고 한반도로 쫓겨 내려와 살고 있지만 고조선 옛 땅만 회복했다면 우리는 세계 어느 곳에 나가도 당당한 나라로 군림할 수 있을 것이다. 요즈음 들어 사드문제로 많이 시끄럽다. 중국이 가장 사드 문제에 대해 민감하게 반응하고 있다. 자기나라에 조금이라도 해가 되는 일이라면 그냥 보고 넘기지를 못한다. 대국(大國)이라는 나라가 대국(大國)답지 못하게 소국(小國)만도 못한 행동을 하고 있는 것이다. 사실 사드는 미국이 미국의 이익을 위하여 한국에 배치한 무기다. 그러나 중국은 강대국(强大國)인 미국에게는 한마디 제대로 말도 못한 채 약소국인 한국만 괴롭히며 보복을 일삼고 있다. 남의 나라 역사까지도 자기나라 역사라고 거짓을 하는 나라와 무슨 대화를 할 수 있으랴마는 힘이 약해서 한마디도 바른말 못하는 우리 정부의 위정자들도 한심하기는 마찬가지다. 한국이 마치 자신들의 속국인 양 함부로 말을 해도 고개 숙이며 굽실거리는 정치인들을 볼 때 10년 전 먹은 것이 올라옴을 느낀다. 중국이란 나라 만약 조선의 이순신 장군이 없었다면 임진왜란 때 중국은 최소한 일본과의 전쟁에서 지지는 않았다 가정해도 조선은 말할 것도 없었겠지만 중국 또한 쑥대밭이 되었을 것은 빤한 일이고 우리가 36년간 일본의 압제를 받았을 때 우리의 독립투사들이 만주 곳곳에서 일본군과 싸워 그들에게 막대한 피해를 주지 안았다면 중국은 더 큰 피해를 보았을 것이다. 그럼에도 불구하고 그들은 중국에 조그만 피해가 오는 것 같으면 제후국을 닦달하듯이 우리에게 가차 없이 보복을 가한다. 이렇게 민감한 시기에 "해명태자와 다물"을 내놓게 되었다. 사실 역사적으로는 A4용지 1/3분량 정도밖에 안되는 역사를 한권의 책으로 만들어 낸다는 것은 쉬운 일은 아니었다. 그러나 정사에 의해 책을 써가며 가상의 인물도 등장 시키며 우리가 알지 못하는 사건들도 등장시켜가며 책을 썼다. 지금 이 시대에 아쉬운 것은 주몽이 고구려를 건국(建國)하며 시도했던 다물(多勿 : 옛 땅을 다시 찾음.)정신이다. 주몽이 40세로 요절하지 않고 조금만 더 살았더라면 또 그와 뜻이 같은 사람이 계속 왕위(王位)를 계승 했다고 한다면 역사는 달라졌을지도 모른다. 시인이나 예술인이 되었어야 할 유리왕이 왕이 되었으니 고구려의 역사가 많이 달라진 것이리라. 그런 관점에서 역사학자들이 생각하는 해명태자의 인물됨을 나는 판이하게 다른 인물로 묘사했다. 즉 다물(多勿 : 옛 땅을 다시 찾음.) 정신의 희생양이 된 것으로 다뤘다. 즉 전쟁을 싫어했던 아버지(유리왕)의 일파에 의해서 죽임을 당한 것이다. 힘이 강해서 남들이 쓰지 못하는 강한 활을 썼고 활달하고 진취적이었던 해명태자는 다물(多勿)정신을 계승하고도 남을 사람이라는 것을 작은 분량의 역사서에서도 읽을 수 있었기 때문이다.

만약 주몽의 다물(多勿)정신을 한민족(韓民族) 즉 고구려, 백제, 신라가 공유했다면 지금쯤 중화족(中華族)과 우리 한민족(韓民族)의 입장은 바뀌어 있을 것이다. 물론 세월이 흐른 뒤 태조대왕과 광개토태왕(光開土太王)과 같은 유능한 왕이 중국 전역을 정복하기도 해서 다물(多勿)정신을 계승한 듯 했지만 장수왕의 남하정책으로 또 다시 그 뜻을 이루지 못한 것은 두고두고 후회할 애석한 일이다. 부디 이 책을 읽으신 독자들은 자라나는 어린 아이들에게 고구려의 정신이 어떤 것이었는가를 가르쳐 지금은 아니더라도 더 많은 세월이 흐른 뒤에라도 광활했던 우리 고조선의 옛 땅 만주벌을 되찾는 계기가 되기를 바라는 마음이다. 그리고 이 책을 읽으며 중국이란 나라를 다시 한 번 생각하는 계기가 되길 바란다. 중국은 절대 우리의 우방이 될 수 있는 나라가 아니라는 것을...

2017년 7월 도봉산 자락에서 저자 봉 필 현 올림

Contents(차례)

1. 해명왕자와 아란비 공주의 첫 만남

넓은 초원 위를 말을 타고 세 사람이 쏜살같이 달리고 있다. 두 사람은 이십 이 삼 세를 전후한 청년이고 또 한 사람은 아직 어린 십 칠팔 세를 넘겼을까 말까 한 소년이다. 소년의 얼굴은 홍안으로 보이지만 골격은 두 청년에 전혀 뒤지 않을 만큼 단단해 보였고 상당히 준수한 용모에 말 타는 솜씨가 예사롭지가 않다. 두 청년 또한 상당히 출중한 신체를 가지고 있었고, 그 중 한 청년은 9척이나 될 법한 장신에 얼굴이 희고 날카로운 눈에서는 형형하게 광채가 뿜어 나오는 듯했다. 그들 셋은 모두 준수한 외모에 말 타는 솜씨가 예사로운 인물들이 아니라는 것을 말해주고 있다. 또 한 사람의 청년은 9척의 청년 보다는 약간 작았지만 잘 생긴 외모에 그 또한 말 타는 솜씨가 상당한 수준에 있다는 것을 알 수가 있었다. 세 사람은 마상(馬上)에서 어느 목표물을 향하여 활을 겨누고 있었지만 아직 화살을 날릴 자세는 취하지 않고 있다. 물체가 아직 화살을 날릴 사정권 안에 들어오지 않고 있기 때문이었다. 그들이 쫒고 있는 물체는 노루였다. 노루는 세 사람이 말을 타고 자신을 잡으러 오고 있다는 것을 알고 사력을 다하여 도밍을 하고 있있다. 그러나 마상(馬上)의 세 사람은 누가 먼저랄 것도 없이 동시에 갈라져 말을 몰기 시작했다. 가운데 사람은 같은 방향을 계속 달리고 있고 양쪽의 두 사람은 좌우로 벌어져 달리기 시작한다. 그들이 하는 것으로 보아 한 두 번의 훈련으로는 할 수 없는 일사불란한 행동이었고, 앞서 달리는 노루를 앞질러 포위하기 위한 잘 훈련된 움직임이었다. 노루를 포위하는 일은 순식간에 이루어졌다. 세 사람의 포위망에 걸린 노루는 도망하려고 안간 힘을 쓰지만 도망할 틈은 없고 포위망은 점점 좁혀져 오니 이리저리 날뛰는 모습이다. 노루가 포위망을 뚫고 도망하려고 하면 말이 더 빠르니 어느새 포위망은 더 좁혀지는 것이다. 노루와의 거리가 활을 쏠 수 있는 사정권 안에 들어오자 누가 먼저라고 할 것도 없이 세 사람은 노루를 향하여 화살을 날렸다. 화살은 동시에 시위를 떠나고 있었다. 그러자 도망하려고 이리 뛰고 저리 뛰던 노루가 공중으로 붕 뜨더니 한 바퀴 구르고는 숨을 크게 고른다. 그리고는 다리를 부르르 떨더니 목을 푹 떨어뜨렸다. 그들은 노루가 쓰러진 것을 확인하고 말에서 내려 노루의 몸에 박힌 화살을 살핀다. 자신들이 쏜 화살 중 누구의 것이 노루에게 치명상을 준 것인지 확인하는 절차였다. 홍안의 소년은 그동안 두 청년에게 번번이 졌기에 오늘은 전의를 불태우며 사냥에 임하고 있었던 것이다. 확인 결과 화살은 세 개가 모두 노루의 심장에 박혀 있었다.

"왕자님, 대단하십니다."

"오늘도 내가 또 졌는가?"

"아닙니다. 오늘은 왕자님의 화살이 정확히 노루의 심장에 박혔습니다. 세 사람의 화살이 똑같이 같은 곳에 박혔지만 세밀하게 보니 왕자님의 화살이 노루의 심장에 더 정확히 박혀 있습니다. 왕자님의 활 쏘는 솜씨가 하루가 다르게 늘더니 이젠 저희들을 앞지르고 말았습니다."

"아니야. 나는 백유와 설로의 솜씨를 따라 잡으려면 아직 멀었어. 오늘은 우연하게 그렇게 되었을 거야."

"아닙니다. 왕자님은 아직 약관이신데 왕자님처럼 강한 활을 쏠 수 있는 사람은 고구려에는 아니 어디에도 없을 겁니다. 저희들도 왕자님이 쓰는 활은 감히 당길 수 없는걸요."

"하하하, 그런가?"

이들 중 왕자라고 불리는 어린 소년은 고구려 유리왕의 둘째 아들 해명왕자였고 백유와 설로라고 불리는 두 사람은 해명왕자의 심복과도 같은 부하였다. 그들이 만난 것은 이년 전 고구려의 축제인 동명제의 무술경연대회에 백유와 설로가 참여하게 된 것이 동기였다. 둘은 대회에 참가하여 일찍 탈락하였지만 어린 나이 탓에 경험이 부족해 힘을 비축하는 것을 몰라 경험이 많은 상대에게 끌려 다니다 지쳐서 근소한 차이로 진 것이었다. 그러나 백유의 창술은 대단한 것이었다. 백유가 창을 돌릴 때는 창과 몸이 혼연일체로 하나가 되어 상대를 압도해 나갔다. 또 9척 장신의 몸에서 뿜어 나오는 힘이 일품이었다. 흰 얼굴에 외모는 준수했지만 눈에서 뿜어 나오는 안광(眼光)은 상대를 처음부터 압도하기에 충분했다. 또 설로는 검을 잘 썼는데, 설로가 검을 휘두를 때는 검과 일체가 되어 바람을 가르는 소리가 상대의 간담을 서늘하게 해 초기에 상대의 기를 꺾어 놓기에 충분했다. 그들은 나이가 조금 더 들고 힘이 붙는다면 대단한 장수가 될 자질이 충분하다는 것을 해명왕자는 무술 경연대회를 끝까지 보며 알 수 있었다. 그런 그들을 해명은 놓칠 수가 없었다. 그들을 자신의 수하에 두기위해 그들을 만나기로 했다. 일 년 정도만 자신과 함께 무술을 연마한다면 고구려는 물론이고 한(漢)나라에도 그들만 한 장수는 없을 것이란 생각이었다. 백유와 설로는 이번 무술경연대회에서 만났지만 서로의 속마음을 알고부터 친구로 지내기로 한 사이였다. 친구로 지내기로 하고 나이를 따져보니 둘은 동갑내기였다. 그래서 그랬는지 그들은 더 절친한 사이가 된 것 같았다. 그들은 무술에서도 막상막하의 실력을 갖고 있었다. 그들은 무술대회에서 떨어진 후 고향으로 낙향 하려던 중이었다.

"백유 고향으로 갈 것인가?"

"응, 그래야지. 우리 고향으로 내려가 내년을 기약하세."

"그래야지. 자네도 고향에 내려가 더 많이 노력해 내년 동명무술경연대회 때는 꼭 좋은 성적을 내도록 하게."

"자네도 그래야지."

"그럼 잘 가게나."

그들은 두 손을 굳게 잡고 내년을 기약하며 헤어지려는 순간이었다. 그때에 해명왕자가 그들을 찾은 것이었다.

"여보게들, 나는 고구려의 둘째 왕자 해명이요. 나는 그대들을 잘 알고 있소. 지금까지 무술경연대회를 처음부터 끝까지 보았기 때문이오. 난 지금 것 무술경연대회를 보며 그대들처럼 내 인상에 남는 사람들은 없었소. 난 그대들과 함께하고 싶은데 그대들의 생각은 어떤지 묻고 싶소?"

백유와 설로는 해명이 고구려의 왕자라는 것에 놀라지 않을 수 없었다.

"와, 왕자님이시라고요?"

백유와 설로는 해명의 얼굴을 다시 한 번 보고는 그 자리에서 무릎을 꿇었다. 얼굴을 보니 왕자여서 그런지 풍채가 일반인과는 달랐다. 그들 눈에는 해명 왕자가 어딘지 모르게 귀티가 나고 있었다.

"그렇다네, 난 고구려의 둘째 왕자 해명이라고 하네. 이제 그만 일어나게나."

"왕자님께서 어찌 저희와 같은 사람에게?"

"아닐세. 당신들은 아직 젊지만 비범한 무술 솜씨를 가지고 있었어. 지금은 아직 젊어서 그렇지 힘이 붙으면 당신들을 당할 자가 이 고구려에는 물론 한(漢)나라 전토를 찾아도 찾기 힘들 걸세."

"왕자님께서 그렇게 보아주시니 감읍할 다름입니다."

"아닐세. 나도 아직은 당신들보다는 어리지만 내가 궁궐에서 부분노 장군에게 무술을 연마해 무술이 어떤 것이라는 것을 잘 알고 있지. 자네들은 분명 범상한 친구들은 아닐세. 어떤가? 비록 무술대회에서는 떨어지긴 했지만 나의 수하에 들어와 함께 일해 보는 것이 어떨까?"

"그러면 왕자님과 무엇을 어떻게 하면 됩니까?"

"앞으로 나의 형님인 도절 태자님께서 이 나라의 왕이 되시면 형님을 도와서 한(漢)나라나 동부여를 정복하는 것도 나쁘지 않겠지."

해명왕자의 열정이 있는 말과 그의 얼굴에 나타나는 진실과 사내다운 패기만만한 모습에 백유와 설로는 만난 지 얼마 되지 않아지만 그의 뱃장에 큰 감동을 받고 있었다.

"당신들 이름은 내가 알고 있네. 무술경연대회에서 당신들이 싸우는 모습을 끝까지 보았네. 자네들의 실력에 매료되어서 말이네. 백유와 설로가 맞지?"

"예, 왕자님."

"백유, 설로, 우리 함께 지내며 무술도 함께 연마하여 보자. 우리 하나가 되어 저 중화족(中華族)이 살고 있는 한(漢)나라를 쳐부수자. 그 땅은 원래 우리의 옛 조상인 조선의 땅이었네. 그곳을 우리의 조상이 빼앗긴 것이지. 나의 할아버지인 동명성제께서 고구려를 창업하실 때 다물(多勿 :옛 땅을 다시 찾음) 정신을 가지고 창업을 했다네. 이제 우리 고구려가 그곳에 고구려의 깃발을 꽂고 우리 한민족(韓民族)인 고구려가 얼마나 위대하고 강한 나라인지 보여주어야 하지 않겠어? 그리고 우리가 비록 피를 나눈 형제는 아닐지 라도 형제 못지않은 정을 가지고 살도록 하세."

"왕자님의 솔직한 말씀에 큰 감동을 받고 있습니다. 피를 나눈 형제는 아닐지라도 형제처럼 정을 가지고 살자는 말씀에 더 큰 감명을 받고 있습니다. 그러나 왕자님 의 말씀대로 하기에는 왕자님은 너무 높은 곳에 계신 분입니다. 이제부터 저희들은 왕자님의 수족이 되어 주군(主君)으로 모실 것입니다."

"예끼 이 사람들아 나는 우리 형님인 도절 태자님을 앞으로 왕으로 모셔야 할 사람이야."

그때부터 해명왕자와 백유와 설로는 한 몸처럼 어울려서 무술을 연마하는데 하루도 게을리 하지 않았다. 그런 해명왕자와 백유 설로는 비록 귀하신 왕자와 부하라는 신분이었지만 사냥터에 나오면 늘 친구나 형제처럼 어울려 사냥을 즐겼다. 물론 백유와 설로가 해명왕자보다 나이가 이삼 년 정도가 많긴 했지만 어려서 부터 부분노 장군에게 체계적으로 무술을 연마한 해명왕자가 기초가 튼튼하여 정통 무술을 구사했다. 그러니 자연스레 처음엔 백유와 설로가 해명왕자보다 실력이 나은 듯 했으나 시간이 지나면서 기본기부터 다져온 해명왕자가 백유와 설로를 앞서 나갔다. 해명왕자는 태어날 때부터 천부적으로 체격이 큰 편이었고 힘과 체력과 소질은 타고 났다. 무술을 깨우치는 속도가 매우 빨랐으며 하나를 가르치면 열을 깨우쳤다. 해명왕자는 남들은 감히 엄두도 못내는 강한 활을 사용했다. 활이 강하면 화살을 더 멀리 날릴 수 있는 장점이 있었고 상대에게 치명상을 줄 수 있는 장점이 있었다. 백유와 설로는 유리왕의 사냥에 해명왕자와 함께 해명왕자의 사병으로 함께 오게 되었던 것이다. 고구려 군은 따로 군사적인 훈련도 하지만 보통은 사냥을 통하여 훈련을 병행하기도 했다. 즉 적군을 계곡으로 유인해 몰아넣고 동물을 활로 쏴 잡는 것과 같은 훈련을 반복하므로 실전에서도 좋은 전과를 올리곤 하는 것이다. 고구려 땅이 평지 보다는 산악지대가 많았으므로 장애물을 이용한 전쟁에 능한 것이 고구려 군이었다. 사냥에서 잡은 노획물을 말에 실으니 해가 막 서산으로 지려하고 있었다. 원래 산에서는 어둠이 더 빨리 찾아든다. 어둠이 내리면 험한 산을 말을 타고 가기가 쉽지가 않기에 백유가 말했다.

"왕자님, 곧 해가 질 것 같습니다. 어둠이 내리면 말을 타고 내려가기가 어려우니 이제 그만 가시지요?"

"하하하, 서두르기는 아직도 해가 지려면 좀 더 있어야 할 걸. 그러나 오늘은 다른 날보다 사냥물이 많으니 백유의 말대로 좀 여유 있게 가기로 하지."

해명왕자 일행은 사냥에서 잡은 노루 멧돼지 등을 말에 실고 유리왕 일행이 있는 본진으로 향했다. 산에서는 평지보다 어둠이 먼저 찾아든다. 벌써 산에는 어둠이 찾아 들기 시작하고 있었다. 해명 왕자 일행은 서둘러 산을 내려오기 시작했다. 멀리 고구려군 본진에 하나 둘 횃불을 밝히고 있는 모습이 눈에 들어온다. 해명왕자 일행이 사냥을 하러 나온 본대로 서둘러 합류하기 위해 말을 달리고 있을 때였다.

"아악, 사람 살려."

하는 여자의 날카로운 비명이 들려 왔다. 그리고는 '어흥' 하고 산을 흔들듯 한 호랑이의 포효가 들렸다. 직감적으로 해명왕자 일행은 호랑이가 나타나 사람에게 해를 끼치려 하고 있다는 낌새를 느꼈다. 누가 먼저라고 할 것도 없이 세 사람이 어느새 화살을 활에 재고 비명소리가 들린 곳을 향하여 말을 몰았다. 그리 멀지 않은 곳에서 커다란 호랑이 한 마리가 놀라서 혼절해 쓰러진 여인을 향하여 곧 덮치려는 일촉즉발의 순간이었다. 일반적인 화살을 쏘기에는 거리가 멀었지만 해명왕자의 강궁은 쏠 수 있는 거리였다. 해명왕자는 지체 없이 활에 활살을 재고 호랑이를 향하여 화살을 날렸다. 전광석화 같은 솜씨였다. 큰 호랑이(大虎)였기에 화살을 어설프게 날렸다가는 도리어 화를 당할 수도 있었다. 호랑이는 여자를 공격하기 위해 공중에 뜬 찰라의 순간이었다. 그러나 해명왕자가 쏜 화살은 정확하게 호랑이의 급소인 심장을 꿰뚫었다. 호랑이는 해명왕자의 화살을 맞고 땅에 풀썩 떨어지며 일행을 향하여 '으르릉' 하고 산이라도 무너뜨릴 듯 소리를 내며 날카로운 이빨을 드러내고 하늘을 향하여 울부짖더니 옆으로 푹 쓰러진다. 그리고는 일어나려고 안간 힘을 쓰다가 해명왕자 일행을 힘없는 눈으로 보고는 옆으로 힘없이 고개를 꺾으며 숨을 거두었다. 해명왕자는 급히 말에서 내려 호랑이 앞에 쓰러져 있는 여인을 먼저 살폈다. 여인은 호랑이에게 놀라 혼절한 상태에서 해명왕자가 아무리 흔들어 깨워도 일어날 줄을 몰랐다. 여인의 복장을 보니 사냥을 나왔던 것 같았다. 복색으로 보아서 보통집의 여인네는 아닌 듯 보였다. 여인의 옆에서 얼마 떨어지지 않은 곳에 그녀의 몸종인 듯한 여인이 혼절해 있는 모습이 보였다. 해명왕자는 말안장에 걸어 두었던 가죽 주머니의 물을 가지고와 두 여인의 얼굴에 뿌렸다. 잠시 후 두 여인이 깨어났다.

"괜찮으십니까?"

해명왕자가 물으니 여인은 주위를 두리번거리며 이렇게 말했다.

"여기가 어디지요? 제가 살아 있는 건가요?"

"우리가 오면서 보니 두 사람이 호랑이에게 공격을 당할 처지에 놓여 있어 활을 쏘아 호랑이를 죽인 겁니다."

하며 해명왕자는 쓰러져 있는 호랑이를 손가락으로 가리켰다.

"호, 호랑이가 주~ 죽었습니까? 그럼 제가 살아 있는 겁니까?"

여인은 눈을 크게 뜨고 믿기지 않는다는 듯 호랑이와 해명왕자 일행을 번갈아 보며 놀라워하는 모습이었다. 그때였다. 호랑이의 죽음을 확인하던 백유와 설로가 해명왕자에게 다가와 놀란 표정으로 말했다.

"왕자님, 정말 신궁이십니다."

"그게 무슨 말이야, 신궁이라니? 그런 말은 나에겐 어울리지 않아. 그건 우리 할아버지만이 들을 수 있는 칭호지."

해명왕자는 자신은 아무리 활을 잘 쏜다고 하여도 할아버지인 주몽과 자신을 비교한다는 것은 있을 수 없다고 생각했다.

"왕자님이 아무리 그렇게 말씀하셔도 이젠 고구려에서는 왕자님의 활솜씨를 따라갈 사람은 아무도 없습니다. 동명성제께서 살아서 돌아오신다면 모를까요."

"무슨 말이야? 동명성제? 왜 또 할아버지를 들먹이는 거야?"

"왕자님의 활 솜씨가 놀라워서요. 호랑이가 왕자님이 쏜 화살을 급소인 심장에 맞고 그대로 쓰러진 겁니다. 화살 한 대로 호랑이를 잡을 수 있는 사람은 동명성제가 아니면 없다고 생각했는데 왕자님이 동명성제의 분신이 아닌가 하는 생각이 들어 해본 말입니다."

"자네들도 활을 쏘지 않았는가?

"왕자님이 하도 빠르게 활을 쏘기에 저희들은 미처 쏠 기회를 놓치고 말기도 했지만 저희들의 활은 거리가 멀어 호랑이 있는 곳까지는 닿지를 않습니다. 왕자님의 화살은 정확하게 호랑이의 급소에 박혀 호랑이에게 치명상을 준겁니다. 한번 확인해 보십시오."

해명왕자가 백유와 설로의 말을 듣고 확인해 보니 과연 자신이 쏜 화살이 정확하게 호랑이의 심장인 급소를 꿰뚫고 있었다. 다른 사람들은 모두 보통 활을 사용하고 있었지만 다른 사람에 비해 힘이 세었던 해명왕자는 늘 강한 활로 연습을 하고 사냥을 했다. 그래서 그의 활은 다른 사람들이 쓰는 활에 비해 강한 활이었기에 화살을 멀리 날릴 수 있었고 언제나 상대에게 치명상을 줄 수 있었다. 그렇기에 호랑이에게도 보통 화살보다는 깊이 박혀 치명상을 준 것이었다. 백유와 설로에게 뜻하지 않게 칭찬을 받고 보니 해명왕자는 좀 머쓱한 기분이 들었지만 자신의 활 솜씨가 일취월장 했다는 것을 확인하는 순간이도 해 기분은 가히 나쁘지 않았다. 해명왕자는 머쓱한 기분을 얼버무리려는 듯 호랑이에게 혼이 빠져 있던 여인들을 보며 말했다.

"어디 다친 데는 없는지요?"

그러면서 해명왕자가 여인의 모습을 흘끔 훔쳐보았다. 여인은 혼비백산해 창백한 모습을 하고 있었지만 정신은 어느 정도 돌아온 듯 했다. 비록 놀란 얼굴이었지만 대단한 미인이었다. 사냥 할 때 입는 옷을 입었지만 예사로운 집 아가씨는 아닌 것이 분명했다. 거기에 몸종까지 딸렸으니 대단한 집 여인임에는 틀림이 없었다. 또한 얼굴에 풍기는 것으로 보아도 분명 귀티가 나고 있었다. 나이도 해명왕자가 보기에 자신과 비슷한 연령대인 것 같았다. 그는 그녀에 대하여 궁금증이 생겨 그녀의 신상에 대하여 묻고 싶었으나 방금 호환(虎患)을 당했던 사람에게 묻는 것도 도리가 아니란 마음에 묻지를 못하고 있었다. 그러나 그녀에 대하여 무언가는 알아내야만 할 것 같았다.

"복색으로 보아 사냥을 나왔던 것 같습니다."

그녀가 수줍은 듯 모기만한 작은 소리로 대답했다."

"네"

"그런데 어쩌다가 이런 큰 호랑이를 만나게 되었지요?"

그녀는 아직도 자신이 살아 있나는 것을 믿시 못하는 표정이 역력했다. 그때 그녀의 몸종이 먼저 대답을 하는 것이었다.

"노루 한 마리를 쫓고 있었는데 노루는 어디론가 사라지고 호랑이가 별안간 나타나 앞을 막고 있었어요. 그래서 순간적으로 놀라 혼절하고 말았고.... 그리고 이 분은 황룡국(북부여로 추정됨)의 공주님이십니다. 저는 공주님의 몸종인 호란이라고 합니다."

"아~ 황룡국의 공주님이셨군요. 몰라 뵈어서 죄송합니다."

그렇게 말하면서 해명왕자는 쓰러져 있는 공주를 일으켜 세웠다.

"이만하길 다행입니다."

그러자 옆에 서있던 설로가 여인들을 향해 해명을 소개한다.

"이 분은 고구려의 둘째 왕자님이신 해명왕자님이십니다."

그러자 여인은 깜짝 놀라서 예를 갖추어 감사한 마음을 표한다.

"아~ 귀하신 왕자님께서 소녀를 구해주셔서 영광입니다. 소녀의 이름은 아란비 라고 합니다."

"아! 그러면 황룡국의 아란비 공주님이셨군요."

"귀하신 왕자님의 은혜로 소녀가 생명을 구했습니다. 이 은혜 평생을 두고 잊지 않겠습니다."

아란비 공주는 진심에서 우러나오는 감사의 인사를 드리며 흘끔 해명왕자의 모습을 훔쳐봤다. 아무리 봐도 훤칠한 키에 준수한 외모가 대장부답다. 아직 황룡국에서는 해명왕자와 같은 사내를 본적이 없다. 아란비 공주가 한 눈에 반할만한 준수한 모습의 사내였다. 해명왕자는 그녀의 말이 있는 곳까지 그녀를 안고 가 말안장에 태워 주며 속삭이듯 말했다.

"조금 있으면 어두워질 것입니다. 더 어두우면 황룡국으로 가시기가 위험하니 어서 산을 내려가십시오. 인연이 되면 다시 만나겠지요."

"감사했습니다. 왕자님, 이 은혜 두고두고 갚겠습니다."

말을 타고 산을 내려가면서도 아란비 공주는 몇 번이고 헤어짐이 아쉬운 듯 뒤를 돌아보며 감사의 표시를 하고 있었다. 그녀의 뒷모습이 보이지 않을 때까지 서 있던 해명왕자 일행은 죽은 호랑이를 말에 실었다.

"왕자님 호랑이가 너무 커 말에 싣기가 힘든걸요."

"그러면 호랑이만 싣고 걸어가면 되는 것 아니냐?"

"그럼 소인보고 걸어가라고요?"

설로가 뾰로통해서 해명왕자에게 묻는다.

"하하하, 그럼 내가 걸어가랴?"

그러자 설로가 깜짝 놀라며 너스레를 떤다.

"헤헤헤, 왕자님, 화나셨어요? 소인이 농으로 한 말을 왕자님이 정말 화가 나셨나 봅니다. 왕자님도 속이 좁은 것은 아니지요?"

"하하하, 설로가 나를 놀리는구나."

"왕자님도.... 소인이 어찌 감히 왕자님을 놀리겠습니까?"

"예끼 나도 해본 소리라네, 하하하."

그때 백유가 끼어든다.

"설로, 내가 자네를 혼자 걷게 하겠나? 여기 노루도 있고 멧돼지도 있는데...."

설로와 백유는 각기 자신들의 말에 호랑이와 노루, 멧돼지를 실었다. 해명왕자도 말에서 내려 그들과 함께 걷기로 했다.

"왕자님, 오늘은 우리가 사냥에서 최고일 것 같습니다."

그러자 침묵을 지키고 있던 백유가 말했다.

"다른 팀이라고 우리처럼 호랑이를 잡지 말란 법은 없지."

그러자 설로가 다시 대꾸를 했다.

"그렇기는 하지만 호랑이 잡기가 그리 쉬운 일인가? 아마 우리 왕자님 말고 호랑이를 잡을 사람이 또 있을까?"

그렇게 이야기를 하며 걸으니 어느새 유리왕이 있는 본진에 도착을 하고 있었다.

날이 어두워지니 본진 군막 주변엔 횃불을 환하게 밝히고 있었다. 해명왕자 일행은 잡은 사냥물을 가지고 사냥물 집합지로 갔다. 해명왕자 일행이 사냥 전리품을 메고 사냥물 집합지로 가니 군사들이 환호성을 지른다.

"와~ 호랑이다. 호랑이도 엄청나게 큰 호랑이다."

"와, 해명 왕자님 만세."

"해명 왕자님의 활솜씨는 대단하셔. 마치 동명성제를 보는 것 같단 말이야."

누구도 그들을 대적할 만큼의 사냥물이 없었다. 호랑이 한 마리만 하여도 해명왕자 일행과 견줄 그룹이 없는데 호랑이 외에 멧돼지, 노루 등이 있으니 오늘의 사냥물 최고 그룹은 해명왕자의 그룹이 될 수밖에 없었다. 유리왕을 비롯해 많은 장군들과 군사들이 수확한 사냥물을 점검하고 있었다. 해명왕자 일행이 노루와 멧돼지, 호랑이를 내려놓으니 탄성이 터져 나온다.

"와~ 호랑이도 아주 큰 호랑이다."

"와, 와,"

사냥물 집합지엔 해명왕자 일행이 잡아온 호랑이로 인해 모든 군사들이 그곳에만 몰리고 있었다. 그러자 사냥물을 점검하던 유리왕이 환호성 속에 군사들이 모인 쪽으로 걸어왔다.

"웬일들이냐?"

"해명 왕자님이 이 큰 호랑이를 잡으셨습니다. 호랑이도 아주 큰 호랑이입니다."

"이 호랑이를 정말 해명이 잡았느냐?"

유리왕은 믿기지 않는다는 듯 해명왕자에게 물었다.

"예, 아바마마, 그렇사옵니다."

"허허, 믿기지 않는구나."

그러자 설로가 나서며 한마디 거들었다.

"폐하, 이 호랑이는 왕자님이 화살 한 대로 잡은 것이옵니다."

"허허허~ 그러냐? 어디보자."

하며 유리왕이 호랑이의 몸 상태를 보니 심장 쪽에 피가 많이 흘러 있었다.

"오호, 과연 그렇구나. 해명이 대단하구나."

아직 어린 아이라고만 생각했던 해명왕자가 어느새 자라서 저런 대호(大虎)를 화살 한 대로 잡을 수 있는 솜씨를 가졌단 말인가? 하는 미심찍은 마음도 있었지만 한편으로는 해명왕자가 믿음직스럽기만 했다.

"아~ 우리 해명이 저렇게도 씩씩하게 잘 자라 주었구나."

유리왕은 흐뭇한 마음으로 해명왕자를 지그시 내려다본다. 해명왕자를 보니 고구려의 앞날이 환하게 보이는 것 같다. 유리왕이 흐뭇한 마음에 젖어 있을 때였다. 한 군사가 급히 달려와 유리왕에게 보고를 한다.

"대왕 폐하, 동부여 군이 쳐들어오고 있다고 합니다."

"뭣이라고? 동부여 군이? 어디쯤 오고 있다는 것이냐?"

"척후병의 보고에 의하면 아직은 먼 거리에 있는 듯하옵니다."

"음, 부분노 장군을 대령하라."

잠시 후 부분노 장군이 유리왕의 부름을 받고 막사로 들어왔다.

"폐하, 폐하의 부르심에 부분노 폐하를 뵙습니다."

"어서 오시오. 지금 척후병에 의하면 동부여 군이 쳐들어오고 있다고 하는데 어찌하면 좋겠소?"

"폐하 과히 걱정하지 마시옵소서. 저희 군도 만반의 준비를 하고 있사옵니다."

부분노 장군은 이미 동부여 군이 오고 있는 것을 파악하고 모든 대비를 하고 있었던 것이다.

"그러면 부분노 장군이 동부여 군은 알아서 하시오."

그때였다. 약관의 소년이 유리왕의 앞에 부복하며 말했다.

"대왕 폐하, 이번 전투에 소장도 함께 참여할 수 있도록 허락하여 주시옵소서."

"아니, 너는 해명이 아니냐?"

전투에 참여케 해달라고 한 소년은 막 소년에서 청년기로 들어서려고 하는 소년인 해명왕자였다.

"네, 해명입니다. 소장도 이번 전투에 출전할 수 있도록 허락하여 주십시오."

유리왕은 아직 해명왕자가 어리다고 생각하고 있었다.

"아직은 어린 네가 어찌 피가 튀기고 목숨이 오가는 전쟁터에 나가 거친 적과 싸울 수 있겠느냐?"

"나라를 지키는 일에는 남녀노소(男女老少)가 없다고 생각합니다. 나라가 없으면 백성도 없는 것이고 소장 또한 없습니다. 소장은 이미 어린 아이가 아니옵니다."

"음~"

유리왕은 잠시 생각에 잠기는 듯 했다. 그때 백유와 설로가 유리왕 앞에 엎드려 간한다.

"대왕 폐하! 저희들도 이번 전투에 왕자님을 모시고 참가하겠습니다."

"너희들은 백유와 설로가 아니더냐. 이미 내가 너희들의 솜씨를 익히 알고 있는데 저 큰 호랑이까지 잡아 왔는데 너희들과 함께라면 출전을 막을 이유가 없구나."

유리왕은 설로와 백유의 용맹성은 이미 익히 알고 있는 터였다. 그런 설로와 백유가 함께 출전한다 하니 유리왕은 마음이 흡족했다.

"대왕 폐하, 소장의 청을 들어 주셔서 감사하옵니다."

"허허, 해명 네가 나라를 위하는 마음이 가상하여 청을 허락한 것이니 용감하게 싸워 고구려 군에게 본을 보이고 공을 세우리."

"대왕 폐하, 용감히 싸워 결코 부끄럽지 않은 고구려의 아들이 되겠습니다."

해명왕자와 백유, 설로는 유리왕의 허락에 감읍하여 절을 하고 물러나왔다. 허락을 한 유리왕도 만족한 표정이었다. 유리왕이 지금 것 느꼈던 것은 언제 보아도 어린 아이 같았던 해명왕자였다. 그런 해명왕자가 어느 날 갑자기 거인이 되어 나타난 것 같은 기분을 느끼고 있는 것이다. 어렸던 자식이 어느 날 갑자기 커서 나라를 지키겠다고 하니 대견하기만하다. 그리고 지금까지 감히 누구도 잡아 보지 못했던 호랑이를 좀 전에 잡아오지 않았던가? 유리왕은 해명왕자에게서 부왕(父王)인 주몽을 보는듯해 대견하기만 해 고개를 끄덕였다.

"해명은 고구려에 큰 홍복이구나. 고구려를 크게 일으킬 인물이 틀림없구나. 해명, 이대로만 자라주어라."

유리왕이 해명왕자를 흐뭇하게 생각하고 있을 때 두 번 째 척후병이 도착해 보고를 한다.

"대왕 폐하, 동부여 군이 빠른 속도로 국경을 넘어 들어오고 있습니다."

"부분노 장군은 서둘러 주시오."

"폐하" 염려하시지 마십시오. 동부여 군이 대군이라고는 하나 이제 해가 지고 어둠이 내리면 대군이 어둠 때문에 이동하기가 쉽지 않을 것입니다. 또 그들은 우리의 야간 매복을 두려워해 함부로 전진하지 못할 것입니다. 우리는 그 안에 만반의 준비를 하고 그들을 맞이할 준비를 하면 됩니다."

"그 점은 부분노 장군이 알아서 하겠지만 저들이 행여 우리가 밤이라 방심하고 적들에 대한 경계를 게을리 하는 틈을 타 밤에 행군하여 우리 땅 깊숙이 들어오는 것을 경계하자는 것이오."

"폐하께서 무엇을 걱정하시는지 소장은 알고 있사옵니다. 걱정 하시는 일은 절대 일어나지 않을 것이옵니다."

유리왕에게서 물러나온 부분노 장군은 전군에 명령을 내린다.

"전군은 전투 준비를 갖추라. 그리고 저들이 밤을 틈타 우리 진영 깊숙이 들어오는 것을 척후병을 더 파견하여 계속 감시하고 보고하라."

훈련에 숙달된 고구려 군이 빠른 속도로 대오를 갖추고 동부여 군을 기다리고 있었다. 속속 들어오는 척후병들의 보고에 의하면 전방의 고구려 군은 많은 피해를 보고 있지만 곳곳에서 동부여군을 기습함으로써 그들을 혼란케 하여 진군을 늦추게 하고 있었다. 이것은 모두가 부분노 장군의 작전에 의한 동부여 군의 진격을 지연시키기 위한 전술이었다.

2. 해명과 동부여 왕 대소

다음날 날이 밝고 한 시진이 되었을까 뽀얀 먼지를 일으키며 동부여 군이 넓은 평원에 당도하고 있었다. 대치하고 있는 상황은 피하 간에 화살이 미치지 못하는 거리를 유지하고 있었다. 고구려 군은 동부여 군이 밀고 들어올 것에 대비해 산속 곳곳에 군사를 매복해 두고 있었다. 모두가 치밀한 부분노 장군의 주도면밀한 작전의 일환이었다. 아직은 건국(建國)한 지 얼마 되지 않는 고구려였기에 나라다운 나라라고 보기도 어려운 고구려였으니 병사들의 수에서 동부여 군에 밀릴 수밖에 없는 것은 당연한 일이었다. 그러나 고구려 군은 10여 년 전 선비족을 고구려의 부분노 장군이 복속시킨 후 강군(强軍)의 면모를 갖추었고 강한 훈련으로 적과 싸울 땐 일당 백을 할 수 있는 군사들이었다. 그러나 정치적으로 보거나 군사력으로는 이웃 나라에 아직은 강한 나라로 인식되지는 못하고 있는 실정이었다. 서로 대치하고 있는 상황에서 동부여의 대소 왕이 황금 투구를 쓰고 백마(白馬)를 탄 채 거만한 모습으로 나와 큰소리로 말했다.

"이놈, 유리야, 내가 일찍이 부왕(금아왕) 때문에 네 아비와 너를 동부여에 있을 때 죽이지 못한 것이 두고두고 한이 되었다. 네 아비는 이미 죽어 할 수 없다만, 오늘은 내가 네놈을 죽여 그 한(恨)을 풀고자 한다. 네가 지금이라도 네 아비와 너의 잘못을 알고 항복해 온다면 은혜를 베풀어 살려 주겠지만 내 말을 알아듣지 못하고 끝까지 싸움을 원한다면 내가 오늘 너의 숨통을 끊어줄 것이다."

"하하하하, 이놈 대소야, 오늘 네가 헛소리를 하는 것을 보니 네 명(命)줄이 다한 것 같구나. 내가 태어나기 전에 네가 내 아비에게 못된 짓을 한 것을 내가 모두 들어 알고 있고 또 내가 부여에 있을 때 네가 나와 내 어미에게 했던 일을 생각하면 네 놈의 간을 꺼내 씹어도 시원치 않을 것이다. 너는 내 아비와 무슨 원한이 그리 깊기에 지긋지긋 하게 우리 부자(夫子)를 괴롭히는지 모르겠구나."

유리왕은 대소의 말을 한마디도 지지 않고 받아쳤다.

"하하하하, 너희들은 애초에 세상에 태어나면 안 되는 놈들이었다. 그동안은 명줄이 길어 지금까지 명을 이어 왔다만 오늘은 내가 너의 명줄을 거두어 줄 것이다."

대소로서는 주몽에 대한 원한이 사무칠 정도로 쌓여 있었다. 한갓 마구간 지기에 불과한 주몽보다 태자의 신분에 있으면서도 아버지인 금와 왕에게 인정을 받지 못했기 때문이었다. 조그만 잘못이 있으면 태자의 신분을 주몽에게 빼앗길까 진진긍긍했던 대소였기에 어떻게 하면 주몽을 죽일까 궁리만 했었는데, 어느 날 주몽이 그 낌새를 알고 도망을 쳤던 것이다. 대소의 입장에서는 닭 쫓던 개 지붕 쳐다보는 꼴이 되고만 것이다. 주몽에 대한 그때의 원한 때문에 대소는 유리가 동부여에 있을 때 도망가지 못하도록 감시를 게을리 하지 않았지만 유리도 주몽의 주도면밀한 계획에 의하여 고구려로 도망을 치게 했던 것이다. 그러니 그로서는 주몽에게 원한이 깊었으나 주몽이 죽음으로써 그 대상이 주몽의 자식인 유리에게 원한이 옮겨간 것이다.

"하하하, 너에게 그런 능력이 있었다면 너의 잔인성으로 보아 벌써 하고도 남았을 터, 그렇다면 그 질긴 악연을 오늘 끊어야겠다."

유리왕의 말이 끝나기도 전에 동부여 진영에서 한 장수가 말을 타고 나와 큰소리로 외친다.

"이 고구려 놈들아, 나는 동부여의 장군 감영주다. 누구든 나와서 나와 한판 겨루어 보자."

그러자 한 장수가 말을 타고 유리왕 앞으로 나온다.

"폐하, 소장 백유가 저 버르장머리 없는 감영주란 놈의 목을 가져오겠습니다."

"오! 백유, 네가 저 감영주란 놈의 목을 가져올 수 있겠느냐?"

"대왕께서는 아무 걱정하지 마시고 소장을 보내 주시어 저 버르장머리 없는 감영주의 목을 베어올 수 있도록 허락만 하여 주십시오."

"너의 자신감이 가상하구나. 가라! 가서 적의 장수 목을 꼭 가져오너라."

유리왕의 명이 떨어지기가 무섭게 백유가 긴 창을 꼬나들고 적진으로 말을 휘몰아 달려가고 있었다.

"이놈, 감영주야, 이 백유 어르신의 창 솜씨를 한번 맛 보거라."

창을 휘두르는 백유 몸체와 창이 하나로 혼연일체가 되어 감영주를 공격해 들어간다. 어느 것이 백유인지 어느 것이 장창인지 모를 정도로 백유와 창이 하나로 보일 정도였다. 감영주는 백유의 공격에 몇 합을 겨루지 않아 백유의 창을 피하기에 급급하다. 그러자 감영주는 백유를 당할 수 없다는 것을 알고 말머리를 돌려 도망을 치기 시작했다. 그러자 백유가 감영주의 뒤를 쫓으며 큰소리로 외쳤다.

"이놈, 감영주야, 어디를 도망가느냐."

하고는 창을 한번 휘두르자 감영주가 외마디 비명과 함께 목에서 피가 솟구치며 말에서 굴러 떨어진다. 그러자 백유가 번개같이 달려와 말에서 내려 말에서 떨어진 감영주의 목을 검으로 친다. 그리고 떨어진 감영주의 목을 창에 꿰었다. 감영주와 백유의 싸움을 지켜보던 대소 왕은 감영주의 목이 싱겁게 몇 합을 싸워보지도 못하고 떨어지자 대경실색하고 말을 몰아 동부여군 진영으로 달아났다. 그러자 백유가 창에 꿴 감영주의 목을 흔들며 큰 소리로 동부여 군을 조롱한다.

"이놈들아, 동부여에는 이렇게도 장수가 없느냐? 어찌하여 장수란 자가 몇 합을 겨뤄보지도 못하고 목을 내놓느냐? 하하하"

백유가 창에 감영주의 목을 꿰어 들고 야유를 퍼붓고 있을 때 고구려 진영에서 북소리가 울렸다. 백유에게 그만 철수하라는 신호였다. 백유는 말에 다시 올라 감영주의 목을 장창에 꿰어 들고 당당하게 철수한다. 백유가 감영주의 목을 가지고 돌아오자 고구려 군에서 잠시의 소요가 일었다.

"와~ 백유 장군 만세."

잠시의 소요가 지나고 동부여 군과 고구려 군은 팽팽한 대치를 계속하고 있었다. 그때 마음이 진정되었는지 대소 왕이 다시 앞으로 나서며 큰소리로 말한다. 고구려 군에 기가 죽지 않았다는 것을 알리려고 하는지 당당한 모습이었다.

"하하하, 지금 나온 고구려 장수가 누구인지는 모르나 대단한 장수임에는 틀림없는 것 같구나. 그러나 우리 동부여에는 지금 나온 감영주가 다는 아니다. 감영주가 죽어 안 되긴 했지만 오늘은 이만 하고 내일 다시 이곳에서 결판을 내기로 하자."

고구려로서는 지금 구태여 싸울 이유가 없었다. 시간을 끌면 끌수록 고구려 군보다는 원정군인 동부여가 더 피로가 쌓일 것은 분명했기 때문이다. 피비린내 나는 전쟁을 앞둔 평원엔 양군이 물러나고 폭풍전야의 고요가 찾아들고 있었다. 아무것도 모르는 새들은 노래하고 각종 꽃들은 언제 전쟁이 있었냐고 말하는 듯 미풍에 미세한 흔들림만 보이고 있을 뿐이다. 다음날 양군은 다시 평원에서 대치하고 있었다. 거리는 상대방의 화살이 미치지 못하는 거리를 유지한 채 팽팽한 대치를 하고 있는 것이다. 하늘엔 먹이 감을 찾는 독수리가 날고 있었고 또 다른 독수리 떼는 절벽에서 양군의 대치를 날카로운 눈으로 지켜보고 앉아있었다. 자주 전쟁이 있었기에 죽은 군사들은 독수리 떼의 먹이일 수밖에 없었다. 전쟁은 곧 독수리들의 먹이 감을 제공하는 동시에 평원을 깨끗하게 청소하는 역할 또한 독수리 떼의 몫인 셈이었다. 잠시 후의 피비린내 나는 전쟁과는 아랑 곳 없다는 듯 평원은 고요하기만 하다. 그때 그 고요를 깨뜨리고 대소가 앞으로 나섰다.

"이놈, 유리야, 어제는 우리 장수 감영주가 너의 장수 백유란 자에게 죽임을 당했지만 오늘은 다를 것이다. 오늘은 기어이 어제의 망신을 되 갚아 줄 것이며 너의 고구려를 짓밟아 고구려 놈들의 씨를 말릴 것이다."

"하하하, 그렇게 네 말처럼 쉽게 씨를 말릴 고구려였다면 애초에 세상에 존재하지도 않았을 것이다."

그때였다. 동부여 군에서 한 장수가 말을 타고 달려 나와 큰 소리로 말한다.

"이 고구려 놈들아, 나는 어제 백유란 자에게 죽은 감영주의 동생 감영락이다. 어제 죽은 형님의 원수를 갚으러 동생인 내가 나왔다. 나야말로 무예로서는 나의 형님인 감영주 형님보다 한 참 고수이시다. 나와 대적할 뜻이 있는 놈은 나오너라."

그러자 다시 백유가 어제에 이어 오늘도 자신이 나가겠다고 창을 꼬나들고 앞으로 나선다. 그러자 설로가 앞으로 나서며 유리왕에게 말했다.

"대왕 폐하, 어제는 백유가 나섰으니 오늘은 소장을 내보내 주소서. 소장이 저 버르장머리 없는 감영락의 목을 가져오겠습니다."

"허허허, 모두 해명의 부하들이로구나. 대단한 지고, 어제는 백유가 수고를 했으니 오늘은 백유는 그만 쉬고 설로가 나가도록 하라."

유리왕의 명을 받은 설로가 검을 빼들고 말을 몰아 질풍처럼 감영락을 향하여 돌진한다. 그러자 감영락도 삼지창을 꼬나들고 설로와 대적을 한다. 확실히 창을 쓰는 솜씨가 예사롭지 않다. 어제의 감영주 보다는 확실히 큰 소리 치는 것만큼 대단한 창술을 가지고 있는 자였다. 처음에는 막상막하의 접전이 펼쳐지고 있었다. 누군가 작은 실수만 하여도 목이 날아갈 만한 접전이 펼쳐지고 있는 것이었다. 고구려 군과 동부여군은 상대방의 장수가 우세할 때마다 큰 함성이 일어난다. 그러나 시간이 가면서 설로가 밀리는 것처럼 보이고 있었다. 그러나 그것은 설로의 작전이었다. 설로가 밀리는 것처럼 느껴지자 감영락은 자신이 충만해졌다. 항상 무예에서는 자만심이 들 때 가장 위험해지는 법이다. 설로가 밀리는 것처럼 보이자 이제는 됐구나 하고 감영락은 아까와 달리 신중하지 않고 마구 달려들어 빨리 승부를 내려하는 것이었다. 설로는 그런 허점을 노린 것이었기에 감영락의 그런 허점을 놓칠 리 없었다. 감영락이 자신감을 가지고 삼지창을 내질렀을 때 설로는 몸을 슬쩍 피하며 비호같이 검을 휘둘렀다. 그러자 감영락은 아차 하고 자신이 위험해진 것을 느꼈으나 이미 설로의 검은 감영락의 목을 두 동강이를 내고 있었다. 으악~하는 비명과 함께 감영락의 목에서 피를 뿌리며 머리가 땅에 떨어졌다. 떨어진 감영락의 머리를 설로가 천천히 검에 꿰어 들어 올렸다. 고구려군에서 큰 함성이 인다.

"와~와~와~ 설로장군님 만세!"

설로는 감영락의 머리를 들고 고구려 진영으로 돌아왔다. 그러자 동부여 진영에서 대소가 나와 큰소리로 말한다.

"이놈 유리야, 오늘은 우리의 장수인 감영락이 고구려 장수의 꾀에 넘어가 패했다 마는 동부여와 고구려의 승패가 난 것은 아니다. 내 뒤에는 너의 고구려 군사보다 몇 배나 많은 동부여군의 병사가 있다. 고구려를 당장에 쑥대밭을 만들어 놓을 것이다."

하고 말머리를 돌려 뒤로 물러난다. 그 말을 듣고 해명이 유리왕 앞으로 나왔다.

"폐하! 소장이 저 버릇없는 대소의 버릇을 고쳐놓겠습니다."

"오! 해명, 네가 그렇게 할 수 있겠느냐?"

"네, 소장 해명, 반드시 저 버르장머리 없는 대소를 응징할 것이옵니다."

해명왕자가 나서며 대소를 응징할 수 있다는 말에 유리왕은 다소 당황한 것은 사실이나 좀 전 사냥에서 큰 호랑이를 잡은 해명왕자의 활솜씨만은 인정하지 않을 수 없었다. 유리왕은 머리를 끄덕이며 말했다 한번 해명왕자의 능력이 어디까지 인지 자신이 직접 보아야 할 필요는 있다고 생각했다.

"그렇다면 네가 저 고구려를 무시하는 대소를 한번 혼내주어 보아라."

"네, 폐하."

해명왕자가 유리왕 앞에서 물러나와 말에 올라 앞으로 나갔다. 그러자 고구려 군에서 큰 함성이 터져 나왔다.

"와~ 와~ 와"

"왕자님, 만세. 해명 왕자님 만세."

그러자 동부여 군에서 대소 왕이 다시 앞으로 나왔다. 황금 투구와 황금 갑옷을 입고 거만한 모습이었다. 그러자 해명왕자가 활을 겨누었다. 그러나 동부여 군과 고구려 군이 대치하고 있는 거리는 피하 간에 화살이 미치지 못하는 거리다. 그러나 해명왕자는 아버지인 유리왕의 명이 떨어지자 화살을 활에 재우고 활시위를 힘껏 당긴 후 화살을 날렸다. 해명왕자가 쏜 화살은 궤적을 그리며 대소 왕을 향하여 날았다. 그러나 동부여 왕인 대소는 가소롭다는 듯 껄껄거리고 웃다가 해명왕자가 쏜 화살에 보기 좋게 황금 투구에 맞고 혼비백산 놀라 말에서 굴러 떨어지고 말았다. 대소 왕이 말에서 굴러 떨어지자 고구려 군에서는 큰 함성이 터져 나왔다.

"와, 와"

대소가 굴러 떨어지자 대소의 옆에 있던 장수들이 허겁지겁 말에서 내려 대소 왕을 부축하기에 바쁜 모습이다. 그러나 대소 왕은 한 나라의 군주(君主)다웠다. 주위의 부하들을 물리치고 일어나 화살에 맞은 투구를 주워든다. 그리고 투구에 박힌 화살을 자세히 살피는 것이었다.

"아니 이 화살을 쏜 장수가 누구란 말이냐? 이렇게 먼 거리에 있는 적을 쏘아 맞힐 수 있는 장수라면 고구려에는 주몽뿐이 없을 텐데 이미 주몽은 죽었으니 살아 돌아 왔을 리는 없고 그럼 저 장수는 누구란 말이냐? 주몽이 환생해 왔단 말이냐?"

대소는 자신을 향해 활을 쏜 장수가 궁금하여 견딜 수가 없었다. 그 먼 거리에서 자신의 투구를 쏘아 맞힐 수 있는 장수라면 분명 자신을 쏘아 죽일 수도 있었는데 일부러 겁만 주기 위하여 투구만 벗겨버린 것이다. 그 생각을 하니 소름이 돋기도 했지만 그 장수가 누구인지 궁금했다.

"여봐라, 나에게 활을 쏜 고구려의 장수가 누구인지 아는 자가 없느냐?"

대소의 물음에 아무도 대답하는 자가 없었다. 그때 뒤에 있던 부장이 말했다.

"소문에 의하면 고구려왕의 둘째 아들인 해명왕자가 힘이 장사여서 강한 활을 쏜다고 들었습니다."

"음, 그러면 나에게 활을 쏜 장수가 고구려 둘째 왕자인 해명왕자란 말이냐?"

그렇게 중얼거리고 있는 대소 왕의 머리가 어지럽게 돌아가고 있었다. 그동안 대소왕은 유리왕은 자신보다 한 참 어리기도 했지만 아직은 모든 면에서 한 수 아래라고 깔보고 있었던 게 사실이었다. 그래서 고구려는 언제든 마음만 먹으면 정복할 수 있다고 자신하고 있었던 터였다. 그런데 그의 둘째 왕자가 무서운 존재라는 걸 알자 별안간 큰 산이 자신의 앞을 가라 막고 있다는 사실을 느낄 수밖에 없었다.

"쉽지 않겠어 고구려를 넘기가 결코 쉽지 않겠어. 저런 범 같은 아들이 고구려의 다음 왕이 된다면 도리어 동부여가 위험에 빠지겠어. 아, 신이시여! 왜 유리에게는 저런 범 같은 아들을 주시면서 대소에게는 한 점 혈육도 주시지 않는 것인지요, 원망스럽습니다."

이렇게 대소 왕이 하늘을 향해 탄식을 하고 있는 사이에도 고구려와 동부여 군은 긴장 속에 팽팽한 대치를 하고 있었다. 대소 왕이 해명왕자의 화살을 맞고 투구가 벗겨지며 말에서 굴러 떨어지자 고구려 군에선 환호성만 터져 나왔을 뿐 그들을 공격하지는 않았다. 진쟁에서 적장의 기가 꺾이면 그 기세를 몰아 적진을 유린하게 되어 있는데 고구려 군은 그렇게 하지 않았다. 동부여 군은 조금도 흔들리지 않았다. 대소왕은 말에서 떨어진 후 바로 일어나 말에 올라타고 고구려 군을 향하여 큰소리로 말했다.

"내 평소 고구려 군을 얕봤더니 오늘 먼 거리에서 활을 쏘아 내 투구를 날릴 수 있는 훌륭한 장수가 있다는 걸 알았다. 비록 적이지만 경의를 표한다. 오늘은 깨끗이 우리가 졌다. 우린 바로 동부여로 철수할 것이다."

대소 왕이 철수하기로 한 것은 장수가 전쟁에 출전해 장군기가 바람에 부러졌다 든가 아니면 오늘 같이 화살 한 대가 투구에 맞은 것이지만 자신이 말에서 굴러 떨어졌다는 것은 불길한 전조가 아닐 수 없었다. 만약에 해명이 그 먼 거리에서 자신의 투구를 쏘아 떨어뜨릴 수 있는 명궁이라면 자신을 겨냥해 죽일 수도 있었다는 걸 알았기 때문이었다. 거기까지 생각이 미치자 소름이 돋는 것이었다. 더 이상 일진이 사납기 전에 철수하고 후일을 기약해야 되겠다는 생각이 들었던 것이다. 그렇게 동부여군은 철수하고 말았다. 동부여 군이 돌아가자 유리왕이 해명왕자 에게 물었다.

"내가 보건대, 네가 화살로 대소를 죽일 수도 있었는데 왜 죽이지 않았느냐?"

그러자 해명왕자의 대답은 뜻밖이었다.

"제가 대소를 죽이는 것은 어렵지 않습니다. 그러나 대소를 죽인다고 동부여와의 전쟁이 끝나는 것은 아니기 때문입니다. 비록 당장 대소를 쓰러뜨려도 동부여에는 그의 형제들이 있어 왕위를 계승할 것이고 또 대소가 쓰러진 후 전쟁은 우리가 승리하는 것은 틀림없는 것이지만 피하 간 많은 인명 피해가 있을 것이기 때문입니다. 그러나 대소를 혼내줘 그냥 물러가게 한다면 피 한 방울 흘리지 않고 승리한 것이고 우리는 그들이 다시 올 때까지 힘을 비축할 수 있는 시간을 벌 수 있을 것이라는 생각을 했기 때문입니다."

어리다고만 생각했던 해명왕자의 말을 들으니 하나도 틀린 것이 없었다. 논리정연하게 말하는 해명왕자를 보고 유리왕은 놀라지 않을 수 없었다. 해명왕자가 호랑이를 잡았다고 했을 때도 속으로 놀라면서도 설마 했던 것이 사실이었다. 그러나 자신이 보는 앞에서 화살이 미치지 못하는 거리에 있는 적을 화살 한 대로 물리친 것이다. 유리왕은 해명왕자를 아직은 어린 아이로만 보아왔는데 그간 많이 성장한 것을 오늘에 느낄 수 있어서 마음이 흐뭇했다. 동부여의 대소 왕이 고구려 둘째 왕자 해명의 화살을 투구에 맞고 말에서 굴러 떨어졌다는 소문은 이웃 여러 나라에 삽시간에 퍼져 나갔다. 또한 고구려에도 해명왕자가 동부여 왕 대소를 화살 한 대로 말에서 떨어뜨려 동부여 군이 전쟁을 포기하고 물러갔다는 소문이 전국 각지에 입에서 입으로 전해져 나갔다. 고구려 백성은 모이기만 하면 해명왕자의 이야기로 꽃을 피웠다. 소문은 일파만파 커져서 해명왕자가 마치 신과 같은 존재라든가 아니면 뿔이 몇 개 달린 도깨비와 같은 존재로 알려지기 시작했다.

"우리 둘째 왕자님이신 해명왕자님 정말 대단한 사람이래. 남들은 엄두도 못내는 강한 활을 쏘신대. 동부여 대소가 감히 거기까지는 화살이 날아오지 못할 것이라고 안심했는데 해명왕자님이 쏜 화살이 거기까지 날아가 대소의 투구를 맞춰 대소가 말에서 굴러 떨어졌잖아. 얼마나 통쾌해. 해명왕자님은 아무렇게나 활을 쏴도 적이 어디에 숨어 있더라도 백발백중 맞출 수 있대."

"해명왕자님은 뿔이 5개나 달렸는데 그 뿔마다 조화를 부리는 재주가 있대. 그리고 그게 문제가 아니고 해명왕자님이 대소를 쏘아서 죽일 수도 있었다는 거야. 그러나 더 이상 피를 흘리면 안 된다는 생각에 겁만 주어 쫓아 보낸 거래. 그러니까 해명 왕자님은 죽이고 싶으면 죽이고 살리고 싶으면 살리는 재주를 가지고 있는 거지."

"하하하, 그렇게 우리 왕자님이 신출귀몰하시니 대소 놈이 정신이 번쩍 들어 꽁지가 빠지게 도망 간 거 아니겠어?"

"해명 왕자님은 걸어서 하루에도 몇 백리를 갈 수 있는 분이래."

"와~ 우리 해명왕자님, 대단하신 분이네."

"고구려에 해명왕자님이 계시는 한 어떤 적이 쳐들어 와도 고구려는 끄떡없어."

"우리 해명왕자님 만세야."

"맞아. 해명왕자님 만세. 고구려 만세."

"만세, 만세, 만만세~"

고구려 군이 동부여 군을 물리쳤다는 반가운 소식은 전국을 만세소리로 덥이게 했다.

한편 군사들을 돌려 동부여로 돌아간 대소 왕은 해명왕자의 화살 한 대에 그 많은 군사를 되돌려 철수한 것이 못내 분하고 수치스러웠다. 고구려는 분명히 쉽게 공략 할 것 같은데 싸우기만 하면 쉽지가 않았다. 고구려를 침략할 때마다 언제나 자신감을 가지고 침략을 했다. 그러나 막상 전쟁을 하면 고구려는 어디서 힘이 나오는지 자신이 넘을 수 없는 태산준령과 같은 존재였다. 그렇다면 그들을 쉽게 제압할 수 있는 방법은 없단 말인가? 골똘히 생각한 끝에 묘안이 떠올랐다. 고구려의 왕자를 인질로 데려오는 것이었다. 인질로 고구려의 둘째 왕자인 해명을 잡아 놓는 것이다. 인질로 잡아 놓은 후 죽여 버리고 사고로 죽었다 하면 고구려로서도 어찌할 수없는 노릇일 것이다. 커가는 호랑이 새끼를 일단 우리 안에 잡아 놓고 볼 일 이었다. 고구려의 힘은 아직 대소왕의 명을 거역할 정도의 힘은 없었기에 울며 겨자 먹기로 끌려갈 수밖에 없는 처지였다. 대소왕은 일단 사신을 보내 인질을 보내라는 서신을 보내기로 했다. 고구려로서도 그랬다. 동부여를 금와왕이 다스릴 때는 평화로웠는데, 대소가 왕이 되고부터는 계속되는 침략 때문에 평화가 늘 불안했다. 그렇다고 동부여를 먼저 쳐서 굴복시킬 수 있는 강한 군대를 가지고 있는 것도 아니었다. 그러던 차에 동부여에서 사신이 왔다는 것이었다. 유리왕은 예의를 갖춰 사신을 맞이하고 사신이 건네는 대소 왕의 서찰을 받았다. 받아든 서찰을 다 읽은 유리왕은 다음 날 답신을 주겠다고 한 후 사신을 숙소로 돌려보냈다. 그리고 바로 호족회의를 소집했다. 호족회의에서 유리왕은 동부여의 대소 왕이 보내온 서찰의 내용을 공개했다.

고구려 왕 유리에게 고하노라.

고구려는 우리 동부여의 백성이었던 주몽이 세웠음에도 우리 동부여를 상국(上國)으로 섬기지 않고 속국임에도 불구하고 단 한 번도 조공을 하지 않은 것은 고구려가 동부여를 업신여김이 아니고 무엇이겠는가?

이에 짐은 고구려의 나쁜 관행을 고쳐놓기 위하여 군사를 일으켜 출병을 하였으나 일진이 좋지 못하여 회군했던바 분원

간 다시 군사를 다시 정비해 고구려 정벌에 나설 것이로 되 고구려가 잘못을 인정하고 속국의 예를 갖추어 조공을 한다면 은혜를 베플 것이로다. 더불어 속국의 예로써 인질을 보내줄 것을 명하는 바이다. 고구려의 태자를 비롯 왕자 중 한 명을 인질로 보내주기를 바라는 바이다.

동부여 왕 대소

동부여의 대소 왕이 보내온 서찰을 공개한 후 호족회의가 속개되었다. 여러 가지 의견들이 오고 갔으나 결론이 나지를 않았다. 서로가 자신들이 지지하는 왕자를 잃지 않으려는 호족들 간의 알력이 있었기 때문이었다.

"도절 태자님은 폐하의 뒤를 이어 왕위에 오를 몸이오니 이번 인질에서는 제외 되어야할 줄로 아뢰옵니다."

태자인 도절을 지지하는 국상인 아란불 측의 의견이었다. 실제로 태자인 도절이 인질로 간다는 것은 왕의 계승자로써는 안 될 일이었다. 그러나 해명을 지지하는 동부여에서 주몽과 함께 도망 나온 오리, 마리, 협보, 부분노 등의 논리도 틀린 것은 아니었다.

"도절 태자께서는 담력도 약하고 마음이 연약하여 앞으로 고구려를 끌고 가기 에는 미흡한 인물입니다. 먼저 번 보셨겠지만 다음 고구려를 강력하게 이끌고 갈 왕자는 해명왕자님이어야 합니다. 해명왕자님은 선대왕이신 동명성제의 다물(多勿의 뜻 : 옛 땅을 되찾는다.) 정신을 수행하시는데 가장 적합한 인물입니다. 그런 해명 왕자님을 동부여에 인질로 보낸다는 것은 말도 안 되는 일이옵니다."

이렇게 갑론을박하며 회의가 길어지자 유리왕의 장인인 송양이 중재를 위하여 앞으로 나설 수밖에 없었다. 이대로 보고만 있으면 밤을 새어도 회의가 결론이 나지 않을 것 같았기 때문이었다. 그러나 그것 보다는 잘못하면 도절과 해명의 사이가 씻지 못할 상처를 안게 될 것 같았기 때문이기도 했다. 송양에겐 태자인 도절이나 왕자인 해명이 모두가 귀한 손자였다. 그는 호족 중 최대의 힘을 가진 호족의 수장이었다. 유리왕이 주몽의 뒤를 이어 왕위를 계승할 때도 송양의 힘이 절대적이었다. 동부여에서 온 유리에게는 고구려에서 그를 지지해줄 기반이 전혀 없었다. 모든 면에서 소서노의 아들들인 비류와 온조 등에게 밀릴 수밖에 없었다. 물론 주몽과 동부여에서 함께 온 오이, 마리, 협보, 부분노 등의 힘도 크게 작용을 했겠지만 열세를 뒤집고 유리가 왕위에 오를 수 있었던 것은 송양의 힘이 절대적이었던 것이다.

"노부가 미력하나마 한마디 의견을 내놓을까 합니다. 노부로선 태자인 도절은 다음 왕위를 계승할 태자인 동시에 노부의 귀한 손자이기도 합니다. 또한 왕자인 해명도 어리지만 모든 왕자들도 노부의 귀한 손자들입니다. 그러나 이번 일은 나로서는 고구려의 국운(國運)이 걸린 문제이기 때문에 나 개인의 생각입니다만 도절은 다음 고구려를 이끌고 갈 인물이라고 보지 않습니다. 도절은 현재 태자이지만 태어날 때부터 허약하게 태어나 앞으로 선대왕이신 동명성제의 유업인 다물(多勿) 정신을 받들어 강한 고구려를 만들어 이끌고 가기에는 적합하지 않다고 봅니다. 나의 개인적 생각인데 지금 동부여의 대소 왕을 견제 하고 멀지 않은 날에 동부여를 제거할 수 있는 인물은 해명왕자란 생각입니다. 대소 왕은 그럴 듯하게 인질을 요구했지만 내용을 들여다보십시오. 분명하게 알 수 있는 게 있을 것입니다. 이번 전쟁에서 군사를 거두어 철수한 것은 해명왕자에게 당한 망신 때문입니다. 그래서 돌아간 후 이런 제안이 왜 왔겠습니까? 도절은 태자이니 인질이 되지 않을 것을 내다본 포석이 분명합니다. 그것은 해명이 왕자의 신분이기 때문에 인질로 보내질 것이 분명하기 때문에 해명왕자를 인질로 잡아 호랑이가 더 크기 전에 제거 하겠다는 계책입니다. 다른 왕자들은 아직 어리니 일단 태자인 도절을 보내겠다고 하는 것이 좋을 것이요. 해명왕자는 앞으로 강한 고구려를 이끌 군주(君主)가 될 자질이 분명하니 그를 인질로 보낼 수는 없습니다."

송양이 조목조목 예를 들어 가며 동부여 대소 왕의 흉계를 명확하게 밝히니 호족 회의장은 정적 속에 빠져들고 말았다.

3. 비류 왕 송양

송양은 주몽이 동부여에서 도망 나와 이곳에 오기 전 작은 나라인 비류국의 왕이었다. 주몽이 소시노를 아내로 맞이하고 그녀의 도움으로 고구려를 건국했다고 하나 아직은 나라다운 모습을 갖추고 있지는 못했다. 주몽은 고구려를 건국하고 난 후 틈만 나면 동부여에서 함께 온 오이, 마리, 협보, 부분노와 함께 사냥을 다녔다. 주몽이 사냥을 다니는 것은 이 지역의 지형을 꿰뚫듯 알고 있어야 했기 때문이다. 그래야 적의 침략을 받아도 지형지물을 이용해 적을 물리칠 수 있기 때문이었다. 그날도 주몽은 오이, 마리, 협보, 부분노 등과 사냥을 하고 있었다. 한참 사냥감을 쫓다보니 어느 강가에 이르게 되었다. 강은 폭이 넓었고 깊이 또한 만만치 않은 것 같았다. 강이 깊어 물이 흐르며 소용돌이를 치며 흘러가고 있는 것이 목격 되었다. 그렇게 말에서 무심히 강물을 보고 있던 주몽의 눈에 무엇인가 보였다. 주몽은 그 물체를 보고 급히 말에서 내렸다. 그러자 함께 온 일행이 주몽의 뒤를 쫓으려 했다. 그러자 주몽이 그들을 제지했다.

"잠깐, 강가에 살펴볼 것이 있어 내려가 확인해 보려고 하니 자네들은 잠깐 여기서 기다리게나."

하고는 주몽은 강가를 향해서 터벅터벅 걸어갔다. 주몽이 강가로 내려가 자세히 보니 떠내려 오는 물체는 채소였다. 사람이 먹고 사는 채소가 강물에 떠내려 온다는 것은 강가 어느 곳에 사람이 살고 있다는 것을 말해 주고 있는 것이 아니겠는가. 채소는 강가 위 지역에 살고 있는 사람들이 강가에서 채소를 씻다가 흘린 것이 분명했다.

"그렇다면 이곳에도 사람이 살고 있다는 것인데 과연 어떤 나라인지 알아볼 필요가 있겠구나."

하고는 일행에게 강을 거슬러 올라가 보자고 하였다.

"이곳에도 사람이 살고 있는 것 같으니 어디 강을 따라 올라가 보기로 하자."

하고 주몽이 말에 올라 앞을 향하여 달리기 시작했다. 오이, 마리, 협보, 부분노 등도, 말에 올라 주몽을 따르기 시작했다. 강을 따라 골짜기를 지나고 산을 몇 개 넘으니 산자락 밑에 넓은 평지가 있고 웅장하지는 않지만 제법 번듯한 궁궐이 눈에 보였다. 주몽이 세운 고구려와는 그리 멀리 떨어져 있지 않은 지역이었다. 이런 곳에 나라가 있다는 것을 오늘 주몽도 처음 알게 된 것이다. 주몽은 일행과 함께 성문 앞에 다달았다. 성문 밖에는 장날 인지 많은 사람들이 나와서 물물 교환을 하고 있었다. 채소와 곡물과 같은 것을 교환하기도 하고 여러 가지 물건들이 나와 서로 팔고 사는 것을 보아 꽤 삶의 질이 괜찮은 것 같았다. 그리고 사람들의 왕래가 제법 많았다. 주몽 일행은 장마당을 한번 돌아보고는 그 중 한 상인에게 물었다.

"말씀 좀 물읍시다. 이 나라 이름이 무엇입니까?"

"이곳에 사는 사람이 아닙니까?"

하고 상인이 이상 하다는 듯 주몽의 모습을 아래위로 자세히 보며 도리어 주몽에게 묻는 것이었다.

"지나가다가 사람들의 왕래가 많아 한번 들려 봤는데 궁금해 물은 것뿐입니다."

"이 나라는 비류국입니다. 임금의 이름은 송양이라는 분이지요."

하고 대답하는 것이었다. 처음엔 이상한 눈으로 보는 것 같더니 주몽의 인물이 준수해 보였는지 비류국이라는 것과 왕의 이름이 송양이라고 친절하게 가르쳐 주는 것이었다. 나라는 작아 보였지만 아직은 외세의 손길이 타지 않아서인지 평화로워 보였다. 또 장날이라 물건을 사고파는 것을 보니 물자도 풍족한 나라 같았다.

"음, 비록 나라는 작지만 백성들이 잘 먹고 산다는 것은 이 나라를 다스리는 왕이 훌륭한 사람이라는 것을 알 것 같구나."

그러나 주몽이 이 나라를 다스리는 왕이 훌륭한 사람이라는 것을 알면서도 송양 이라는 사람이 다스리는 비류국을 자신의 영향 하에 두어야 되겠다는 야망이 꿈틀 거리는 것은 나라를 세울 때부터 다물(多勿 : 옛 땅을 되찾는다.) 정책으로 고구려를 이끌겠다고 작정하고 창건(創建) 하였기 때문이었다. 비류국은 작은 나라지만 식량과 물자가 풍족한 나라였나. 이런 나라를 하나하나 흡수해야만 자신의 꿈을 실현 시킬 수 있다는 확신이 섰다. 주몽이 창건(創建)한 고구려는 아직까지 나라라고 부르기엔 부족한 점이 많았다. 그래서 고구려보다 큰 나라는 쳐서 합병할 힘은 없었고 고구려보다 힘이 약한 작은 나라(小國)부터 복속시켜 힘을 키워가야 한다는 생각을 늘 염두에 두고 있었다. 아직 강한 고구려가 아니었기에 우선 고구려보다

약하다고 생각한 비류국부터 주몽이 구상하고 있던 대상으로 삼기로 했다. 비류국이 고구려와는 가장 가까운 거리에 있었고 자신의 생각과 일치하는 작은 나라였기 때문이었다. 주몽은 일행을 거느리고 비류국의 궁궐 정문에 도착해 궁궐 정문을 지키는 수문장인듯 한 사람에게 고구려국의 왕이라 말하고 비류국 송양 왕을 만나기를 청했다. 정문지기 수장인 듯 보이는 자가 잠시 기다리라고 한 후 궁궐 안으로 들어갔다가 한참 후에 돌아와 말했다.

"들라고 하셨습니다. 안으로 드시지요."

하고는 정문을 지키는 수장이 앞장을 선다. 주몽 일행이 궁궐 안으로 들어서니 밖에서 보던 것과는 완전히 다른 세계였다. 궁궐은 상상외로 넓고 화려했다. 주몽일행은 관행상 그들이 지니고 있는 무기들을 비류국 군사들에게 맡기고 송양 왕이 있는 집무실로 안내되었다. 잠시의 시간이 걸려 송양 왕의 집무실에 당도했다.

"이곳이 임금님께서 계신 곳입니다."

안내한 사람의 말이 채 끝나기 전에 집무실 문이 열리며 비류국 왕인 송양이 기다리고 있었던 듯 집무실 문을 열고 나왔다.

"어서 오십시오. 기다리고 있었습니다. 귀한 손님이 오셨군요. 비류국의 송양입니다. 비류국에 오신 걸 환영합니다."

주몽이 보니 풍채가 좋아 보였고 인자해 보였지만 범접할 수 없는 구석도 있어 보였다. '물자가 풍족하고 백성들이 잘살고 있어 다스리는 자가 만만치 않을 것이라고 생각 했는데, 과연 범상한 사람은 아니었구나' 하고 생각하며 주몽은 송양을 향하여 인사를 건넸다.

"무례한 방문을 한 것 같아 송구하기 그지없습니다. 사냥을 나왔다가 이런 곳에 이렇게 훌륭한 나라가 있다는 것을 알고 그냥 지나칠 수가 없어 들렀습니다."

"하하하, 잘 오셨습니다."

이렇게 인사를 하고 송양이 주몽의 인상을 보니 용모가 비상하게 잘 생긴 사람이 함부로 범접할 수 없는 기풍이 있어 보였다. 그래서 송양은 주몽을 상식에 앉기를 권했나. 귀티가 풍기는 모습이 함부로 대할 수 있는 사람이 아니라는 것을 한 눈에 보고 알 수 있었기 때문이었다. 송양은 이미 처음 만날 때부터 마음으로 주몽에게 한 수 접히고 들어갔는지 모른다.

"귀하신 손님이 오셨는데 저쪽 상석으로 앉으시지요?"

의례적인 인사 같았지만 송양은 진실한 마음으로 주몽을 상석에 앉히기 보다는 주몽의 용모에 기가 꺾였기 때문이었다. 송양과 주몽은 서로가 자신들이 개국(開國)한 나라에 대하여 상세한 이야기를 주고받았다. 두 사람은 이야기를 주고받는 속에서도 알게 모르게 팽팽한 기(氣) 싸움을 하고 있었다. 송양은 주몽과 그의 일행을 알게 모르게 면밀히 살피고 있었다. 주몽 뒤에 있는 오이, 마리, 협보, 부분노 등을 보니 하나 같이 범 같은 장수들이라 누구하나 만만히 볼 사람이 없어 보였다.

"음, 이런 인물들이 비류국에 있다면 비류국의 앞날은 무서울 것이 없을 텐데."

송양은 주몽을 비류국의 일원으로 끌어 들이고 싶었다. 그래서 주몽에게 넌지시 물었다.

"고구려의 왕이라 하니 묻겠습니다. 그대는 어떤 사람이며 어디에서 왔습니까?"

그러자 주몽이 거만하게 대답했다.

"나는 천제(天帝)의 자손이며 고구려국의 왕이요. 그대는 누구를 계승한 왕이요?"

하고 주몽이 묻자 송양이 대답했다.

"나는 선인(仙人)의 후예로써 여러 대(代) 왕 노릇을 했는데, 이곳은 지방이 작아서 두 명의 왕이 다스리는 것은 불가한 것 같소. 그대가 나라를 세운 지가 얼마 되지 않은 것 같은데 나에게 고구려국을 넘기는 것이 옳지 않겠오? 왕께서 오시며 대략 보셨겠지만 비류국은 물자가 풍족하고 백성들이 먹고 살 식량도 풍족해서 평화로운 나라입니다."

그러자 주몽이 속으로 기가 막히다 는 듯 콧방귀를 뀌었다.

"하, 이놈 봐라, 손도 안 대고 코를 풀려고 하네."

주몽이 다른 생각에 미처 대답을 못하자 송양이 같은 말을 재차 물었다. 그러자 주몽이 송양의 말을 받아서 말했다.

"과인은 천제(天帝)를 계승한 사람이고 당신은 신(神)의 자손이 아니면서도 억지로 왕이라고 칭하니 천제의 아들인 나에게 돌아오지 않는다면 하늘은 반드시 당신을 벌할 것이오."

라고 말했다. 그러면서 잠시 뜸을 들인 후 주몽의 말은 계속되었다.

"내가 동부여에서 목숨을 걸고 이곳까지 도망쳐 왔을 때는 그냥 온 것이 아니고 천제(天帝)의 뜻을 받들고 온 것이요. 이제야 천제(天帝)의 뜻에 따라 이곳에 나라를 세웠는데, 그대의 뜻은 매우 고마우나 그대의 일방적인 뜻은 받아드릴 수가 없겠오."

송양이 주몽의 말을 듣고 주몽의 옆에 있는 장수들을 다시 보니 눈에서 나오는 광채가 하나같이 범의 눈과 같다. 만약 이들과 전쟁이 벌어졌을 경우 비류국에는 이들과 맞서 싸울 만한 장수는 물론이거니와 변변한 군사들조차도 없었다. 그동안 전쟁 한번 없이 평화롭게 살던 비류국으로서는 군사들이 얼마간은 있었지만 전쟁을 수행할 군대는 변변치 못했던 것이다. 또 두 나라가 전쟁을 할 경우 크던 작던 희생이 따를 것은 분명한 일이었다. 그러나 송양으로서는 아무리 작은 나라라고는 하지만 저항 한번 못하고 나라를 고구려에 송두리채로 내어 준다는 것은 한 나라의 왕으로써 자존심이 허락지 않았다. 또 여기까지 찾아온 주몽의 모습을 보아서는 순순히 물러설 사람이 아니라는 것을 그는 순간적으로 직감을 하고 있었다. 그는 전쟁을 피하고 평화적으로 해결하고 싶었다. 그는 비류국의 왕이었다. 비록 나라는 작지만 제왕(帝王)은 아무나 되는 것이 아니고 하늘의 뜻이 있어야 된다는 것을 그는 잘 알고 있었다. 하늘의 뜻이 자신에게 있다면 어떤 상황이 와도 자신의 위치는 흔들리지 않을 것이며 하늘의 뜻이 그렇지 않다면 하늘의 뜻을 따르면 된다는 생각이었다. 그는 흔들림 없는 모습으로 주몽을 보며 말했다.

"천지가 임자 없는 빈 땅입니다. 힘만 있으면 어느 곳에 깃발을 꽂고 내 나라라 한들 누가 뭐라 할 사람이 있겠습니까? 나는 오래 전에 이곳에 나라를 세웠습니다. 왕께서도 얼마 전 이곳에 나라를 세우신 것 같습니다. 그렇다면 이 좁은 지역에 두 나라가 얼굴을 맞대고 싸울 수 없으니 합병을 하여 하나의 나라로 만듭시다. 그렇게 두 나라가 합쳐진다면 좀 더 큰 나라의 틀을 갖추게 될 것입니다. 그러나 서로가 그냥 나라를 내어 준다면 억울할 것이고 백성들도 있으니 어떤 명분은 있어야 된다고 생각합니다. 우리 활쏘기를 하여 이기는 쪽으로 합병을 하는 것이 어떻겠습니까?"

주몽은 지금 것 송양의 말을 듣기만 하였지만 송양의 이 제안에는 분명한 대답이 있어야 한다고 생각했다.

"좋습니다. 왕의 제안을 받아드리겠습니다."

주몽은 한편으로는 송양의 활쏘는 솜씨를 몰라 마음이 꺼림칙한 면도 없잖아 있었지만 또 한편으로는 쾌재를 부르고 있었다. 지금까지 주몽 자신만큼 활을 잘 쏘는 사람을 보지 못했기 때문이었다. 해서 속으로는 승부욕이 더 타오르고 있었다. 송양 또한 주몽의 활솜씨를 전혀 모르고 있었다. 만약에 송양이 주몽의 활솜씨를 알았다면 다른 것으로 승부를 내자고 했을지도 모른다. 사실 주몽의 활솜씨는 신의 경지에 있다고 하여도 과언이 아니었다. 그러나 주몽의 활솜씨를 전혀 모르는 송양은 자신도 나름 비류국에서는 신궁 소리를 듣고 있었기에 주몽에게 활쏘기 시합을 제안했던 것이다. 활쏘기라면 자신이 제일 잘하는 것 중 하나였기에 주몽은 속으로는 쾌재를 부르며 겉으로는 겸손한척 할 수밖에 없었다.

"대왕께서는 대단한 활솜씨를 가지고 있는 것 같습니다. 왕께서 활쏘기로 판가름을 하시자 하시니 미천한 저의 솜씨로 과연 대적이 될 런지 모르겠습니다."

"왕께서 쾌히 승낙을 하여 주시니 감읍할 다름입니다. 이제 승부를 활로서 내기로 하였으니 어떻게 승부가 나더라도 서로 승복하기로 합시다."

그렇게 두 나라의 왕인 주몽과 송양이 합의를 이루어 낸 후 활쏘기 시합은 3일 후 하기로 했다. 비류국이 작다고는 하지만 비류국에도 백성이 있고 또 왕을 보좌했던 신하들도 있었다. 그들과 아무런 상의 한마디 없이 나라를 널름 고구려에 바칠 수는 없는 노릇이었다. 주몽 또한 고구려에 가서 그의 신하들과 비류국에서 있었던 일을 보고하고 만약에 진다하여도 승복하여야 한다는 것을 알려야만 했던 것이다. 그렇게 두 나라가 하나의 나라로 합쳐지기 위하여 두 나라의 왕이 합의를 하고 헤어졌다. 그러나 주몽보다는 비류국 왕인 송양이 걱정이 더 많았다. 주몽 일행을 보았을 때 전쟁이 벌어질 경우 비류국이 이길 수 있는 확률은 전혀 없었다. 비류국은 지금 것 전쟁 한 번 하지 않고 평화롭게 지내온 나라였기 때문이다. 그랬던 비류국의 송양이 주몽과 합의를 이루어 내고 다른 마음을 먹는다면 별안간 전쟁의 소용돌이에 말려들 수도 있는 상황이었다. 비류국 왕 송양은 신하들과의 회의에서 주몽과 있었던 일을 털어 놓았다. 그러나 대신들 중 누구하나 고구려와 일전(一戰)을 벌리자고 하는 사람은 단 한 명도 없었다. 송양은 신하들과의 회의에서 전쟁은 하지 않더라도 단 한 명의 신하라도 고구려와 전쟁을 불사하자고 하는 사람이 있었다면 마음이라도 허허롭지는 않았을 것이다. 그러나 단 한 명의 신하도 전쟁을 불사하자는 사람은 없었다. 그런 상태에서는 고구려와 전쟁을 한다 한들 백전백패(百戰百敗)일 수 밖에 없었다. 그러나 고구려는 달랐다. 주몽이 그런 결정을 하고 왔다는 말에 고구려 국무회의장은 환호성 일색이었다. 회의라고 볼 수도 없었다. 모든 것은 만장일치로 통과였다. 고구려에서는 주몽의 활솜씨를 모르는 사람이 없었다. 신궁에 가까운 활솜씨에 모든 신료들의 기(氣)를 받게 되었으니 이미 승부는 난 것이나 다름이 없었다. 드디어 결전의 날이 왔다. 주몽은 일찌감치 와서 송양과의 활쏘기에 대비하고 있었다. 열 발의 활을 쏘아서 정확하게 과녁에 가깝게 쏜 사람이 승리를 하는 방식이었다. 대나무에 글씨를 써서 글씨가 앞으로 나온 사람이 먼저 활을 쏘기로 했다. 그리고 먼저 쏘는 사람이 다섯 발 을 쏘고 다섯 발 씩 끝나면 나중 쏘았던 사람이 먼저 다섯 발을 쏘는 방식이었다. 다섯 발씩 선, 후를 바꾸어 쏘는 것이다. 대나무에 글씨를 뽑는 과정에서 주몽이 먼저 쏠 수 있는 글씨가 나왔다. 주몽은 활을 쏘는 시위대에 나와 섰다. 과녁을 향하여 조준을 하고 힘껏 과녁을 향하여 화살을 날렸다. 정확하게 과녁에 명중을 시켰다. 고구려 사람들의 환호성이 시합장을 달군다. 그렇게 다섯 발의 화살을 한가운데 꽂아 넣은 것이다. 이어서 송양이 시위대에 섰다. 송양도 활을 힘껏 당겼다 놓았다. 화살은 지체 없이 날아가 송양이 쏜 화살도 과녁의 한 가운데를 정확히 꿰뚫고 있었다. 그러자 비류국의 사람들이 환호성을 지른다.

"와~ 송양 폐하 만세."

그렇게 다섯 발씩의 첫 번째 승부는 무승부였다. 2차 시합은 송양이 먼저 쏘게 되어 있었다. 그는 의기양양하게 시위대에 섰다. 그리고 활시위를 당겨 힘차게 쏘았다. 궤적을 그리며 떠난 화살은 정확하게 과녁의 한 가운데를 명중시켰다. 그렇게 송양이 쏜 다섯 발의 화살은 과녁의 한가운데를 관통시키고 있었다. 송양으로서는 다섯발의 화살이 과녁 한가운데를 관통시켰으니 이젠 주몽이 한 발이라도 실수해 주기를 기다며 흥분된 마음을 가라앉히며 자리에 앉았다.

그러자 비류국 사람들이 크게 함성을 지른다.

"와~ 비류국 대왕 폐하 만세~"

"와~ 와~"

비류국 사람들은 마치 송양이 승리를 한 것처럼 흥분돼 만세를 부르고 있었다. 송양이 쏜 화살이 모두 과녁의 한가운데를 명중시켰으니 주몽이 단 한번만 실수를 하여도 비류국이 피 한 방울 흘리지 않고 승리하는 것이다. 사실 송양의 마음도 흥분이 되는 것은 어쩔 수 없는 사실이었다. 드디어 주몽이 쏠 차례였다. 그는 여유있게 시위대에 섰다. 과녁에는 송양이 쏜 화살 다섯 발이 과녁 한가운데 꽂혀 있는 것이 눈에 보였다. 그는 심호흡을 한 번 하고 활에 화살을 재우고 힘 있게 몸을 뒤로 젖히고 화살을 날렸다. 궤적을 그리며 주몽이 쏜 화살은 송양이 쏜 화살의 뒤꽁무니를 명중시켜 화살을 반으로 쪼개 놓는다. 이번엔 고구려 쪽에서 환호성이 일었다.

"와~ 주몽 폐하 만세."

"와~ 와~"

반대로 비류국 사람들은 아까와는 정 반대로 아연실색하며 기가 죽는다.

"아니 귀신이 아닌 다음에야 어찌 저럴 수가 있는가?"

비류국 사람들의 입에서는 탄식이 흘러 나왔다. 주몽이 화살 다섯 대를 모두 쏠 때마다 양쪽에서는 서로 다른 탄식이 터져 나왔다. 주몽이 쏜 화살들은 송양이 먼저 쏘아 과녁 한가운데 박혀 있는 화살의 뒤꽁무니를 맞춰 그 화살들을 반으로 쪼개놓는 것이었다. 송양은 이미 첫 번째 화살을 주몽이 반으로 쪼개 놓는 순간 아연실색하며 그만 기가 꺾여 주몽의 활솜씨에 질리고 말았다. 그런데 또 두 발의 화살을 모조리 반으로 쪼개어 놓으니 송양은 그만 기가 더 꺾이고 말았던 것이다. 송양도 당대에는 주몽이 아니었다면 그를 당할 사람이 많지 않았음을 보여 주고 있었지만 그러나 어찌하랴. 주몽의 활솜씨는 송양의 그것을 한 참 뛰어 넘는 신의 경지에 있었다.

"고구려 왕은 사람이 아니다. 저 사람은 활의 신(神)이다. 저런 신(神)과 같은 사람과 시합을 하여 어찌 내가 이기겠는가?"

하고 탄식을 하며 주몽에게 무릎을 꿇기로 결심을 했다. 아무리 해봐도 자신은 주몽을 이길 확률은 전혀 없는 사람이라는 것을 깨닭은 것이다. 그는 더 망신을 당하기 전에 이 시합을 멈추어야 된다고 생각했다. 주몽이 네 번째 화살을 쏘려고 할 때 송양은 주몽에게로 가서 그의 발아래 무릎을 꿇었다.

"대왕, 천하 명궁을 몰라 뵙고 무례한 제안을 했던 것을 사과드립니다. 이제 약속한 대로 비류국은 고구려와 합병을 하여 본인은 대왕의 신하가 될 것입니다. 받아 주십시오."

송양은 주몽을 마음에서 우러나는 존경심으로 비류국을 다스려 주기를 간청했다. 송양은 이렇게 자신이 패한 것을 깨끗이 승복하고 주몽에게 비류국을 내어주는 결단을 내렸던 것이다.

"과연 대왕은 사내십니다. 어서 일어나시오."

주몽은 송양의 팔을 부추겨 일으켜 세웠다.

"대왕, 우리 힘을 합해 우리 조상의 나라인 조선의 옛 땅을 우리가 다시 찾읍시다."

주몽이 그렇게 말하자 주몽의 말을 받아 송양이 주몽의 손을 잡으며 말했다.

"고구려와 비류국이 하나의 국가로 합쳐진다 해도 나라라고 하기엔 아직 갖추어야 할 것들이 너무도 많습니다. 우리들의 나라가 좀 더 강해지려면 주변의 나라들을 하나하나 우리 손 안에 넣어야 될 것입니다."

그러자 주몽이 기쁜 마음으로 송양의 말을 받았다.

"그렇게 해야지요. 그러기 위해선 그대의 도움이 꼭 필요합니다."

"저에게 무슨 힘이 있겠습니까? 그러나 대왕께 필요한 사람이 되어 그렇게 되도록 노력하겠습니다. 대왕의 말씀은 백번 천 번 맞는 말씀입니다. 대왕의 생각은 다물(多勿: 옛 땅을 다시 찾음.) 정책을 쓰시겠다는 말씀이지요?"

송양은 주몽을 알고부터 자신은 주몽과는 상대가 될 수가 없는 그릇이라는 것을 알 았다. 송양은 자신의 앞에 큰 산이 가로막고 있는 것을 느끼고 있었던 것이다. 자신은 소국인 비류국의 왕으로서 만족하며 평화롭게 비류국을 전쟁 없이 다스리다 가면 그만이라고 생각했다. 말하자면 그에게는 큰 야망이 없이 살았다고 보면 그것이 정확한 답일 것이다. 그렇게 주몽이 무에서 유를 창조하는 사람이라면 송양은 원래가 주몽과는 달리 출신성분이 부유한 집안에서 태어났기에 주몽과 같은 어려움을 겪어보지를 못했다. 그래서 그는 큰 야망 없이 현실에 안주하는 스타일의 사람이었던 것이다. 그런 송양을 다물(多勿 : 옛 땅을 다시 찾음.)에 눈을 뜨게 한 것이 주몽이었다. 송양의 사내다움을 알아본 주몽은 마치 자신에게 오른 팔이 새로 달린 기분이였다.

"하하하, 마치 천군만마를 얻은 기분입니다. 지금부터 우리의 적은 주변의 작은 나라들이 아니라 저 중화족(中華族)의 한(漢)나라입니다. 우리가 강해지면 주변의 작은 나라들은 스스로 우리와 합병을 하게 될 것입니다. 그렇게 되면 자연히 우리의 적은 저 중화족(中華族)의 한(漢)나라가 되는 것이 아니겠습니까?"

"아직 나라다운 기반도 완전하지 않은데 어떻게 그 큰 나라인 한(漢)나라나 동부여를 상대로 싸울 수 있겠습니까?"

"지금 한(漢)나라는 대륙을 통일하고 호시탐탐 이쪽 땅을 넘보고 있고 우리의 동족 인(同族) 동부여 또한 그들의 야욕을 드러내고 있습니다. 단단한 대비책을 세우지 않으면 그들이 쳐들어 와도 물리칠 수가 없을 것입니다."

"우린 아직 약소한 나라이기 때문이 아닌가요?"

"세상은 강한 자 만이 살아남는 것은 아닙니다. 약해 보이지만 끈질긴 자가 살아남는 것이지요. 비록 우리가 약소한 나라지만 끈질기게 살아남아 한나라나 동부여를 꺼꾸러뜨리면 진정으로 강한 것이 어떤 것인지 그들은 알게 될 것입니다."

"왕의 뜻이 그러하시다면 저는 왕의 뜻을 전적으로 따르겠습니다."

이렇게 주몽과 마음이 의기투합해 나라를 합친 후 고구려의 2인자로 군림하게 된 송양이었고 주몽이 죽은 후 실제적인 고구려의 어른이었다. 거기에 그의 첫 째 딸을 유리에게 시집보내 태자인 도절을 낳았고 도절을 낳던 중 그의 첫 째 딸이 산고(産苦)로 인해 죽자 둘 째 딸을 유리에게 시집을 보내어 해명과 무휼을 낳은 것이다. 그러나 같은 유리의 자식이었지만 도절과 해명은 성격부터 판이하게 달랐다. 태어나자마자 어머니를 잃어 그랬는지 도절은 성격이 밝지를 못했다. 그러나 해명은 도절과는 달리 쾌활한 성격에 문무에도 능했다. 그러니 어려서부터 귀여움을 받는 것은 도절보다는 해명이었다. 판이하게 다른 성격을 가진 두 왕자의 모습을 보며 가슴 아파하는 것은 송양도 그랬지만 해명의 친모인 왕비가 더 했다. 성격이 천성적으로 착했던 왕비는 언니가 죽자 자신이 언니의 자리를 빼앗았다는 자괴감에 도절을 자신의 친 자식처럼 정성들여 키웠다. 차라리 해명에겐 아무렇게나 대했지만 도절은 태자가 될 몸이라는 것을 알고 있었기에 더 정성을 들였던 것이다. 그러나 타고난 성격이 그래서인지 도절은 늘 외로워했고 형제들과도 잘 어울리지 않았다. 해명이 그나마 성격이 밝아서 도절과는 그 중 가까운 사이였다. 그런 두 사람을 보며 송양은 왕재(王才)는 해명이라고 생각했다. 지금처럼 동부여와 주변국의 침략에 대응할 수 있고 주몽이 꿈꾸어 왔던 다물(多勿)정신을 이루고 조선(朝鮮)이 잃어버렸던 옛 고토(古土)를 회복할 인물은 해명이라고 예전부터 결론을 내리고 있었던 것이다. 그래서 송양은 나름대로 유리왕에 이어 고구려를 계승할 인물은 모든 일에 진취적인 해명이어야만 한다고 생각하고 있었다. 그것은 다른 호족들처럼 어느 왕자를 선택해 자신들의 정치적인 앞날을 유지하려는 인물들과는 전혀 다른 판단이었다. 진정으로 고구려의 앞날을 생각한 외할아버지로서의 왕재(王才)에 대한 판단이었던 것이다. 그러나 그 결정이 슬픈 비극을 불러 올 줄은 아무도 몰랐다.

4. 태자 도절의 죽음

호족회의는 아직도 계속되고 있었다.

"내 생각인데 나는 도절을 동부여에 보내는 것이 옳을 것 같소. 해명은 강한 나라 고구려를 만드는데 적합한 인물이며 동명성제(東明聖帝)께서 살아생전에 꿈꾸어 왔던 예전에 잃었던 옛 조선의 고토(古土)를 회복하는 데도 해명의 힘이 필요합니다. 이미 돌아가셨지만 동명성제께서는 꿈에서 조차 우리가 중화족(中華族)에게 빼앗긴 땅을 되찾는 것이 필생의 사업이었소. 이제 우리는 동명성제가 꿈꾸어왔던 우리 민족이 잃어버린 옛 땅을 찾을 때가 온 것 같소. 다물(多勿)정신과 연계하여 고구려의 장래를 위해서도 도절을 동부여로 보내는 것이 옳을 듯하오. 동부여의 대소는 분명히 저번의 전투에서 해명에게 혼쭐이 난 후 해명을 제거하려 왕자를 인질로 보내라는 음흉한 흉계를 꾸민 것이 틀림이 없소. 도절은 태자이니 보내지 않을 것이라 판단하고 다른 왕자들은 아직 어리니 해명뿐이 올 왕자가 없다고 판단을 한 것입니다. 해명이 동부여로 간다면 그들은 어떠한 흉계를 꾸며서라도 해명을 죽이려 들 것입니다."

송양이 조목조목 논리적으로 말하자 아무도 이의를 제기하는 호족들이 없었다. 유리왕도 송양의 말을 따르겠다는 듯 고개를 끄덕이고 있었다. 결론은 이제 태자 도절을 인질로 동부여에 보내기로 결론이 난 것이다. 호족회의에서 결정이 이루어졌으니 유리왕의 재가만 떨어지면 도절은 동부여로 인질이 되어 가게 되어 있는 것이다. 유리왕의 재가는 이미 호족회의에서 결정이 난 사항이기 때문에 요식행위에 불과할 뿐이었다. 인질이 되어 동부여로 떠나게 되었다는 소식을 들은 도절은 절망에 빠질 수밖에 없었다. 인질이 되어 간다는 것은 태자로써도 이미 폐위 되었다는 것을 의미하는 것이기도 했다. 도절은 유리왕을 찾아가 자신이 왜 동부여로 인질이 되어 가야만 하는지 물었다.

"아바마마, 소자가 비록 해명 보다는 모든 면에서 못한 것은 분명합니다. 그럼에도 불구하고 소자는 맏 왕자로써 태자에 이미 책봉이 된 몸입니다. 태자란 직분은 아바마마를 이어 고구려를 이끌어갈 다음 왕이란 뜻이 아닙니까? 그럼에도 불구하고 어찌하여 소자가 왜 동부여로 인질이 되어 가야만 합니까?"

"그것은 내 뜻이 아니다. 이 고구려 대, 소, 신료들의 결정이며 호족회의에서도 결정된 사항이다. 결정권은 모두 왕이 가지고 있는 것은 아니다. 미안 하구나. 네가 가면 빠른 시일 내로 너를 다시 데려오마."

"아바마마, 으흐흐흑."

냉정히 말하는 유리왕의 대답에 도절은 더 이상 할 말을 잃고 눈물만 흘릴 수밖에 없었다. 해명도 호족회의에서 결정된 것을 들어 알고 있었다. 그는 분개하여 유리왕을 찾았다.

"아바마마, 소자 왕자 해명입니다."

"해명 왕자가 웬일로 왔느냐? 들어오너라."

"어찌하여 도절 형님을 동부여로 보내려 하십니까?"

"고구려가 아직은 약소국이니 어쩔 수가 없구나. 힘을 키울 때까지는 이 수모를 참아야 되지 않겠느냐?"

"아바마마, 그래도 이건 아닙니다. 동부여의 대소가 별것 있습니까? 쳐들어오면 싸워서 이기면 되는 것 아닙니까?"

"네 말 뜻은 모르는 바가 아니다. 그러나 전쟁을 하면 꼭 이긴다는 보장도 없거니와 무고한 사람들이 수도 없이 죽기 때문이다. 그러나 잠시 이 수모를 참고 견딘 후 힘을 기른다면 동부여도 고구려를 더 이상 함부로 대하지 못할 것이다."

"아바마마, 도절 형님 대신 저를 보내주십시오. 형님은 몸이 쇠약하여 동부여에 가도 견디기 힘들 것이 옵니다."

"해명왕자, 그만 하거라, 이미 대소신료와 호족회의에서 결정이 된 사항이다. 이젠 내 힘으로도 어찌할 수가 없다."

"아바마마, 다시 한 번 생각해 주십시오."

"나가거라."

해명의 힘으로는 어쩔 수 없는 일이었다. 해명은 유리왕에게서 물러 나오면서 다짐했다. 반드시 자신이 동부여를 정복해 대소를 자신의 발아래 무릎을 꿇릴 날이 올 것이라고..... 해명은 유리왕에게서 물러나와 도절을 찾았다.

"형님, 해명입니다."

"해명, 네가 웬일이냐?"

"형님이 동부여로 가게 되었다 해서 아바마마께 다녀오는 길입니다."

"네가 아바마마께 가서 무슨 말을 했는지 모르지만 이제 결정된 사항은 바뀌지 않을 것이다. 내가 동생인 해명 너를 진정으로 위하는 마음으로 부탁하겠다. 너는 아바마마를 너무 믿지 말아라. 그 분은 자신을 위해서는 자식도 언제든 희생시킬 수 있는 분이다. 난 전부터 아바마마는 그런 분이란 것을 느꼈다. 그리고 내가 떠나면 네가 태자가 될 것이다. 나는 원래 태자라 하여도 아바마마를 이어 고구려를 다스릴 능력이 없다. 누구보다 나 자신이 그것을 잘 알고 있었다. 다음 임금은 해명 네가 되는 것이 맞다. 네가 강한 고구려를 만들어 동부여는 물론 중화족(中華族)인 한(漢)나라까지 쳐서 할아버지께서 꿈에도 포기치 못했던 우리 조선의 옛 땅을 다시 찾아서 할아버지께서 고구려를 건국하시며 꿈꾸었던 다물(多勿)정신을 완성해야 한다. 꼭 고구려가 대륙의 주인이 되어야 한다. 그 일을 해낼 수 있는 사람은 해명 너다. 너라면 그 일을 꼭 해낼 수 있을 것이다. 꼭 해내야 한다."

"형님, 무슨 말씀을 하시는 겁니까? 그 일은 형님이 할 일입니다. 빨리 동부여에 다녀 오셔서 꼭 형님의 뜻을 반드시 이루십시오. 저는 형님을 도와 그 일을 이루시는데, 미력하나마 도울 것입니다."

"해명, 고맙구나."

도절이 해명에게는 그렇게 대답을 했지만 자신은 그 일을 이루지 못할 것이라는 것을 잘 알고 있었다. 그는 마음속에 이미 결심한 것이 있기 때문이었다. 그는 일국의 태자로써 나라의 힘이 약하다고는 하나 적에게 인질로 끌려가는 것은 수치라고 생각하고 있었다. 해명과 아무런 일도 없다는 듯 늦은 밤까지 함께 자랄 때의 이야기를 했다. 그 옛 이야기는 해도 해도 끝이 없었다. 그들이 동명성제(東明聖帝)인 주몽 할아버지의 무용담은 많이 들었지만 직접 보지는 못했기에 늘 그 할아버지의 멋진 모습을 직접 보지 못한 것이 아쉬웠다.

"할아버지께서는 따라 갈 사람이 없는 명궁이었다고 한다. 이 고구려에서는 아니 전 대륙에서 아무리 찾아봐도 할아버지의 활 솜씨를 따라갈 사람이 없다고 했다. 그분의 활 솜씨는 정말 대단했다고 하더라. 나는 힘도 없고 소질도 없지만 너는 타고난 힘과 머리가 있으니 할아버지를 능가하는 명궁이 되어라. 이미 너는 할아버지를 능가하는지도 모르지만 말이다."

"에이, 형님도 제가 어떻게 할아버지의 실력과 견줄 수 있겠오. 그 분은 신궁(神弓)인데요."

"사람이 하는 일은 사람이 다 할 수 있다. 다만 정말 신(神)이라면 몰라도~ 할아버지 또한 사람이 아니더냐?"

그들은 밤이 가는 줄도 모르고 이야기의 꽃을 피웠다. 그렇게 깊은 밤까지 이야기를 하고나니 도절은 피곤이 몰려온다. 아니 해명 때문에 자신이 실행하고자 하는 일이 늦어지고 있는 것이다. 그는 해명에게 말했다.

"해명, 이제 밤도 늦었으니 잠자리에 들어야 되겠구나. 너도 내일을 위해 자야 되겠지. 나에게 신경 써 주어 고맙구나."

"네, 형님이 피곤할 것이라는 것을 이 아둔한 아우가 몰라 뵈었습니다. 편히 주무십시오."

하고 도절 태자에게 인사를 하고 해명이 밖으로 나갔다. 그러나 영민한 해명도 도절이 자신이 나간 후 어떤 일을 저지를지는 꿈에도 알 수 없었다. 해명이 밖으로 나가자 도절은 깨끗이 목욕을 하고 잠자리에 들었다. 그리고 자신이 준비해 놓은 날카로운 칼로 자신의 손목을 그었다. 동맥을 끊은 것이다. 붉은 피가 손목에서 쭉 뻗어 솟구친다. 도절은 준비한 헝

깊으로 뻗어 나오는 피를 막는다. 그러나 막아도 피는 계속 흘러나온다. 차차 정신이 혼미해 온다. 숨을 쉬기가 힘들고 눈물이 비 오듯이 흘러내린다. 도절은 그렇게 정신을 잃어가고 있었다. 정신이 혼미한 가운데서도 얼굴도 모르는 유리왕의 첫째 비, 송씨인 어머니가 보고 싶다. 해명의 어머니인 둘째 비가 어머니와 자매이기에 닮았을 것이란 생각에 둘째 비인 송씨를 떠올려 본다.

"어머니, 어머니는 어떤 분이셨습니까? 저는 어머니를 한 번도 뵙지를 못해 내가 하늘에 가도 어머니를 알아 볼 수 있을지 모르겠습니다. 어머니 정말 보고 싶었습니다. 흐흐흑흑."

그렇게 도절은 정신이 혼미해져가는 속에서도 어머니를 그리워하며 깊은 잠속으로 빠져들고 있었다.

다음 날 고구려 왕궁에서는 큰 소요가 일었다.

"폐하, 큰일 났습니다."

"무슨 일인데 그리 호들갑이냐?"

"태~ 태자님께서 돌아가셨습니다."

"그게 무슨 말이냐? 태자가 죽다니? 자세히 말해보라?"

"태자님이 일어나지 않으셔서 태자님의 숙소에 들어가니 잠자리에 피가 흥건했습니다. 손목을 칼로 긋고 자진을 하신 것 같습니다."

"뭣이라? 도절이, 도절이 자진을 했다고~ 못난 놈. 어허~ 으흐흐흑"

마음이 연약했던 도절은 이미 자신이 태자에서 폐위된 것이라 생각했고 동부여로 인질이 되어 간다면 자신은 몸이 쇠약해 얼마 살지 못하고 죽을 것이라고 생각했기 때문에 동부여로 가서 수모를 당하느니 자진을 택했던 것이다. 유리왕은 도절을 태자의 예로 장례를 치르고 몹시 슬퍼하였다. 도절이 죽은 후 도절의 방에서 도절이 남긴 유서가 발견 되었다.

아바마마

불초 몹쓸 소자 도절 아바마마 곁을 떠나며 이 글을 올립니다.

아바마마 이 편지를 쓰려니 불초 눈물이 앞을 가립니다.

태어날 때부터 변변치 못하게 태어나 아바마마가 원하시는 아들이 못되었음에 늘 마음이 아팠습니다. 소자는 태생적으로 담력이 약했고 몸도 마음도 강하질 못했습니다. 그러나 늘 마음만 앞섰고 모든 것이 뜻대로 되질 않았습니다. 그러나 다행히 동생 해명이 소자가 갖지 못한 것들을 모두 가지고 있는 것을 보며 고구려를 위해서는 다행이란 생각을 했습니다. 소자는 먼저 떠나지만 해명이 있으니 소자는 마음 편히 가옵니다. 부디 만수무강 하옵시고 소자 대신 해명을 태자로 책봉하시어 강건한 나라를 만드시어 이런 비극이 다시는 일어나지 않도록 하여 주시옵소서. 아바마마께서도 강건하시고 만수무강을 비옵니다.

태자 도절

도절이 쓴 유서의 글은 많이 흐트러져 있었다. 또 유서를 쓰며 많이 울었는지 글에 눈물이 떨어져 글이 얼룩져 잘 보이지 않는 부분이 있었다. 유서를 쓰는 도절의 마음이 슬픔 때문에 어지러웠던 것을 보여주는 것이다. 유리왕은 도절의 편지를 읽으며 얼굴을 소매에 묻고 흐느껴 울었다.

"이것이 모두 내가 못난 탓이고 나라가 강하지 못한 탓이다. 꼭 강한 나라를 만들어 다시는 이런 비극이 없도록 하겠다. 도절 내 아들아, 잘 가거라."

도절의 죽음은 고구려 온 나라를 슬픔의 도가니로 몰아넣었다. 그러나 언제까지나 슬픔에 잠기어 있을 수는 없는 노릇이었다. 슬픔에 빠져 있는 시간에도 주변의 적들은 언제든 호시탐탐 고구려를 침략할 기회를 노리고 있었기 때문이었다. 각 호족들과 대소신료가 모여 새로운 태자를 옹립하여야 할 일이 남아 있었다. 그러나 태자 책봉은 요식행위에 불과하였다. 이미 지난번 동부여로 인질을 보내기로 할 때 도절은 이미 태자에서 폐위된 것이나 다름없었기 때문에 이미 해명이 태자가 된 것이나 다름없었던 것이다. 그렇다고 정식으로 태자에 책봉이 된 것이 아니었기에 해명에게 태자라고 부르는 사람은 아무도 없었다. 해명 또한 형님인 도절태자를 생각 할 때는 자신이 태자라고 불리는 것이 좋은 것은 아니기에 밑에 부하들에게 자신이 정식으로 태자에 책봉이 될 때까지는 태자란 호칭을 못 쓰게 하였다. 그것은 비명에 간 도절태자에 대한 예의가 아니라고 생각했기 때문이었다.

해명은 첫째 왕후인 송씨가 태자인 도절을 낳고 죽자 첫 왕후인 송씨의 동생인 송양의 둘째 딸인 송씨가 유리왕과 재혼해 낳은 둘째 왕후인 송씨의 소생이었다. 해명은 첫째인 도절과는 어려서부터 성격이 판이하게 달랐다. 태어나면서 부터 몸이 허약했던 도절과는 달리 힘이 장사였고 나이 겨우 15세에 키가 육척이 넘었다.

그 나이에 웬만한 무술은 거의 습득하고 있었고, 활에 관한한 신궁이라고 할 수 있었던 동명성제 주몽을 닮아 십이 세에 이미 달리는 말에서 활을 쏘아 목표물을 백발백중(百發百中) 맞힐 수 있는 신궁에 가까운 활솜씨를 습득했다. 또한 그는 십여 세에 강한 힘으로 보통 사람은 시위를 당길 수 없는 강궁을 사용하기 시작했다. 그는 칠 세가 되면서 부분노 장군에게 무예를 익히기 시작했다. 어려서부터 해명의 타고난 재능을 알아본 유리왕이 장군 부분노에게 부탁해 사사를 받게 했던 것이다. 그때부터 해명은 부분노 장군 밑에서 몇몇 호족들의 자제와 함께 훈련을 했는데 해명은 영특해 호족들의 자제들보다 무술 습득이 훨씬 빨랐다. 부분노 장군이 선비족을 크게 물리치고 큰 공을 세웠을 때 해명은 겨우 2세였다. 해명이 17세이니 이미 15년 전의 일이었다.

5. 부분노의 행인국 정벌

부분노는 주몽과 함께 부여에서 도망쳐 나온 부여출신이었다. 주몽이 도망쳐 나올 때 오이, 마리, 협보 등과 함께 나왔지만 부분노는 함께 나온 동료들과는 출신 성분이 달랐다. 그는 부모가 노비 출신이었던 것이다. 그러나 부분노는 하층 계급의 사람이었지만 그에겐 오이, 마리, 협보가 가지고 있지 않은 명석한 두뇌와 전쟁에서 전황을 꿰뚫어 볼 수 있는 지혜가 있었다. 부여에 있을 때부터 함께 지냈던 동료였기에 부분노의 영리함을 잘 알고 있었던 주몽은 그를 귀히 쓰고자 했다. 송양의 비류국을 접수한 주몽은 다음 목표로 행인국 정벌을 계획하고 있었다. 행인국은 험준한 산으로 둘러싸인 준령에 위치한 소국(小國)이었는데 평화로운 나라였다. 그러나 고구려로서는 아직은 국력이 강하지 못했기에 작은 나라부터 하나하나 고구려에 복속시켜야만 했다. 강한 나라는 아직 고구려의 국력으로서는 칠 수 있는 힘이 미치지 못했기 때문이었다. 그래서 고구려의 힘이 강대해질 때까지는 주변의 작은 소국(小國)부터 쳐서 합병하기로 했던 것이다. 비록 행인국이 평화로운 나라라 하지만 약소국은 언제 강한 나라의 침략을 받아 망할지 모르는 형국이었다. 주몽은 행인국이 다른 강대국에게 침략을 받아 빼앗기기 전에 먼저 행인국을 점령하고자 정벌을 위한 군신회의를 열기로 한 것이다.

"나는 오늘 중대 발표를 하기 위하여 경들을 소집하게 되었소."

그러자 군신들이 일제히 말했다.

"폐하, 무슨 말씀이신지 하시옵소서."

"비류국이 합병이 되었지만 아직도 고구려가 나라라고 대내외에 알리기에는 많이 부족하기만 하오. 그래서 짐의 생각으로는 동남쪽에 있는 행인국을 쳐서 합병하려 하오. 경들의 생각은 어떠한지 묻고자 하오."

그러자 모든 군신들이 무리한 정벌은 아니라며 적극 찬성하는 것이었다. 군신들이 모두 찬성하자 주몽은 만면에 미소를 띠며 말했다.

그러면 여기서 행인국 정벌에 나설 정벌군의 사령관을 뽑아야 하는데 경들의 생각에 누가 적합할지 천거해 주시기 바라오."

그러자 가장 먼저 주몽의 앞으로 읍하며 오이가 나섰다.

"폐하, 소장에게 행인국 정벌을 맡겨 주소서."

그러자 협보도 앞으로 나선다.

"폐하, 행인국 정벌은 이 협보에게 맡겨 주십시오. 저의 용맹은 폐하께서 잘 아시지 않사옵니까?" 사실 협보는 부여에서부터 잘 아는 친구였기에 그의 용맹을 너무도 잘 알고 있는 주몽이었지만 그에게는 용맹은 있었지만 지략이 없었다. 그는 우직하고 용맹해서 지략보다는 힘으로 적을 격파하는 사람이었다. 그가 만약 행인국 정벌에 나선다면 많은 인명의 피해가 있을 것은 불 보듯 빤한 것이었고 정복자로서 그곳 백성을 아우를 수 있는 아량이 부족하다고 느꼈다. 주몽의 생각이 거기에 미치자 협보는 적합한 인물이 아니라는 결론을 내렸다. 주몽은 턱을 괴고 눈을 감은 채 한참을 생각에 잠겼다. 그러던 주몽이 한 참 만에 얼굴에 무언가 결심을 한 듯 단호한 얼굴로 입을 열었다.

"내가 보기엔 행인국 정벌엔 협보 장군 보다는 오이 장군이 적당할 것 같소. 오이 장군이 대장이 되고 부분노 장군이 선봉을 맡아주시오."

이 제안은 주몽이 행인국 정벌을 굳힌 뒤 미리 짜놓은 계획이었다. 온화한 성격의 오이 장군과 지혜가 출중한 부분노의 결합은 최상의 조합이라고 생각했기 때문이었다. 주몽이 오이를 대장으로 하고 부분노를 선봉장에 임명을 한다는 발표를 하자 회의장은 잠시 술렁이는 듯 했지만 잠시 뿐이었고 이내 조용해졌지만 서로 작은 소리로 현명한 결단이라고 들 말하고 있었다.

"그러면 오이 장군은 부분노 장군을 선봉으로 하여 행인국 정벌에 진력하시오."

"예, 폐하"

하고 오이 장군은 부분노와 함께 어전을 나왔다.

"부분노 장군, 나도 부분노 장군과 함께 행인국 정벌을 하고자 생각하고 있었는데 폐하께서 어찌 나의 마음을 아시고 부분노 장군을 선봉장에 임명을 하여 주셨소 그려. 허허허"

"소상은 상군님이나 폐하께서 소상을 그만큼 생각을 해주시는 것 같아 감읍할 뿐이옵니다."

"이번 원정 무사히 끝내고 돌아와 회포를 풀기로 합시다."

"예, 장군."

두 사람은 출정에 앞서 세부적인 작전계획을 밤늦도록 짰다. 작전은 부분노 장군이 오이 장군에게 자신의 작전계획을 묻고 오이 장군이 승인 하는 것으로 정벌군의 모든 계획은 끝을 맺었다. 정벌군은 삼천여 명이었다. 부분노 장군의 선봉군이 천여 명을 거느리고 출정을 하고 오이 장군이 이천여 명의 병력을 거느리고 뒤를 받쳐주기로 한 것이다. 출정에 앞서 주몽이 정벌군을 위해 격려를 했다.

"우리는 그동안 고구려를 건국한 후 한나라와 크고 작은 전투를 수도 없이 했다. 비록 크지 않은 나라였지만 우리는 중화족에게 빼앗겼던 우리의 영토를 조금씩 찾았다. 그리고 우리는 지금 것 중화족에게 패함이 없이 줄 곳 승리만 했다. 패함을 모르는 우리 군대는 이번 행인국 정벌에서도 승리를 가져올 것을 확신한다. 고구려 군이여 용감히 싸우라. 그리고 승리하라. 우리의 옛 땅을 수복하기 위해선 우리 한민족(韓民族)이 하나가 되어야 하는 것이다. 행인국도 흩어져 있는 우리의 형제 나라다. 그 흩어진 형제국을 하나로 통합하는 일이 이번 행인국 정벌이다. 저 넓은 땅에 흩어져 있는 형제국들을 하나로 묶는 일이니 이번 정벌이 참으로 중요한 일인 것이다. 고구려 군이여 반드시 이번 정벌을 꼭 성공하고 돌아오라."

고구려 백성들의 환송을 받으며 행인국 정벌군이 출발을 했다. 선봉에는 부분노 장군이 거느린 천여 명의 군사가 앞장을 섰다. 그리고 많은 간격을 두고 오이 장군의 후발대가 따라오고 있었다. 부분노 장군은 먼저 행인국에 도착하기 전에 날랜 군사를 50여 명을 선발해 행인국에 잠입시켰다. 그들은 무술이 능하고 날랜 자들만 뽑아서 보낸 것이다. 이번 원정은 오래 끌 전쟁이 아니었다. 어쩌면 오이 장군의 후발대가 도착하기도 전에 전쟁을 끝낼 수도 있는 작전을 부분노 장군은 이미 수립해 놓고 있었다. 이번 작전의 요체는 이랬다. 50명의 결사대는 밤으로 행인국으로 잠입해 들어가 성벽을 타고 성 안으로 숨어 들어가 있게 하는 것이다. 부분노 장군의 선봉군이 도착해 성문 앞 넓은 곳에 막사를 쳐놓고 횃불을 여러 곳에 환하게 켜놓은 후 군사들을 분주하게 왔나 갔다 하게 하여 적을 불안에 떨게 만드는 것이다. 마치 고구려 군사의 숫자가 많게 보이게 하기 위한 작전인 것이다. 적을 불안케 하여 지래 겁을 먹게 하는 것이다. 큰 전쟁이라면 그런 작전이 먹혀들리 없지만 이런 작은 전쟁에서는 충분히 먹힐 수 있는 작전이었다. 그렇게 부분노 장군의 선봉군이 당도하면 50명의 결사대는 성문을 지키는 행인국 병사들을 제거하고 성문을 활짝 열어놓고 불화살을 날려 신호를 보내는 것이다. 그러면 부분노 장군의 선봉군은 그 틈을 놓치지 않고 성문을 돌파하여 행인국을 점령하고 왕을 사로잡는 것이다. 그간 행인국 왕은 자신들의 왕궁이 험산준령에 있어 행인국을 쉽사리 공격하기는 힘들 것이라며 고구려측이 항복을 요구했지만 요지부동 말을 듣지 않고 있었다. 그렇게 작전을 짜놓고 부분노 장군의 선봉군은 행인국을 향하여 진군하고 있었던 것이다. 진군을 하면서도 행여 행인국 군사들이 요소요소에 매복해 놓은 군사들이 있는지 미리 척후병을 보내 철저하게 파악하며 행군을 했다. 특히 행인국이 험산준령에 위치한 나라였기에 곳곳에 행인국의 매복조가 있을 것 같은 곳을 지날 때는 특히 더 조심하며 행군했다. 험한 계곡을 지날 때는 수색조를 보내어 양쪽 계곡을 확인 후 전진하였다. 그러나 어느 곳에도 행인국의 군대가 매복하고 있는 곳은 한 군데도 없었다. 부분노 장군의 선봉군은 그럴수록 더 조심하며 진군을 거듭했다. 그렇게 어둠이 짙게 깔린 시간에 행인국 성문 앞에 부분노 장군의 선봉군이 도착했다. 고구려 선봉군이 행인국 성문 앞에 도착하기를 이제나 저제나 기다리고 있던 50명의 결사대는 고구려의 선봉군이 도착한 것을 알고 곧바로 행동개시에 들어갔다. 행인국 군사의 복장으로 변장한 결사대는 성문으로 가서 성문지기들을 순식간에 제압했다. 고구려의 침공을 막아 내기 위하여 성문에 배치된 행인국 병사들은 고구려의 침공을 막아 내기위해 선발된 날쌘 병사들이었다. 그러나 행인국 병사들의 복장으로 변장한 고구려 군의 병사들은 고구려 군에서도 가장 날래고 무술이 강한 군사들이었다. 행인국 군사들은 고구려 결사대의 상대가 되지 못했다. 고구려 결사대는 성문을 활짝 열고 불화살을 쏘아 올려 신호를 보냈다. 느긋하게 기다리고 있던 부분노 장군은 성문을 향하여 돌격 명령을 내렸다.

"자, 성문이 열렸다. 모두 돌격해 행인국을 접수하고 행인국 왕을 생포하라. 그리고 행인국의 백성들은 털끝만큼도 상하게 하지마라. 만약 그런 자가 있을 시에는 군법에 의하여 죽음을 면치 못할 것이다."

명령을 기다리고 있던 고구려 군이 행인국 성문을 향하여 돌진하기 시작했다. 성안에서는 소요가 있었으나 성문이 돌파당한 것을 안 행인국 병사들은 무기를 내려놓고 항복하고 말았다. 잠시 있으니 결사대가 행인국 왕을 끌고 왔다. 그러자 부분노 장군이 말했다.

"행인국 왕을 정중히 모셔라. 잠시 후면 오이 장군이 오실 것이니 오이 장군이 오실 때까지 행인국 왕을 예우로 모시도록 하라."

그렇게 밤이 지나고 다음 날 해가 뜰 무렵에야 오이 장군이 후발대를 거느리고 도착했다.

"장군, 상황은 어제 밤에 이미 끝났습니다. 행인국은 접수했으니 장군께서 행인국 왕을 처리해 주십시오."

"오, 부분노 장군 수고 많았오. 이렇게 쉽게 행인국을 접수할 줄은 몰랐오. 폐하께서 많이 기뻐하실 것이오. 그럼 행인국 왕을 데려오시오."

"네, 장군, 빨리 행인국 왕을 모셔오도록 하라."

군사들이 신속히 움직이고 잠시 후 행인국 왕이 끌려 왔다. 그리고 오이 장군의 발 아래 꿇렸다. 그러자 오이 장군이 황급히 군사들을 제지하고 행인국 왕을 부축하며 일으켜 세운다.

"행인국 국왕께 저희들의 군사들이 무례하게 하여 송구할 다름입니다. 어서 일어 나셔서 저 자리에 앉으십시오."

하며 오이 장군은 자신이 앉았던 자리를 행인국 왕에게 앉히는 것이었다. 그 자리에는 행인국 신하들도 모두 끌려와 있었다. 오이 장군이 행인국 국왕을 대하는 모습을 본 행인국 신하들은 감동할 수밖에 없었다. 행인국 왕을 상석에 앉힌 오이 장군은 행인국 왕에게 공손히 말했다. 그 모습은 정복자인 장군의 모습이 아니었다.

"우리 고구려국이 행인국을 쳐들어옴에는 다른 뜻이 없습니다. 우리는 한 핏줄입니다. 또한 우리는 조선의 백성들이었습니다. 한 백성이었던 우리가 중화족에게 영토를 빼앗기고 지금은 뿔뿔이 흩어져 살고 있습니다. 그러나 우리는 다시 하나가 되어야 합니다. 우리 조상이 빼앗겼던 조선의 옛 땅을 다시 찾아야 하기 때문입니다. 고구려의 동명성제께서는 천신의 자손입니다. 폐하께서는 잃어버린 우리의 옛 땅을 찾고자 고구려를 세운 것입니다. 이제 우리의 형제를 찾았으니 행인국 국왕께서는 아무 염려 마시고 전과 같이 이곳 행인국의 국왕으로서 이 나라를 다스려 주십시오."

그러자 모두가 머리를 조아리며 감읍해 한다.

"장군님, 장군님의 말씀이 무슨 말씀인지 잘 알겠습니다. 이제부터 고구려를 형제국으로 모시고 모든 일에 협력해 나가겠습니다."

부분노 장군도 옆에서 보며 오이 장군의 마음 씀씀이에 감격하고 있었다. 생각보다는 쉽게 부분노의 지혜로 피 한 방울 흘리지 않고 행인국을 평정하는 전과를 올린것이다. 이렇게 주몽이 집권하던 시절에도 부분노 장군은 빛나는 전과를 올린 명장이었다. 그러던 그가 주몽이 죽고 유리왕 11년에 또 다시 큰 공을 세운다.

6. 선비족과의 싸움

유리왕 11년 때의 일이다. 그동안 초원에서 유목을 하던 선비족이 고구려와 가까운 접경으로 이동해 왔다. 그들은 험준한 산악지대에 견고한 성을 축조하고 고구려군의 국경 수비가 허술한 어두운 밤을 틈타 고구려의 국경에 있는 접경 마을을 습격해 노략질을 일삼았다. 그들은 노략질뿐이 아니고 많은 백성들을 학살하고 부녀자들을 납치해 가곤했다. 그런 일을 뒤늦게 안 고구려 군이 추격을 하면 그들은 견고하게 축조한 성으로 숨어들어 나오질 않고 방어만 하니 어찌할 수 없었다. 워낙 견고하게 쌓은 성이었고 성의 둘레가 쉽게 접근할 수 없는 천연의 요새였기 때문이었다. 그들의 습격은 신출귀몰 하였기에 쉽게 그들의 습격을 막기가 힘들었다. 이에 이르자, 유리왕은 급히 군신 회의를 소집하기에 이르렀다.

"선비족이 험악한 지세를 믿고 우리와 화친하려 하지 않고, 이로우면 나와 노략질을 하고 불리하면 숨어 들어가 수비만 하고 있으니 선비족은 심히 나라의 걱정거리로다. 선비족을 어떻게 소탕할 수 있겠는가. 여기 있는 군신 중에 그러한 사람이 있디면 내가 크게 상을 내릴 것이다."

주몽이 나라의 기틀을 세우고 세상을 떠난 후 유리가 2대 왕위에 올랐다. 주몽이 나라의 기틀을 세워 놓았다고는 하지만 건국 된지 얼마 되지 않는 고구려는 주변 여러 부족들이 침략할 수 없는 강한 나라는 아니었다. 주변에는 언제든 허술한 모습만 보인다면 침략할 나라들이 호시탐탐 기회를 엿보고 있었다. 한(漢)나라나, 동부여 등 같은 주변국이 그런 부류에 속하는 나라들이었다. 언제든 침략을 할 수 있는 나라들이 주변에 포진하고 있을 때에 초원에서 유목생활을 하던 선비족이 고구려와 가까운 험준한 산악지역으로 이동해 온 것이다. 그들은 원래 유목이나 하며 살던 집단이었는데, 그들의 우두머리가 흩어져 있던 선비족을 규합하여 나라를 세웠다. 그런 다음 험준한 지세인 산악지대를 발판으로 성을 쌓고 가까운 고구려 접경을 습격하여 양민을 학살하고 먹을 양식과 가축과 부녀자를 납치하곤 했다. 유목 집단이 그런 것처럼 말을 타는 데는 비상한 재주를 가진 족속이었다. 초원에서 말과 소나 양떼를 기르면서 사는 사람들이었기에 언제나 사방에서 말이나 소, 양떼를 노리는 적의 습격을 받을 수 있었다. 또 양떼를 노리는 이리나 늑대와 같은 동물들의 습격도 자주 받게 마련이다. 그런 관계로 그들은 예상치 않은 적들을 물리치기 위해 그들은 항상 말 타기와 활쏘기 창술 등 말을 타고 무기를 쓰는 무예인 기마술에 능했다. 그런 호전적인 선비족이 가까운 지역으로 왔으니 고구려로써는 긴장하지 않을 수 없는 노릇이었다. 그렇게 서로 이웃하고 있으면서 불안한 평화를 유지하고 있을 때에 유리왕에게 급보가 전해진 것이다.

"폐하, 선비족이 우리의 변방을 급습하여 우리 백성을 죽이고 곡식과 가축은 물론이고 부녀자까지 끌고 갔다고 합니다."

"뭐라고? 거칠고 호전적인 족속들이었기에 항상 그놈들을 염려하고 있었는데 놈들이 틈만 비우면 그 짓을 하니 그들을 그냥 두면 앞으로 더욱 미친 듯 날뛸 터이니 군사를 동원해 응징을 해야 할 것이다."

보고를 접한 유리왕은 곧 군신회의를 소집하기에 이른 것이다. 유리왕의 제안에 군신들은 머뭇거리며 누구 한 사람도 먼저 앞으로 나오는 사람이 없었다. 긴박한 시간이 흐르고 있을 때 앞으로 나온 사람은 장군 부분노였다.

"폐하, 선비족은 험한 산악지역에 있는 나라입니다. 거기에 선비족은 말을 잘 타고 창술에 능하며 기마술에는 그들을 당해낼 재간이 없습니다. 우리가 넓은 곳에서는 그들을 당해낼 수 없으니 꾀를 내어 그들을 성에서 밖으로 유인하여 산악지역에서 그들을 물리쳐야 합니다. 그들과 다르게 우리군은 산악지역 전투인 단병접전에는 능합니다. 그들이 말을 타고 싸우는 전투에는 능하나 산악지대에서는 약하게 마련입니다. 정면으로 부딪치면 우리에게도 많은 피해가 있을 것인 즉 그들과 부딪쳐 싸우기 보다는 꾀로써 그들을 격퇴시키는 것이 쉬운 방법일 것입니다."

"허허~ 그런 걸 모르는 사람이 어디 있겠소? 그렇다면 부분노 장군에겐 꾀로써 그들을 물리칠 방법이 있단 말이오?"

"예, 폐하, 우선 사람들로 하여금 우리 고구려 군사가 약하기 때문에 겁을 먹고 군대를 못 움직이고 있다는 거짓 소문을 퍼트리십시오. 이런 소문이 계속 들리면 선비족은 우리 고구려를 쉽게 볼 것이고 경계를 하지 않을 것입니다."

"좋은 생각이오. 더 구체적으로 말해 보시오."

그러자 부분노는 선비족을 공격하는 구체적인 작전에 대하여 상세하게 설명하기 시작했다.

"우선 적을 유인하기 위해서는 우리 병사들이 적에 비하여 약하다는 것을 소문을 통하여 알려야 합니다. 그러려면 사람이 많이 모이는 시장에 소문을 퍼뜨리면 적의 간자들이 들을 것입니다. 그들이 반신반의하고 있을 때 허약하게 보이는 병사들을 적이 잘 보이는 곳에 배치를 하십시오. 그러면 적은 간자가 가져온 정보를 믿게 될 것입니다. 그때 신이 야밤에 샛길을 통해서 몰래 우리의 정병을 거느리고 선비족의 성문과 근접한 산에 숨어 그들의 동태를 탐지하며 공격할 준비를 하고 있겠습니다. 폐하께서는 약해 보이는 병사들을 성의 남쪽으로 보내어 그들이 성문을 열고 밖으로 나오도록 유인하십시오. 성루에서 선비족이 우리 고구려의 약해 보이는 병사들을 보면 성문을 활짝 열고 나올 것입니다. 그들이 성문을 열고 추격을 하면 재빠르게 도망하는 척하여 적을 산악 계곡으로 유인하십시오. 그들이 우리의 유인에 걸려들어 추격할 때 신이 정병을 거느리고 텅 빈 선비족의 성안으로 쳐들어간다면 성을 쉽게 빼앗을 수 있을 것입니다. 그때 폐하께서는 용감한 병사들을 선비족이 추격하는 계곡의 양 옆으로 매복해 두었다가 적이 깊숙이 들어 왔을 때 북을 울리면 추격하는 적을 공격하십시오. 그러면 적들은 혼란에 빠질 것입니다. 그때 북소리를 신호로 도망하며 적을 유인하던 우리 병사들이 돌아서서 힘을 합하고 성을 빼앗은 신의 군사들이 함께 그들을 협공한다면 쉽게 적을 이길 수 있을 것입니다."

이 말을 들은 군신들은 물론이고 유리왕은 좋은 의견이라며 부분노를 칭찬했다.

"부분노 장군의 생각이 옳은 것 같소. 짐도 부분노 장군과 같은 생각인데 경들의 생각은 어떤지 묻고 싶소."

하며 기쁜 표정으로 군신들에게 물었다.

"부분노 장군의 의견에 모든 신료들이 동감을 하는 바이옵니다."

만장일치로 부분노 장군의 의견이 통과 되었다. 의견이 통일 되자 모든 작전은 부분노 장군이 지휘하게 되었다.

사람이 많이 모이는 장날이다. 이날은 많은 사람들이 여러 가지 물건을 가지고 나와 팔거나 필요한 물건들을 교환도 하고 사기도 하는 날이다. 부분노 장군은 사람들을 시켜 사람이 많은 속을 다니며 소문을 퍼뜨릴 사람들을 풀었다. 분명히 선비족의 간자들이 많은 사람들 속에 숨어 있을 것은 자명한 일이었기 때문이다.

"이번에 선비족과 전쟁을 한다고 하는데 어떻게 될까? 우리가 선비족을 이길 수 있을지 모르겠어. 소문에 의하면 선비족 군사들이 너무 강해 우리 고구려가 도저히 이길 수 없다는 소문이야."

"쉿, 그런 소리 함부로 했다간 쥐도 새도 모르게 잡혀가 죽으려고 그래?"

"뭐, 내가 틀린 소리 했어?"

"허긴 요즘, 우리 고구려가 선비족을 두려워 한다는 소문이야. 우선 우리 군사들이 선비족에게 겁을 잔뜩 집어 먹고 있다는 걸. 그런 상태에서 선비족과 싸워봤자 승부는 빤한 일 아니야?"

"내가 보니 요즘 군인들을 제대로 먹이질 않아 몸도 아주 형편없는 것 같더라고, 피골이 상접한 그런 몸으로 전쟁이나 제대로 하겠어?"

이렇게 사람이 많이 모이는 곳에서 말이 퍼지기 시작하자 발 없는 말이 천리를 간다고 소문은 입과 입을 통하여 적의 간자에게도 들어 갔고 간자는 그 소문을 선비족의 상부에까지 들어가게 되었다. 그러나 그들은 처음엔 믿지를 않았다.

"그건 고구려 놈들이 우리를 방심시키기 위해서 일부러 퍼뜨리는 말일거야. 함부로 경거망동하지 말고 더 자세하게 알아보도록 하라."

그러나 선비족을 공격하겠다고 온 성문 밖의 고구려 군은 소문대로 허약해 보이는 군대였다. 며칠씩이나 굶은 것처럼 피골이 상접한 모양새였다. 그들은 시간이 가며 소문이 사실임을 믿기 시작했다.

"어떻게 저렇게 나약한 군대로 우리를 이기겠다고 왔는지 모르겠어. 하하하."

"저런 군대라면 우린 일당백은 하겠는 걸. 하하하."

선비족의 군사들은 성에서 멀찌감치 떨어져 있는 고구려 병사들을 보며 한층 자신감에 차서 웃으며 떠들고 있었다. 고구려 군은 부분노 장군의 작전대로 선비족을 유인할 병사들은 약하게 보이는 병사들로 뽑았다. 몸이 마르고 약하게 보이나 걸음이 빠르고 날쌘 병사들이었다. 그 병사들은 부분노 장군의 큰 아들인 부영노가 지휘하고 있었다. 그는 아버지인 부분노 장군을 닮아서 활쏘기와 마상무술에 능했다. 그는 아직 약관이었지만 말을 타고 쏘아대는 화살은 과녁을 비껴 나가는 법이 없었고 마상에서 쓰는 창술은 말과 혼연일체가 되어 손으로 돌리는 창이 눈에 보이지 않을 만큼 신기에 가까웠다. 그는 허약해 보이는 병사들 앞에서 큰소리로 명령을 내리고 있었다.

"너희들은 적을 유인하는 임무를 맡았다. 겉으로 보기에는 마르고 힘이 없어 보이나 너희들은 날쌘 병사들이다. 적들 앞에서는 허약한 병사로 보일 수 있도록 힘이 없는 것처럼 보여라. 그런 다음 적이 성문을 열고 나오면 도망을 하데 빨리 도망하지 말고 적과 일정한 거리를 두고 유인하면 되는 것이다. 앞엔 내가 설테니 너희들은 나의 뒤만 충실히 따르라. 우리가 적을 유인하면 부분노 장군께서 적의 성문으로 들어가 성문 앞의 적들을 제압할 것이다. 너희들이 일정한 거리를 두고 적을 유인할 때 양 옆으로 매복해 있던 폐하의 기병이 북소리를 울리고 나올 것이다. 그때는 놀라지 말고 너희들은 뒤로 돌아서서 추격하여 오는 적을 맞받아쳐라."

그렇게 지시를 하고 부영노는 해가 뉘엿뉘엿 넘어갈 무렵 허약해 보이는 고구려 병사들과 섞여서 피골이 상접한 모습으로 선비족의 성문 앞에 대오를 지어 서서 함성을 지르고 있었다. 성루에서 그 모습을 보고 있던 적들은 고구려 병사들이 자신들 보다 강하지 못하다고 판단을 했다.

"고구려군이 강하다고 하더니 아무 것도 아닌 것 같네. 저렇게 몸이 부실한데 무슨 싸움을 하겠어."

"하하하~ 오합지졸들만 모아 놓은 것 같군. 저런 정도라면 우리가 일당백은 하겠는 걸."

"고구려는 먹을 것이 없나봐. 어떻게 전쟁터에서 싸워야 할 병사가 저렇게 피골이 상접할 수가 있담. 하하하."

성문 앞에 서 있는 고구려 병사들을 본 선비족 병사들은 앞에 보이는 고구려 병사들의 피골이 상접한 모습을 보고는 긴장이 풀리며 별 힘들이지 않고 이길 수 있다는 생각에 의심하지도 않고 성문을 열고 뒤쫓아 나왔다.

"고구려군은 오합지졸이다. 빨리 추격해 궤멸시켜 버려라."

상관의 명령에 따라 선비족은 빠르게 고구려 군을 추격하기 시작했다. 그러나 고구려군은 몸이 가볍고 날랜 병사들로 구성된 집단이었다. 추격을 허용치 않으며 부영노의 지시에 따라 일정한 거리를 유지하며 계곡으로 그들의 임무인 유인을 하는데 충실하고 있었다. 약 한 시진 가량을 도망하고 있을 때였다. 그때 요란하게 북소리가 울리며 계곡 양 옆에서 고구려군이 돌을 굴리고 화살을 쏘아대기 시작했다. 그러자 적을 유인하던 부영노의 고구려군이 뒤돌아서 계곡 양 옆에 숨어 있던 고구려군과 합세하여 선비족을 압박하기 시작했다.

"한 놈도 남기지 말고 선비족을 도륙하라."

부영노의 명령에 따라 도망을 하던 허약해 보이기만 했던 고구려군은 어느새 강한 고구려군의 본색을 드러내고 적을 공격하는 것이었다. 도망하는 줄 알았던 고구려 군이 돌아서서 공격을 하니 선비군은 아수라장이 되고 말았다. 이리 뛰고 저리 뛰며 도망할 활로를 찾지만 도망할 데라고는 찾아 볼 수도 없고 고구려 군이 굴려대는 돌에 깔려 죽는 자와 쏘아대는 화살에 맞아 죽는 자가 부지기 수였다. 그들이 살길을 찾아 우왕좌왕 하고 있을 때 옆에서 삼족오 깃발을 휘날리며 한 떼의 군마가 달려오고 있었다. 약간의 거리가 있었지만 투구를 쓰고 갑옷을 입은 당당한 모습의 유리왕이 말을 타고 달려오며 외치고 있었다.

"한 명의 적도 살려 보내지 마라."

유리왕을 본 선비족 명사들은 혼비백산하여 앞 다투어 도망가려 하지만 도망갈 길이 없다.

"적의 함정에 빠졌다. 빨리 성으로 후퇴하라."

선비족의 군사들은 도망하던 고구려 군이 북소리를 신호로 별안간 뒤돌아 덤벼들 때부터 당황을 했는데 계곡 위에서 고구려의 병사들이 바람같이 나타나 화살을 날리고 바위를 굴려 댄다. 놀란 선비군이 당황해 도망을 가려고 하니 뒤엉켜 넘어지고 엎어진다. 아비규환의 지옥이나 다름이 없었다. 고구려 군은 나무나 바위에 숨어서 활을 쏘기도 하고 바위를 굴려대니 선비군은 마치 사냥꾼에게 쫓긴 짐승들처럼 막다른 골목에 몰려 저항 한번 제대로 해보지 못한 채 죽어가고 있었다. 화살을 맞고 쓰러지는 병사와 바위에 깔려 죽는 병사가 여기저기서 외마디 소리를 지르며 속절없이 죽어갈 뿐이었다.

"아악."

"으윽."

"한 놈도 남기지 말고 모조리 도륙하라."

유리왕은 마상(馬上)에서 고구려 군을 독려하고 있었다. 선비족이 죽어가고 있는 계곡은 피가 흥건해 마치 강을 이룬 듯했다. 한편 선비군이 성에서 빠져나오길 숨어서 기다리고 있던 부분노 장군은 선비군이 고구려 군을 추격하기 위해 성문을 활짝 열고 밖으로 나가자 숨어 있던 군사들에게 명령을 했다.

"성문이 닫히기 전에 성문을 지키는 수문장들을 모두 제거하고 선비족의 성을 신속하게 접수하라."

부분노 장군의 명령이 떨어지자 고구려 군사들은 지체없이 성문을 지키고 있던 수문장들을 제거한 후 성으로 밀려들어 갔다. 성에는 밖으로 고구려 군을 쫓기 위해 선비군의 병사들이 빠져나간 후라 군사들의 숫자가 많지 않았다. 부분노 장군의 노림수가 적중을 한 것이다. 몇 명 안되는 선비군의 요새와 같은 성은 순식간에 부분노 장군이 지휘하는 고구려 군에 의하여 점령당하고 말았다.

"한 놈도 남기지 말고 사로잡을 수 있으면 잡고 끝까지 저항하는 놈들은 모두 도륙하라."

그러자 고구려 군사들이 큰 소리로 외쳤다.

"항복하는 자는 모두 살려 주겠다. 무기를 버리고 투항하라."

그러자 선비군의 병사들이 무기를 버리고 투항을 한다. 부분노 장군은 피 한 방울 흘리지 않고 선비군의 요새와 같은 견고한 성을 손쉽게 점령한 것이다. 고구려 병사들은 선비군의 성을 점령한 것을 확인 한 후 큰 소리로 자축의 함성을 질렀다.

"와~ 고구려 만세, 부분노 장군님 만세."

조금 전까지만 해도 난공불락의 요새와 같았던 선비군의 성이 고구려 군에 의하여 함락을 당한 것이다. 그러나 고구려 군은 마냥 승리를 자축하고 있을 시간이 없었다. 승리에 도취해 전쟁 중이라는 것을 잊고 있으면 안 되는 것이다. 부분노 장군은 승리에 도취된 군사들에게 명령했다.

"자, 우리의 1차 목표는 성공을 했다. 그러나 우리의 목표가 1차가 아니다. 성을 수습할 인원만 남고 나머지는 성을 빠져나간 선비 군의 뒤를 쫓는다. 오늘은 반드시 선비 군의 뿌리를 뽑아야만 한다."

그렇게 성을 점령한 고구려 군이 다시 대오를 정렬하고 앞에 나간 선비 군을 쫓기 시작했다. 그들이 계곡으로 갔을 때는 이미 계곡은 아비규환(아비규환 : 여러 사람이 참혹한 지경에 빠져 고통 받고 울부짖는 상황을 비유적으로 이르는 말.)의 지옥이 되고 있었다. 선비 군은 독안에 든 쥐나 다름이 없었다. 앞에는 유인을 하던 고구려 군이 돌아서서 달려들고 뒤쪽엔 부분노 장군의 고구려 군이 막고 있었고 양 옆 계곡 위에선 고구려 군이 화살을 쏘아대고 바위과 통나무를 굴려 대니 도망할 곳이라고는 그 어디에도 없었다. 그 전투에서 선비 군은 많은 군사를 잃고 궤멸하고 말았다. 고구려 군은 부분노 장군의 전술에 의하여 대승을 거둔 것이다. 대패한 선비족의 남은 무리들은 항복할 수밖에 없었다. 그들의 족장이 유리왕 앞에 무릎을 꿇고 머리를 조아려 항복을 구했다.

"저의 선비족이 무지하여 대왕을 몰라보고 고구려를 침략하여 많은 백성을 죽이고 노략질을 일삼았습니다. 용서하여 주시오면 고구려를 상국으로 모시고 조공을 하겠습니다."

"선비족의 족장인 그대가 잘못을 인정하고 우리의 속국이 되기로 하였으니 용서하고 앞으로는 우리 고구려와 형제국으로써 사이좋게 지내기로 합시다."

"폐하, 감읍하옵니다."

이렇게 하여 선비족은 고구려에 복속되어 고구려의 중요한 군사적 조력자로써 함께하게 되었다. 그날 밤 고구려 왕궁에서는 승리에 대한 승전 축제가 열렸다.

"자, 오늘의 승리를 축하하는 의미에서 오늘 밤은 마음껏 드시오. 또한 오늘의 승리는 부분노 장군의 공이 가장 크다고 생각하오. 부분노 장군에겐 내가 특별한 상을 내릴 것이요."

"폐하, 황송하옵니다. 소장은 폐하의 신하로써 당연히 할 일을 했을 뿐이오니 상은 거두어 주옵소서."

"허허허, 무슨 말씀이요. 부분노 장군이 아니었다면 큰 골치 덩어리를 옆에 두고 마음 고생이 심했을 것이오. 이번 전투에서 최고의 공을 세운 부분노 장군에게 식읍(食邑)[注 : 예전에 국가에서 왕족이나 공신들에게 내려 주어 조세를 받아쓰게 하는 마을을 이르던 말]을 줄 것이오."

그러나 부분노 장군은 유리왕이 주는 상을 간절하게 사양하였다.

"폐하, 이번 전투의 승리는 폐하의 하회와 같은 덕이 있었기에 가능했던 것입니다. 미천한 소장이 무슨 공이 있겠습니까? 부디 거두어 주소서."

"허허, 경이 정 그렇게 받지 않겠다면 식읍(食邑)은 거둘 것이나 이것은 사양하면 아니 되오. 내 경에게 황금 30근과 말 열 필을 줄 것이오."

이렇게 간곡히 말하는 유리왕의 상을 부분노 장군은 더 이상 사양할 수가 없었다.

"폐하, 황송할 다름입니다."

부분노는 부여국 출신으로 주몽이 부여에서 올 때 오이, 마리, 협보 등과 함께 따라왔다. 집안이 미천하여 오이, 마리, 협보 등과는 다른 대접을 받았지만 천성이 착하고 의리와 강직한 성격을 가지고 있었고 명장으로써 지혜와 담력을 소유한 인물이었다. 선비족을 쳐서 복속시킨 때가 50세 무렵이었다. 그 일이 벌써 15년 전의 일이었다. 그렇게 선비족을 크게 무찌른 후 고구려의 국력은 크게 발전을 하였던 것이다.

7. 유리왕과 치희

유리왕은 운명적으로 여복이 없는 사람이었다. 비류국 왕이었던 송양의 큰 딸과 정략결혼을 하였으나 그녀는 유리왕의 큰 아들 도절을 낳고 산고(産苦)로 인하여 죽고 말았다. 유리왕이 송양의 큰 딸과 정략결혼을 한 것은 고구려에 유리왕의 기반이 약했기 때문이었다. 부여에서 도망 나온 유리로써는 고구려에 그를 지지해 줄 기반이 있을 리 없었다. 있다면 주몽이 부여에서 함께 데리고 온 오이, 마리, 협보 등과 부분노와 같은 용맹스러운 장수가 있을 뿐이었다. 그들은 유리에게는 태산과 같은 힘이 될 수밖에 없었다. 그러나 그들의 힘만으로 되는 일이 아니었다. 그래서 정략적으로 손을 잡게 된 것이 주몽과 나라를 합병하며 고구려 최대 호족이 된 송양과 손을 잡게 된 것이다. 그리고 그의 딸과 결혼을 하여 세를 불리게 되니 소서노의 아들인 비류와 온조의 일파들과 대등한 힘을 유지할 수 있었던 것이다. 또 주몽이 자신의 친 아들인 유리를 지지한 것이 가장 큰 힘이었다. 주몽은 소서노의 아들들인 비류와 온조를 배제하고 동부여에서 데려온 친자인 유리를 태자로 봉했던 것이다. 태자를 유리로 봉한 후 주몽은 죽으면서 유리에게 간곡하게 부탁했다.

"내가 너를 태자로 봉하는 것은 네가 나와 같이 동부여에서 어려움을 겪고 왔다는 것을 잘 알고 있기 때문이다. 우리가 왜 그러한 고초를 겪었느냐? 그것은 우리 조상들이 어리석어 저 중화족(中華族)의 간계에 빠져 우리의 선조가 차지하고 있던 땅을 빼앗겼기 때문이다. 나는 그래서 나라를 세우고 노심초사 우리의 고토(古土)를 회복하기 위해 다물(多勿 : 옛 땅을 다시 찾음.) 정책을 추구했던 것이다. 그러나 하늘은 나의 명을 40세까지만 주신 것 같구나. 내가 명(命)이 짧아 그 일을 못하고 먼저 가노니 네가 내 뒤를 이어 다물(多勿 : 옛 땅을 다시 찾음.) 정신을 계승하여 강한 고구려를 만들기를 바라노라."

그렇게 주몽은 유리에게 간곡하게 다물(多勿)정책을 계승해 추진 할 것을 부탁하고 유리를 태자로 봉한다는 말을 대소신료 앞에서 선언 후 유리가 동부여에서 온지 5개월여 만에 세상을 떠난 것이다. 그러고 보면 주몽과 유리는 부자의 정도 나눌 새도 없이 주몽이 급히 돌아간 것이다. 마치 유리의 왕 자리를 지켜주기 위하여 기다리고 있었던 것처럼 그렇게 주몽은 홀연히 떠난 것이다. 태자로 봉해진다는 것은 다음 왕은 바로 유리라고 선언을 한 것이나 다름없었다. 유리가 송양의 딸과 혼인을 하고 주몽이 40세를 일기로 죽자 유리는 고구려의 2대 왕에 즉위를 하였다. 그리고 유리왕 2년에 태자인 도절을 낳았다. 그러나 왕비인 송씨가 태자 도절을 낳고 산고(産苦)로 인하여 죽으니 유리왕은 송양의 둘째 딸을 제 2비로 삼아 해명과 무휼을 낳은 것이다. 유리왕은 성격적으로 활달한 성격의 소유자는 아니었다. 그는 동부여에서부터 홀어버니 품에서 사라 소심한 성격의 소유자로 자랐다. 왕재(王才)라기 보다는 예술과 같은 쪽에 더 소질을 가지고 있었던 사람이라고 보는 것이 옳을 것이다. 그러나 그가 어떤 성격을 가지고 있었던 그는 고구려의 왕이다. 그가 예술적인 소질을 가지고 있었다 하나 사람은 환경의 지배를 받고 살게 마련이다. 고구려는 주몽이 나라를 세우고부터 끊임없이 주변 나라들의 침략을 받았다. 살아남기 위해선 강해져야만 했다. 그래서 주몽은 늘 사냥을 하며 실전에 대비한 훈련을 하였던 것이다. 고구려의 지세가 산이 많았기에 지형을 이용한 전투를 배양하는데 힘을 기울였다. 고구려는 전쟁의 나라라는 별명을 가질 정도로 전투를 잘했다. 모든 군사들은 사냥을 통하여 적을 격파하는 훈련을 반복했다. 훈련은 매복 작전을 주로 반복하여 했는데 그것은 고구려 땅이 산악지대가 많았기 때문이었다. 그들은 적을 험한 산악지대로 유인해 매복해 있다가 단숨에 적을 제압하는 방법이었다. 그래서 왕을 비롯해 모든 군사가 사냥을 즐겼다.

첫째 비인 송씨가 죽고 유리왕은 한동안 방황을 했다. 방황하는 유리왕을 보고 송양이 제안해 그의 둘째 딸을 유리왕과 혼인을 시켰다. 둘째 비 송씨와 혼인 후 그 다음 해 송씨는 왕자인 해명을 낳았다. 해명이 도절과 더불어 무럭무럭 자랐다. 그러나 소심한 성격과 몸이 선천적으로 약했던 도절은 해명과는 정 반대의 모습으로 자랐다. 신체적으로 도절은 해명보다는 작았고 몸이 약했기에 도절은 글공부에만 전념했지만 몸이 건강하고 선천적으로 태어날 때부터 크게 태어난 해명은 도절과는 달리 담력도 있었고 힘이 세었다. 그런 해명은 머리도 영리해 스승이 가르치는 학문에도 두각을 나타내기도 했지만 무술을 연마하는 데도 게으르지 않았다. 그렇게 도절이 17세가 되고 해명이 14세인 때에 도절은 유리왕에 이어서 다음 보위를 이어 받을 태자로 책봉이 되었다. 그러나 도절과 해명이 그렇게 장성하고 있었건만 유리왕의 마음은 첫째 비인 송씨의 생각에 늘 우울한 날들을 보내곤 했다. 그래서 그랬는지 신료들이 유리왕을 더 걱정을 하기에 이르렀다. 그래서 큰 호족은 아니었지만 어느 호족의 딸인 화희라는 여인을 후궁으로 맞이하게 되었다. 그러나 화희는 성격이 고운 여인은 아니었다. 유리왕이 둘째 비 송씨를 사랑하는 눈치만 보이면 투기를 부리고는 하였다. 처음엔 인물이 좋아 그녀와 가까이 했지만 시간이 가며 그녀가 부리는 투기가 도를 넘어서며 유리왕은 그녀에게 지쳐가고 있었다. 그럴 때마다 그는 부하들 몇 명과 함께 사냥을 떠나 오랜 시간을 산에서 지내고는 했다. 그날도 유리왕은 몇 명의 부하를 거느리고 사냥을 떠났다. 사냥감을 쫓다보니 한나라와 국경이 가까운 접경지역에 이르렀다. 해는 서산마루에 걸려 어둠이 밀려오고 있는데 가까이에 집이 한 채 있었고 그 옆으로 맑은 물이 흐르는 냇가가 있었다. 그 냇가에서 한 여인이 빨래를 마치고 막 집으로 들어가려는 중이었다. 마침 목이 말랐던 유리왕이 그녀의 뒷모습을 보며 말했다.

"저, 죄송하지만 물 한 모금 얻어 마실 수 있겠습니까?"

"네."

하고 여인은 뒤도 돌아보지 않고 안으로 들어가 소반에 받쳐 물을 한 사발을 가지고 나오는 것이었다. 유리왕은 뒷모습을 보았을 때는 그녀의 모습을 보지 않아 놀랐지만 물을 떠가지고 오는 모습을 보며 그는 그녀의 미색(美色)에 넋을 잃고 말았다.

"하늘에서 내려온 선녀인가? 어찌 이리 아름다운 여인이 이런 산속에 살고 있단 말인가?"

넋을 잃고 있는 유리왕에게 그녀가 말했다.

"목이 마르다고 하셔서 물을 가져왔습니다."

목소리도 마치 옥구슬을 굴리는 듯 아름다웠다. 유리왕은 넋이 나간 사람처럼 그녀를 쳐다볼 뿐이었다. 그러자 그녀가 물었다.

"뭐가 잘못됐나요?"

"아, 아닙니다. 그대가 너무 아름다워~"

"어머~"

그러자 그녀의 얼굴이 홍당무처럼 붉게 물드는 것이었다.

"그대는 왜 이런 산속에 살고 있으며 어느 나라 사람입니까? 아니면 하늘에서 내려온 선녀입니까?"

"아닙니다. 소녀는 선녀도 아니고 한(漢)나라 사람인 치희라고 합니다. 이곳에서 부모님과 함께 살고 있습니다."

유리왕이 치희라고 하는 여인과 이야기를 주고받고 있을 때 그녀의 부모인 듯 보이는 노부부가 농기구를 들고 들어오고 있었다. 그녀는 노부부를 반색을 하며 맞이한다.

'아버지, 어머니, 어서 오세요. 힘드셨을 텐데, 들어가셔서 저녁식사 하셔야지요."

"그러자구나, 그런데 이분은 누구시니? 귀한 분 같은데~"

"사냥을 나왔다 목이 말라 물을 얻어 마시러 온 손님이에요."

옆에 서 있던 유리왕이 옥구슬을 굴리는 것 같은 그녀의 목소리에 정신이 번쩍 든다. 처음엔 얼떨결에 들어 그런지 그녀의 목소리를 자세히 듣질 못했다. 그러나 지금 듣는 그녀의 목소리는 꾀꼬리의 아름다운 소리와 같았다. 유리왕은 정신이 번쩍 들며 조금 전 그녀가 자신의 이름이 치희라고 했던 생각이 났다.

"치희? 치희라~ 예쁜 이름이구나. 그리고 그 목소리는 어찌 그리 아름다운가?"

유리왕은 넋이 빠진 듯 치희를 바라보고 있었다. 유리왕이 혼이 빠진 듯 자신을 보고 있자 그녀는 부끄러운 듯 음식을 만들기 위하여 집으로 가야 된다며 바로 집으로 들어갔다. 그러자 치희의 아버지가 말했다.

"귀한 분 같은데 사냥을 하시느라 피곤하실 것 같으니 저의 집으로 들어 가셔서 식사나 함께 하시며 쉬었다 가심이 어떨는지요?"

사실 유리왕은 치희라는 여인에 관심이 있어 무슨 핑계를 대고라도 그 집안으로 들어가고 싶었던 참이었다. 그런데 때맞추어 그녀의 아버지가 먼저 쉬어가라고 제안을 한 것이었다. 유리왕은 자신의 속을 들켜버린 것 같아 조금은 당황이 되었지만 그런 내색은 전혀 하지 않고 말했다.

"실례가 되지 않는다면 그렇게 하겠습니다."

하고 유리왕은 그녀의 아버지를 따라 집안으로 들어갔다.

"이렇게 산속에 살고 있어 집안이 누추합니다."

그러나 그녀의 아버지가 한 말과는 틀리게 집안을 잘 정돈이 된 십이었다.

"천만의 말씀입니다. 집안이 깨끗한 것이 너무 좋습니다."

"그렇게 생각하신다니 감읍할 다름입니다."

"그런데 이런 곳에 사실 분은 아닌 것 같은데 어찌 이런 산속에서 살고 계신지요?"

"대륙이라는 것이 그렇지 않습니까? 매일 어느 나라가 망하면 또 다른 나라가 생겨나고 그렇게 매일 하는 전쟁에 이제는 신물이 나서 아예 그런 꼴을 보기 싫어 산속에서 여생을 보낼까 하고 들어와 살고 있답니다."

"그러면 자제분은 슬하에 몇 분을 두고 계신지요?"

"네, 자식이라고는 저 아이 치희가 유일한 저의 혈육입니다."

그러자 유리왕이 기회라고 생각하고 치희의 아버지에게 말했다.

"외람된 말씀이나 댁의 따님을 저에게 주십시오."

"네?"

"놀라실 줄 압니다. 그러나 아름다운 것은 말할 것도 없지만 착한 치희의 모습에 반했습니다. 저는 고구려의 왕인데 사냥을 나왔다 이곳까지 오게 되었습니다. 치희와 어떠한 인연이 있었기에 이곳까지 오게 된 것이 아니겠습니까?"

"고구려국의 왕이시라고요? 아이쿠, 귀하신 분이 오셨군요. 그렇다면 우리는 한족(漢族)인데 한족이라도 괜찮으신지요?"

"사랑하는데 한족(漢族)이면 어떻고 동이족(東夷族)이면 어떻습니까?"

"그렇다면 저희들로서는 영광입니다. 저의 집안에 광영(光榮)이고요."

치희는 그녀의 아버지가 유리왕에게 하는 말을 모두 듣고 있었다. 치희도 유리왕이 귀티가 나는 사람이라 보통 사람은 아닐 것이라 생각은 했었지만 고구려 왕이라는 것은 그녀에게는 뜻밖이었다. 그녀는 부모님의 뜻대로 하리라 마음먹고 있었는데, 마침 아버지가 유리왕의 청을 들어주고 있었다. 그녀 부모의 허락을 받고 그날 밤 유리왕은 치희의 집에서 치희와 함께 첫날밤을 보내게 되었다. 유리왕이 치희의 집에서 첫날밤을 보내게 된 것은 중국 풍속에 남자는 여자 집에서 자식을 하나 낳을 때까지 함께 살고난 후 본가로 가게 되어 있음을 알고 있었기 때문이었다. 그러나 유리왕은 고구려의 왕이었기에 치희의 집에서 살 수는 없는 노릇이고 그래서 첫날밤만은 이곳에서 보내기로 하였던 것이다. 또 유리왕이 치희에게 반하여 하루라도 빨리 치희와 밤을 함께 보내고 싶었던 것도 한몫을 했다고 보아도 무방할 것이다. 신방은 치희의 방이었다.

"치희야, 너는 어찌 그리 아름다워 이 유리의 마음을 흔들어 놓았느냐?"

"호호호, 폐하께서 소녀를 예쁘게 보아주시니 그런 거지요."

"아니다. 천하에 너의 미색을 따라갈 여인은 없을 것이다."

"폐하께서 소녀를 예쁘게 보아주시니 감사할 다름입니다."

"치희야, 내가 이 한 목숨 다할 때까지 너를 사랑할 것이다."

유리왕은 호롱불 밑에서 치희의 옷을 한 겹 두 겹 벗긴다. 백옥처럼 하얀 살이 드러난다. 지금 것 어느 곳에서도 내보이지 않던 치희의 처녀를 오늘 밤 유리왕이 정복을 하는 것이다. 그녀의 아름다운 젖가슴이 드러나고 백옥 같은 하얀 살이 너무도 아름답다. 유리왕이 치희의 그 은밀한 곳을 손으로 만진다. 어느새 그곳엔 습기가 촉촉이 서려 있다. 이미 유리왕에게 들어오라는 신호이다. 유리왕은 더 망설일 이유가 없었다. 그녀의 문으로 유리왕이 들어간다. 치희가 옅은 신음을 토한다. 유리왕도 그녀에게 폭풍과 같은 정열을 발산시킨다. 그렇게 꽤 긴 시간이 지난 후 유리왕은 치희의 몸속에 자신을 아낌없이 토해낸다. 치희도 함께 신음 소리를 내며 두 팔로 유리왕을 힘껏 안는다.

"치희, 사랑해."

"저도요."

유리왕과 치희는 그날 밤 꼭 안은 채 깊은 잠에 빠져 들었다. 그리고 날이 밝자 유리왕과 치희는 집을 떠나 고구려 왕궁으로 향했다. 떠나는 치희를 보며 두 노부모는 눈에서 눈물이 글썽거린다. 그런 두 노부부에게 유리왕이 말했다.

"치희 걱정은 하지 마십시오. 자주 찾아뵙도록 하겠습니다."

그렇게 치희는 고구려 국왕의 총애를 받는 후궁의 신분으로 고구려의 왕궁으로 들어가게 된 것이다. 궁으로 치희를 데리고 온 유리왕은 그날부터 두문불출하고 치희를 사랑하는데 여념이 없었다. 유리왕은 화희는 거들 떠 보지도 않고 치희와의 사랑에 빠지고 말았다. 그러자 얼마 되지 않아 치희는 임신을 하게 되었다. 치희는 임신 소식을 유리왕에게 말하지 않을 수 없었다. 그날도 유리왕은 아무 것도 모른 채 치희의 방을 찾았다.

"치희야, 오늘도 별일 없이 잘 있었더냐?"

"네, 폐하."

"허허허, 치희 네가 편히 잘 있었다니 짐도 마음이 좋구나. 그런데 네 얼굴이 조금 여위였구나."

"네, 폐하께 드릴 말씀이 있사옵니다."

"오호, 무슨 말이냐. 궁금하구나."

"소녀 폐하의 아기를 가진 것 같사옵니다."

"무엇이라고? 네가 짐의 아기를 가졌더란 말이냐? 그럼 네가 왕자를 잉태했단 말이구나. 이렇게 기쁠 수가 없구나. 치희야 장하다."

유리왕은 기뻐하며 치희를 더욱 사랑했다. 치희에게 푹 빠져있는 유리왕은 화희는 아예 거들떠보지도 않았다. 그러자 화희의 질두는 극에 달했다. 원래 실투의 화신이라고 불릴 정도로 질투가 강했던 화희의 마음에 유리왕의 행동은 화희의 마음에 질투의 불을 지르고 말았다. 유리왕이 잠시 자리를 비우면 화희는 치희를 찾아가 두들겨 패고 머리를 잡아 뜯기 일 수였다. 그런 일이 반복되니 대궐에서 화희와 치희의 다툼을 모르는 사람이 없었다. 그렇게 소문이 궐 안에서 좋지 않게 들리니 왕비인 송씨의 귀에도 들어가게 되었다. 그러자 송씨는 국사를 마치고 들어오는 유리왕을 불러 들였다.

"폐하, 저 좀 보시지요."

"황후께서 웬일로 나를 보자 한 게요?"

"드릴 말씀이 있어서 모셨습니다."

"무슨 일인데 그러시오?"

"저 두 여인네 때문에 그렇습니다."

"황후에게는 미안하오. 그런데 무슨 좋은 안이라도 있습니까?"

"저렇게 매일 싸우는 것을 보고만 있을 건가요? 저렇게 매일 싸우게 하느니 두 여자가 살 집을 따로 지어서 떨어져 살게 하는 게 어떨지 모르겠습니다."

"어떻게요?"

"궁궐에 살게는 하데 집을 멀리 떨어지게 지어주면 만나지 않게 될 것이 아닙니까?"

"음, 그거 좋은 생각입니다. 그렇지 않아도 치희가 임신을 했는데 저렇게 화희에게 맞다가는 아기가 잘못될 것 같습니다."

"그렇다면 치희가 왕자를 잉태했단 말입니까? 그렇다면 진즉에 저에게 알렸어야 지요. 저렇게 화희에게 일방적으로 맞다가는 왕자를 놓칠 수도 있겠어요."

"그렇다면 어떤 방법이라도 있습니까?"

"좀 전 제가 한말 기억 하시지요? 집을 멀리 떨어지게 지어서 따로 살게 하는 겁니다."

"오호, 그거 좋은 방법입입니다. 당장 그렇게 하는 것이 좋겠소."

황후의 말대로 일을 처리하기로 했지만 유리왕의 마음 한 구석에는 황후에 대한 미안함이 일었다. 국사를 돌보랴. 또 나이 먹은 황후 보다는 젊은 여인들이 자꾸만 눈에 띄니 황후의 방에는 자연스레 멀어지게 되었다. 그러다 보니 황후를 볼 때마다 미안했다.

"황후, 미안하오."

"폐하, 저에 대한 걱정은 하지마시고 옥체나 잘 보존하시어요."

유리왕은 황후와 의논해 화희와 치희의 집을 짓기로 결정을 한 후 곧바로 집짓기를 시작 했다. 집을 짓는 동안에도 화희의 질투는 극에 달해 언제 치희의 방에 뛰어 들어 치희와 아기를 잘못되게 할 수도 있었다. 그래서 유리왕은 황후 송씨에게 부탁을 하였다.

“언제 치희의 방에 화희가 뛰어들어 치희와 아기를 해칠지 모르니 황후께서 치희를 보살펴 주셔야 될 것 같소.”

“그런 일이거든 걱정하지 마옵소서. 이미 화희가 치희의 방에 들어가지 못하게 하고 황후의 엄명이라고 힘센 궁녀들로 배치해 놓았습니다.”

유리왕은 황후의 배려에 마음이 흡족하며 감사한 마음뿐이었다. 그렇게 10개월이 차오자 치희는 아기를 순산하였다. 치희가 아기를 순산했다는 소식은 곧 바로 유리왕에게 전해졌다. 유리왕은 만면에 웃음을 띠우며 물었다.

“왕자더냐, 아니면 치희를 닮은 공주더냐?“

“소식을 알리러간 궁녀가 말했다.

“폐하, 왕자님이십니다.”

“오호라~ 왕자라고? 우리 고구려에 경사로다.”

하고는 일어나 바로 치희의 방으로 간다. 치희는 왕자를 생산하고 머리를 푼 채 누워 있다가 유리왕이 왔다는 소리에 일어나 앉았다.

“폐하, 어서 오시옵소서.”

“치희야, 고생했구나. 그리고 고맙구나. 왕자를 생산해 주어서.”

치희는 유리왕의 칭찬에 부끄럽다는 듯 얼굴에 홍조를 띠며 말했다.

“폐하, 부끄럽사옵니다. 과분한 칭찬입니다.”

“아니다. 네가 얼마나 힘들었겠느냐.”

이렇게 치희가 유리왕의 총애를 받으며 아기를 생산하자 화희의 질투는 극에 달했다. 그러나 질투를 해도 시간은 가는 것, 치희와 화희의 집을 짓기 시작해 1년 여 끝에 치희와 화희가 살 집이 완성이 되었다. 유리왕은 황후와 계획한 대로 치희와 화희를 뚝 떨어져 따로 살게 하였다. 그때부터 유리왕은 사랑하는 치희에게 누구의 눈치를 보지 않은 채 마음대로 다닐 수 있었다. 유리왕은 행복했고 마음 또한 안정이 되어갔다. 그날도 유리왕은 치희의 집을 찾았다.

"치희야, 너는 어찌 이리 아름다우냐? 너는 어느 것 하나 버릴 것이 없구나. 왜 이리 사랑스러운지 나는 너와라면 언제 죽어도 여한이 없다."

"폐하, 소녀 미천한 몸입니다. 부끄러울 뿐입니다."

"아니다. 너처럼 아름다운 여인은 세상에 너 외에는 없을 것이다."

치희가 낳은 왕자는 너무도 신기할 정도로 치희를 꼭 빼다 박은 것처럼 치희를 닮았다. 유리왕은 그날부터 치희를 닮은 왕자를 가장 예뻐했다.

'치희야, 이 아이의 이름을 뭐라고 지었으면 좋겠느냐?"

"그건 폐하께서 지어 주시어요."

"그래, 그러면 이 아이의 이름은 여진이라고 하자. 여진 왕자, 치희 너는 어떠냐?"

"전 폐하가 좋으시면 따라갈 것입니다."

여진왕자의 이름을 지은 유리왕은 그날 밤 치희를 안고 끝없이 사랑을 불태웠다.

"치희야, 내가 내일 사냥을 떠나면 열흘이 지나야 돌아올 것이다. 그때까지 몸조심 잘하고 있거라."

"네, 걱정 하시지 마시고 편히 잘 다녀오시어요."

그렇게 밤을 치희와 애틋한 사랑을 나누고 유리왕은 군사들과 사냥을 떠났다. 그러나 유리왕은 이것이 치희와의 영원한 이별이 될 줄은 꿈에도 몰랐다.

8. 떠나는 치희

한편 새집으로 옮긴 후 한 번도 찾아오지 않는 유리왕을 원망하며 지내고 있던 화희는 유리왕의 행보를 예의 주시하고 있었다. 매일 자신의 몸종을 시켜 치희의 일거수일투족을 감시하고 있었다. 유리왕이 사냥을 가기 전 날 치희와 애틋한 사랑을 나누고 있을 때 화희는 이를 갈며 치희를 증오하고 있었다.

"흥, 새집은 뭐하려고 지어 준거야? 나하고 뚝 떼어놓고 저희들끼리 사랑타령 하려고 그런 것 아니야. 치희 너 이년 두고 보자. 왕이 사냥을 가면 너를 그냥 두지 않을 테니까."

유리왕이 사냥을 떠나자 화희는 기다렸다는 듯 치희의 집으로 달려갔다. 아무 것도 모르는 치희는 어제 밤 유리왕과 밤늦도록 사랑을 나눈 끝이라 노곤해 잠시 옅은 잠이 들어 있었다. 그때 문을 여는 소리와 함께 화희가 들이 닥쳤다. 그녀는 들어오자마자 아무 것이나 닥치는 대로 던지고 부수기 시작했다. 깜짝 놀라 일어난 치희가 왜 그러냐고 말리자 별안간 치희의 긴 머리를 휘어잡고 이리 저리 끌고 다니며 두드려 패기도 하고 머리털을 잡고 뽑기 시작했다. 마치 악귀와 같은 모습이었다. 치희가 세상에 태어나 사람의 악귀와 같은 그런 모습은 처음 보는 것이었다.

"야, 이 한(漢)나라의 천한 년아, 너는 뭐 특별한 재주라도 가지고 있기에 폐하는 너만 찾는 거니?."

"도대체 왜 이곳까지 와서 행패를 부리는 거예요?"

"너, 이년 한번 벗어봐라. 네 것은 도대체 나와 다른 것이 무엇인지 보아야겠다."

화희는 치희의 옷을 벗기기 시작했다. 치희는 화희가 옷을 벗기려 하자 결사적으로 방어를 했지만 힘으로는 화희를 당할 수가 없었다. 저항하다 지친 치희는 그만 몸에 힘이 빠져 저항할 힘도 남아 있지 않았다. 저항을 하지 못하는 치희를 화희는 마음대로 옷을 벗기고 치희에게 여자에게 줄 수 있는 모욕을 마음 것 단행했다. 그런 모욕은 치희에게는 상상도 할 수 없는 치욕이었다. 아무리 자신이 유리왕을 사랑한다 하여도 이런 모욕을 당하면서까지 고구려에 머물고 싶지는 않았다. 모욕에 치를 떠는 치희에게 화희가 말했다.

"나보다 특별한 것이 있나 했는데 별 것도 없구먼, 이런 치욕을 당하고도 고구려를 떠나지 않을래? 이래도 떠나지 않는다면 더 심한 치욕이 기다리고 있을 거야. 호호호."

처참한 모습이 된 치희는 더 이상 고구려에 머물고 싶지 않았다. 아들인 여진 왕자와 유리왕은 사랑하지만 이런 치욕을 당하면서 이곳에 머물 이유가 없었다. 그녀는 유리왕이 돌아오기 전에 이곳을 떠나야 된다고 생각했다. 그간 유리왕과 쌓인 정 때문에 그가 돌아와 가지 말라고 잡는다면 약한 마음에 주저앉을 것 같았기 때문이었다. 그녀가 떠나기 전 고민을 한 것은 여진왕자였다. 여진을 데리고 가면 좋겠지만 자신이 궁궐을 떠나면 그 아이도 어쩔 수 없이 자신의 신분을 따라 평민이 될 수밖에 없는 것이다. 그러나 이 궁궐에서 자란다면 왕자로서

귀하게 성장할 것이다. 그녀는 여진을 끌어안고 눈이 퉁퉁 붓도록 울었다. 그러나 결론은 여진을 이곳에 두고 가야 한다는 것이었다. 그것은 치희가 가지고 있는 모성애였다. 그는 마음이 아팠지만 여진을 귀하게 자라게 하기 위하여 두고 떠나기로 결심을 한 것이다. 밤이 되기를 기다려 아무도 모르게 빠져나갈 예정으로 밤을 기다렸다. 해가 서산으로 넘어가며 고구려의 왕궁에도 어둠이 내리기 시작했다. 앞이 보이지 않을 정도로 어둠이 내리자 그녀는 살며시 대궐을 빠져 나왔다. 대궐에서 나오니 부모님이 있는 한나라 땅까지는 먼 길이라 갈 수가 없었다. 그녀는 주막에서 하룻밤을 지새 고 갈 요량으로 나왔기에 크게 걱정하지는 않았다. 바로 대궐에서 나와 주막을 잡고 하룻밤을 보내려니 그간 몇 년간의 일들에 만감이 교차한다. 그간 유리왕에게 분에 넘치는 사랑을 받았다. 그러나 화희에게 받은 여자로서의 모욕은 참을 수 없는 치욕이었다. 아무리 사랑이 좋다 하여도 그런 치욕을 앞으로는 감내할 자신이 없었다. 그녀는 여진과 유리왕이 아무리 보고 싶어도 참고 살 것이라는 다짐을 하며 미련 없이 고구려를 떠나기로 한 것이다. 그녀는 가지고 있는 패물로 말을 한필 구입했다. 그리고 말에 몸을 싣고 한나라의 부모님께로 가고 있었다.

"흐흐흑흑, 폐하 소녀 떠납니다. 다시는 소녀를 찾지 마옵소서. 소녀는 폐하를 다시는 뵙지 않을 겁니다. 그리고 여진아 궁궐에서 잘 자라서 훌륭한 왕자가 되를 바란다."

지난밤을 눈물로 지새웠던 치희는 눈이 퉁퉁 부어 있었지만 동이 트기 전에 일어나 고구려 땅을 떠나고 있는 것이었다. 치희가 떠난 뒤 유리왕이 사냥을 마치고 돌아와 치희를 찾았으나 치희는 어디에도 없었다. 그러자 치희의 몸종이 와서 치희가 떠났음을 알렸다.

"폐하, 치희마마께서는 고향으로 떠났습니다."

"내가 없는 동안 도대체 무슨 일이 있었던 것이냐?"

"화희마마께서 치희마마의 옷을 모두 벗기고 여자가 당할 수 없는 치욕을 모두 주었사옵니다. 그리고 머리를 잡고 이리저리 끌고 다니며 때리고 머리를 모두 뽑아 놓았습니다."

"뭣이라고? 치희는 지금 어디 있느냐? 그리고 여진 왕자는 어떻게 되었느냐? 그렇다면 여진 왕자는 여기에 두고 떠났다는 것이냐?"

그러자 몸종이 말했다.

"여진 왕자는 왕자로 잘 키워 달라며 혼자 떠나셨습니다."

"알았다. 그렇다면 여진 왕자는 두고 떠났다는 거지?"

치희가 여진왕자를 두고 떠났다는 말에 치희가 다시 올 수 있을 것이란 생각으로 유리왕은 말에 올라 치희의 집을 향해 달리기 시작했다. 국경지대의 치희의 집으로 찾아간 유리왕은 대문에서 심호흡을 한 다음 문을 두드렸다. 아무런 기척이 없더니 안에서 문을 여는 소리가 들렸다. 그리고 대문을 연 사람은 치희의 아버지였다.

"어서 오십시오. 폐하."

"치희, 치희가 왔지요?"

"폐하, 그냥 돌아가십시오. 치희는 폐하를 만나지 않겠다고 합니다."

"무슨 소리입니까? 치희는 어디 있습니까?"

"치희의 마음을 돌리긴 쉽지 않을 겁니다."

"내가 치희를 만나 설득하겠습니다."

그때였다. 치희가 대문을 열고 나오면서 말했다.

"폐하, 그러실 필요 없습니다. 소녀는 절대로 고구려에 가지 않을 것입니다."

"치희 무슨 말이오?"

"분명히 말씀드리겠습니다. 소녀는 고구려에 절대 가지 않을 것입니다."

"치희 너는 나를 사랑하고 있잖아? 그리고 고구려에는 네가 사랑하는 왕자 여진이 있지 않느냐?"

"소녀는 폐하를 사랑하지 않습니다. 제가 고구려를 떠나올 때 전 이미 폐하도 여진이도 모두 잊기로 하고 온 것입니다. 소녀가 고구려에 갔던 것은 호기심 때문이었습니다. 궁궐 생활이 어떤 것인지 알고 싶었을 뿐입니다. 그러나 그 호기심도 다 사라졌습니다. 소녀와 궁궐은 맞지 않는 것 같습니다. 산도 있고 들도 있는 자연 속에서 뛰고 숨 쉬며 부모님 모시고 살 것입니다."

"치희야, 치희야, 그러지 마라. 나는 네가 없이는 한시도 살 수가 없구나."

"소녀는 절대 안갑니다. 폐하, 안녕히 가십시오."

그렇게 말을 하고 그녀는 차가운 얼굴로 문을 닫고 안으로 들어가는 것이었다. 그녀가 들어간 대문을 보며 한참을 서 있던 유리왕은 발길을 돌릴 수밖에 없었다.

"치희야, 치희야."

발길을 돌리면서도 유리왕은 치희의 이름을 부른다. 몇 년간 그녀와 보냈던 꿈같은 시간들이 머리에 떠올라 미칠 것만 같다.

"치희야, 치희야 돌아와 다오."

유리왕은 슬피운다. 그는 이제 다시는 치희가 돌아오지 않을 것이란 것을 알고 쓸쓸한 마음에 떨어지지 않는 발걸음을 돌리려니 발길이 떨어지질 않는다. 봄날의 햇볕은 따갑고 말머리를 돌려 가다 말고 말에서 내려 나무 그늘에 앉아 자신의 신세를 한탄하고 있었다.

"아, 차라리 내가 왕이 아니었다면 치희와 행복하게 살았을 텐데."

그때였다. 한 쌍의 꾀꼬리가 훨훨 날며 노래를 한다. 그는 서러운 마음에 탄식과 같은 소리로 자신도 모르게 한 수의 시가 흘러나온다.

훨훨 나는 꾀꼬리들이여
너희들은 암수 서로 화합하는데
나 홀로 돌아갈 것을 생각하니
그 누구와 같이 노닐거나

이 시를 읊으며 돌아서려는데, 쓸쓸함이 극에 달해 차라리 죽고 싶은 마음뿐이다. 그러나 치희와 함께 가지 못하고 돌아서는 마음 한편엔 화희에 대한 증오심이 인다.

"내가 이것을 내치고 말 것이다."

마음은 그렇지만 화희가 만만치 않은 호족의 힘을 가지고 있기에 함부로 내칠 수 없다는 것을 유리왕이 더 잘 알고 있었다. 화희가 치희에게 그런 행패를 부릴 수 있는 것도 자신의 뒤에 있는 호족의 힘을 믿었기 때문이다. 유리왕은 속이 바짝 바짝 타고 터질 것 같다. 그러나 자신이 가지고 있는 힘으로는 한계를 느끼기에 속만 태울 수밖에 없었다. 어려서부터 홀어머니 밑에서 자라 마음이 소심했던 유리왕은 화희와 치희의 일이 있은 후부터 더욱 소심한 성격의 소유자가 되었고 누구도 잘 믿지 못하는 성격이 그때부터 형성 되었던 것이다.

9. 아란비의 첫사랑

아란비는 아무리 생각해도 낮에 있었던 일이 꿈만 같다. 호랑이를 만나 죽었다고 생각하고 기절했을 때 눈을 떠보니 훤칠한 키에 준수하게 생긴 남자가 자신에게 물을 먹이며 걱정해 주는 것이 아닌가? 또 해가 지고 있으니 빨리 가라며 자신을 번쩍 안아 말에 태울 때 그의 몸에서 났던 땀내의 체취가 아란비 공주에게는 향기롭게만 느껴졌다.

17세의 한창 피어나는 젊은 아란비 공주로서는 아직까지 황룡국에서는 자신의 가슴을 두근거리게 한 남자는 본 적이 없었다. 호랑이를 만나 반은 정신이 빠진 것 같던 아란비 공주로서는 피곤하여 잠에 취할 만도 한데 잠은커녕 정신만 맑아져 해명 왕자의 모습만 더욱 또렷하게 떠오른다. 딱 벌어진 어깨에 늠름하고 호남인 해명왕자의 모습은 아무리 머리에 떠올려 보아도 싫지가 않다. 아란비 공주는 어려서부터 수 천리의 망망한 평원을 보면서 자랐다.

황룡국(북부여)은 해모수가 세운 나라이다. 서울은 아스라부소량이니 대단군 왕검의 삼경 즉 세 왕검성 중의 하나이다. 그곳은 토지가 비옥하여 오곡이 잘 되었고 높은 산에서 흘러내리는 물이 냇가를 흘러 종횡으로 굽이굽이 흐르는 송화강(옛이름은 아리라)이 있어 농수가 풍부하여 농사를 짓기에는 최적의 조건을 갖춘 나라였다. 백성들은 부지런하였으며, 검소하고 강건하고 용맹하였다. 성곽과 궁궐을 건축하고 큰 구슬과 적옥을 채굴하고 채색 비단과 수놓은 비단을 직조하고, 여우, 너구리, 검은 원숭이, 수달의 모피를 외국에 수출하여 수입을 올려 백성들의 삶의 질은 상당히 좋은 편이었다. 또한 왕검의 부루가 하우에게 가르쳐 주었다고 하는 금간옥첩[(金簡玉牒)오행치수법이 적혀있는 죽간을 엮어 만든 책]의 문자도 왕궁에 저장되어 있었으며 신지라 하는 이두문의 역사류나 풍월이라 하는 이두문의 시가집도 대개 황룡국(북부여)에서 수집된 것이다. 해모수 이후에 예와 선비를 정복하여 일시 강국이 되었으나 그 뒤에 예와 선비가 배반 하여 고구려로 돌아감으로서 나라의 세력이 쇠약해져서 조선 열국의 패권을 잃어버리기에 이르렀다. 이렇게 나라가 예전에 비해 약해지기는 하였으나 아직도 주변국 어느 나라에 비해 강국의 이미지를 가지고 있던 황룡국이었다. 그렇게 아름다운 환경 속에서 자란 아란비 공주는 아름다운 자연만큼이나 마음이 아름답고 착했다. 그런 그녀가 십오 세가 되었을 때부터 아버지인 황룡국 왕이 사냥을 나갈 때는 아버지와 함께 군사들에 섞여서 사냥을 다녀오곤 했다. 처음에는 따라만 다니는 수준이었지만 나이가 십칠 세로 접어들며 활 쏘는 솜씨가 늘어가는 것만큼 사냥에 빠져들기 시작했다. 활 쏘는 솜씨가 늘어가니 처음엔 남자들의 놀음이라고 생각했던 사냥이 재미있어지기 시작했다. 그녀가 사냥에서 처음 잡은 것이 토끼였다. 도망가는 것을 쏘아서 잡은 것이 아니라 가만히 먹이를 먹고 있는 것을 활로 쏘아 잡은 것이었다. 비록 작은 토끼였지만 아란비 공주로서는 큰 자신감을 가질 수 있는 계기가 되었다. 그 후부터는 황룡국 왕인 아버지를 따라다니기 보다는 그녀의 시녀 호란과 함께 하는 사냥이 많아졌다. 그날도 호란과 함께 나간 사냥이었다. 황룡국에서는 거리가 꽤있는 산이었다. 전에 군사들과 함께 왔던 곳이었기에 산에 대한 지리에는 훤히 아는 곳이었다. 마침 서산으로 해가 기울고 있을 무렵 그날따라 사냥감이 눈에 띄지 않더니 노루 한 마리가 눈에 들어왔다. 그녀는 호란과 함께 노루를 향하여 화살을 날렸으나 화살은 번번이 노루를 빗겨 나갔다. 아란비 공주는 노루를 잡기 위해 사력을 다하여 화살을 활에 재고 쏠 준비를 한 채 말을 몰고 있었다. 그때 '어흥~'하는 호랑이의 포효가 들리자 말이 놀라 앞발을 들고 '히히힝' 하더니 옆으로 쓰러지는 것이었다. 그녀와 시녀인 호란도 말과 함께 넘어졌으나 호랑이의 덮치려는 기세에 눌려 그만 '죽었구나' 하고 정신을 잃고 말았던 것이다. 그런데 정신을 차리고 보니 웬 훤칠하고 잘생긴 남자가 자신에게 물을 먹이며 근심어린 눈으로 바라보고 있는 것이 아닌가? 그녀는 잠시 잠깐사이에 일어난 일이었지만 그 순간이 황홀했다. 늦은 밤 궁궐로 돌아와 몸은 피곤했지만 씻고 잠자리에 들어 잠을 청하지만 고구려의 왕자인 해명의 모습만이 또렷하게 떠오를 뿐 아무런 생각이 떠오르지 않는다. 훤칠한 키에 떡 벌어진 어깨, 큰 눈에 준수한 모습이 황룡국에서는 아직 본 적이 없는 멋진 장부의 모습이다. 아란비의 눈에는 낮이고 밤이고 해명의 모습만 떠오를 뿐이다. 꽃피는 열일곱의 아리따운 공주의 마음에 고구려의 왕자 해명이 불을 질러 놓은 것이다. 아란비는 아무리 잊으려 해도 해명의 모습은 더 뚜렷하게 떠올랐다. 아란비 공주의 얼굴은 하루가 다르게 수척한 모습으로 변해가고 있었다. 해명태자에 대한 가슴앓이를 하던 아란비 공주는 급기야 몸져눕고 말았다. 사냥을 즐기며 명랑하고 씩씩했던 공주가 방에서 나오지 않자 궁녀들을 통해 왕궁에 소문이 조금씩 퍼지기 시작했다.

"아란비 공주님이 많이 아프시다네."

"어디가 어떻게 아프시대?"

"그렇게 씩씩하시던 공주님이 별안간 왜 그러실까?"

아란비 공주가 왕궁에서 두문불출하자 궁녀들이 모이면 아란비 공주의 병에 대한 이야기들을 옹기종기 모여 나누었다. 그러나 공주의 병에 대하여 아는 것은 그날 함께 사냥을 나갔던 시녀인 호란과 공주만이 알고 있는 비밀이었다. 궁녀들의 입을 통하여 소문이 퍼져 나가자 황룡국 왕도 그 소문을 듣게 되었다. 그렇잖아도 매일 아침이면 문안 인사를 드리러 오던 공주였는데 요즘은 전혀 얼굴을 볼 수 없어 궁금했던 차였다.

"도대체 공주가 아프다는 소리가 있는데 어찌된 일인가? 아비인 내가 공주가 그리 아프다는데 전혀 모르고 있다는 것이 말이 되는가? 빨리 궁중 의를 들게 하라."

왕의 지시를 받고 궁중의가 바로 들어 왔다.

"궁중 의는 빨리 공주의 방으로 가서 공주를 진맥해 보라."

"예, 그렇게 하겠습니다."

궁중 의는 왕의 명령을 받고 그 길로 공주의 방으로 갔다. 그러나 공주는 방문을 열어주지 않았다.

"공주님, 폐하의 명입니다. 문 좀 열어 주십시오."

"공주님은 괜찮다고 그냥 가시랍니다. 죽을병도 아니니 괜찮다고 전하시래요.”

궁중 의는 공주의 얼굴도 보지 못한 채 공주의 시녀인 호란에게 들은 말을 황룡왕께 전할 수밖에 없었다.

“공주님께서는 아픈 곳이 없으니 그냥 가라고 하시며 전혀 문을 열 생각을 하지 않으셨습니다.”

궁중 의에게 보고를 받은 왕은 한숨을 토하며 대답했다.

“허허허, 아프지 않다는 공주가 무슨 일로 문을 꼭꼭 잠그고 나오지를 않는단 말이냐. 내가 직접 공주를 만나야 되겠다.”

하고 왕은 공주의 처소로 향했다. 왕이 공주의 방 앞에 이르자 아란비 공주는 아버지인 왕이 온다는 소리에 문 앞에서 기다리고 있었다.

“오, 아란비, 아프다고 하더니 별일이 아니더냐?”

“네, 아바마마, 저에겐 별일이 없사옵니다. 그런데 아바마마께서는 어인 일로 저의 처소까지 오셨는지요?”

“허허, 궐 안에 공주가 병이 났다고 소문이 난 것을 내가 왜 모르겠느냐. 궁중 의가 공주를 진맥 하러 갔었다는 소리도 들은 바 있거늘 어찌 이렇게 아무렇지도 않은게냐?“

“네, 아바마마, 지난번 사냥을 다녀온 후 소녀가 무리를 했는지 몸실기가 있있던 것 같사온데 지금은 아무 일도 없던 듯 몸도 마음도 가쁜 하옵니다. 너무 심려치 마시 옵소서.”

“그래, 아란비야, 사냥도 좋지만 너의 몸이 우선이니 쉬엄쉬엄 하도록 하거라.”

“네, 아바마마, 심려를 끼쳐드려 죄송 하올 뿐입니다.”

그렇게 황룡왕이 아란비 공주의 처소를 다녀가자 공주는 이렇게 방에서 두문불출 하고만 있으면 안 되겠다는 생각을 하게 되었다.

"그래, 훌훌 털고 다시 예전의 나로 돌아가자. 그래야 해명 왕자님을 만나던지 할 것이 아닌가? 이렇게 방구석에만 앉아 있으면 왕자님을 만날 수 있겠어."

그녀는 그날로 사냥 도구인 활을 메고 해명과 만났던 산으로 말을 몰았다. 그녀가 해명과 만났던 산을 돌며 사냥을 했지만 해명은 고사하고 고구려 군사들조차 한 명도 볼 수 없었다. 그녀는 허탈한 마음으로 황룡국 궁으로 돌아 왔지만 언제인가는 만나게 될 것이라는 희망을 가지고 돌아오곤 했다. 아란비 공주는 겉으로는 연약한 여인네처럼 보이지만 내면적으로는 한족(韓族)의 여인이어서 끈질긴 면이 있었다. 해명왕자가 그리워 짝사랑으로 자리에 누워있던 여인 아란비 공주는 어디로 가고 예전의 씩씩했던 아란비로 돌아와 있었다. 그녀는 예전에 비하여 사냥 횟수를 더욱 늘려서 거의 매일을 사냥으로 보냈다. 그녀의 사냥은 황룡왕도 말릴 수가 없었다. 황룡왕 입장에 선 아란비가 자리에 누워있는 것보다는 차라리 이렇게 활발하게 사냥을 다니고 있는 모습이 보기에 좋았다. 하나 밖에 없는 딸인 공주가 병명도 모른 채 아파하는 것은 황룡왕에게는 견딜 수 없는 아픔이었다. 그렇게 아란비 공주가 하루가 다르게 예전의 모습을 찾음에 황룡왕은 아무런 걱정 없이 국정(國政)에 매달릴 수 있었다. 그러나 그동안 아란비 공주의 마음에서 해명왕자를 잊은 적은 단 한 번도 없었다. 17세의 아란비 공주에게는 해명왕자는 지울 수 없는 첫사랑으로 가슴에 새겨져 있었다. 그녀는 해명왕자와의 만남을 운명적으로 필연이라고 생각했다. 해명왕자가 아니었다면 그녀는 이미 이 세상 사람이 아니었다고 생각했기 때문이다. 그때 자신은 이미 호랑이의 먹이 감이 되어 이 세상엔 흔적조차도 없는 사람이었다. 그러기에 그녀는 해명왕자를 더욱 잊을 수 없는 사람이었다. 자신을 살려준 것도 잊지 못할 일이지만 해명왕자의 떡 벌어진 어깨와 잘생긴 얼굴 거기에 누구에게도 지지 않을 것 같은 활솜씨는 아란비 공주에게는 장부 중의 장부로 잡리잡고 있었다. 그렇게 아란비 공주는 행여 해명왕자를 만날 수 있을까 하여 매일 사냥에 나섰다. 그렇게 매일 사냥을 하다보면 언젠가는 꿈에 그리던 해명왕자를 만날 수 있을 것이란 기대감 때문이었다. 그날은 겨울이 가까워 그런지 햇빛이 구름에 가린 날씨는 바람마저 불어 을씨년스러웠다. 그러나 아란비 공주는 해명왕자를 만날 수 있을 것이란 기대감에 활을 메고 해명왕자와 처음 만났던 산을 올랐다. 아란비 공주는 하루 종일 사냥감을 찾기 보다는 해명왕자를 찾는다는 마음으로 산을 헤매고 다녔다. 해가 지기 전에 산을 내려오려고 하는데, 멀리서 한 사람이 사냥감을 발견하고 그 물체에 집중하여 활을 겨누고 있었다. 그녀는 숨어서 그 사람을 유심이 지켜보고 있는데 약 10여 명의 사람들이 무장을 하고 정신없이 사냥감을 겨누고 있는 사람을 향하여 살금살금 거리를 좁혀기고 있었다. 자신을 노리고 있는 것도 모르고 사냥을 하는 사람은 사냥감에 정신이 집중 되어 위험이 닥치고 있는 것을 전혀 눈치 채지 못하고 있었다. 아란비 공주는 말을 탄 채 자신도 모르게 그들의 뒤를 쫓고 있었다. 또 무장을 한 사람들노 사냥을 하는 사람에게 집중을 해서 뒤에서 아란비 공주가 말을 탄 채 쫓고 있는 것을 전혀 눈치 채지 못하고 있었다. 사냥을 하는 사람과 그를 해치려는 사람들과의 거리가 좁혀지는 것만큼 그들의 뒤를 쫓는 아란비 공주와의 거리도 그만큼 가까워질 수밖에 없었다. 가까이서 본 사냥을 하는 사람은 그녀가 꿈에도 잊지 못하는 해명왕자였다. 그녀는 해명왕자라는 것을 알자 가슴이 콩닥콩닥 두루 방망이질을 친다. 마음 한편에서 해명왕자에게 달려가 그의 품에 안기고 싶다. 그러나 지금은 절체절명의 순간이다. 해명왕자를 해치려는 자들이 해명왕자에게 공격할 거리까지 도달한 것이다. 그 중 한 사람이 날렵하게 해명왕자에게 달려들어 칼을 휘둘렀다. 그러자 해명이 순간적으로 몸을 돌려 피하며 말에서 굴러 떨어졌다. 크게 입지는 않았지만 팔에 상처를 입은 것 같았다. 순간 아란비 공주는 활 통에서 화살을 뽑아 해명을 해치려는 자를 향해서 빠르게 화살을 날렸다. 연속해 계속 화살을 날리니 몇 명이 화살을 맞고 꺼꾸러진다. 그러자 해명왕자가 일어나며 쓰러진 자의 칼을 주워 자신을 공격하는 자들을 향하여 칼을 휘두르기 시작했다. 그러자 해명왕자의 칼을 맞고 몇 명이 외마디 비명을 지르며 쓰러진다. 아란비 공주가 뒤에서 계속 화살을 날리자 자객들은 해명왕자의 부하가 온 것으로 착각을 하고 도망치기 시작한다. 그러자 해명왕자가 도망치고 있는 자 중에 한명을 사로잡았다. 그리고 누가 보낸 자객이냐고 다그치고 있었다. 한쪽 팔에서는 상처를 입어 많은 피가 흐르고 있는데도 그것을 아직 모르고 있는 듯 했다.

"너희들은 누구냐? 누가 나를 죽이라고 보냈느냐 말이다."

"모, 모릅니다."

"어찌 죽이라고 시킨 놈도 모르고 온단 말이냐?"

"저희들은 그냥 시키는 대로 따르면 그만입니다."

“그럼 누가 안단 말이냐?”

“저기 활을 맞고 쓰러진 자가 알 것입니다.”

해명왕자가 바라보니 두 다리에 화살이 깊이 박혀 피를 흘리고 있는 자가 이들 중 수괴 같았다. 제일 먼저 해명왕자에게 달려들어 상처를 입힌 자였다. 그래서 아란비 공주가 그를 움직이지 못하게 두 다리에 화살을 쏴서 꼼짝 못하게 한 것이었다. 아란비 공주가 뒤에서 보니 그가 모든 것을 지시하고 있었기에 그를 묶어 놓으면 다른 사람들은 오합지졸이라 별 볼일 없다고 판단했기 때문이었다. 판단은 정확히 적중 한 것이다. 그들 중의 수뇌가 양 다리에 화살이 박혀 꼼짝을 못하자 그 밑의 졸개들은 화살을 맞아 몇 명이 쓰러지고 또 해명왕자의 칼에 몇 명이 죽으니 남은 자들은 도망치기에 급급했던 것이다. 해명왕자가 다리에 화살을 맞고 꼼짝도 못하는 자를 붙들고 다그쳐 물었다.

“어느 놈이 나를 죽이라고 시켰느냐? 바른대로 말해라. 그렇지 않으면 너는 고통 속에서 죽게 될 것이다.”

자객의 수괴는 잡히는 순간 자신이 돌아가면 죽는다는 것을 잘 알고 있었다. 그래서 그는 해명왕자가 묻는 대로 순순히 자백을 하기 시작했다.

“저는 동부여에서 왔습니다. 대소 왕이 해명 왕자님을 죽이라고 지시를 했습니다. 전 명령에 따랐을 뿐입니다. 살려 주십시오.”

“음, 대소 이놈이 비섭하게 자객까지 보내다니... 알겠다. 나는 너를 살려 줄 것이니 가거라.”

그러자 자객이 해명왕자에게 사정을 한다.

"왕자님, 소인을 왕자님의 수하에서 일하게 하여 주십시오. 소인이 지금 동부여로 가면 대소 왕은 소인을 죽이고 말 것입니다. 왕자님께서 고구려에 살게 하여 주신 다면 신명을 바쳐 충성하겠습니다."

"음, 너의 이름이 무엇이냐?"

저의 이름은 곽유입니다. 소인을 받아 주시면 지금 함께 온 일행들 중 잡힌 자들도 왕자님께 충성을 바치도록 하겠습니다."

"음, 좋다. 그러면 너희들 모두가 나의 수하가 되겠다는 말이냐?"

"그렇습니다. 왕자님, 죽기로 충성하겠습니다."

그때 일행 중의 한 사람이 곽유를 보며 일갈한다.

"이 배신자 놈아, 네가 어찌해 폐하를 배신하느냐? 네가 그리고도 폐하의 호위 무사라 할 수 있느냐?"

"배신이라 했느냐? 너의 그 말은 틀렸다. 나는 사실 고구려 사람이다. 내 부모가 변방에 살다가 동부여 군에게 강제로 끌려가 살게 되었다. 그간 나는 대소 왕과 함께 하며 대소 왕이 얼마나 잔인한 인간인지 잘 알고 있다. 그에게는 자비란 없다. 나도 언제 대소에게 죽을지 모른다고 생각했다."

사실 곽유는 대소가 신임하는 인물로 무술이 상당한 수준이었다. 그러나 그는 원래 고구려 사람이었다. 부모님이 국경마을에 살고 있다가 습격 나온 동부여군사들에게 어릴적 강제로 끌려가서 오늘 날까지 살게 된 것이었다. 어려서 동부여로 잡혀 갔기에 곽유는 자신이 동부여 사람으로 알고 살았다. 아버지가 죽기 전 자신이 고구려의 피가 흐르고 있다고 말해 주어 자신이 고구려 사람이라는 것을 알았던 것이다. 또 아버지는 죽기 전 곽유의 장래를 걱정하며 남과 다른 특별한 특기가 있어야 출세를 할 수 있다고 말해주어 산속에 홀로 들어가 무술을 연마했다. 3년 여름 산에서 무술을 연마하고 내려와 고구려의 동명제와 비슷한 무술대회에서 입상해 얼마간의 수련 기간을 거쳐 대소의 눈에 들어 대소왕의 호위 무사가 되었다. 호위무사는 물론 대소 왕을 호위하는 것을 기본으로 하지만 대소왕의 명령에 따라 비밀스럽세 정적을 암살하는 일에노 깊이 관여를 했다. 곽유는 대소왕이 고구려를 침략했을 때 그 옆에서 그를 호위하고 있었다. 그가 해명왕자의 화살을 투구에 맞고 말에서 굴러 떨어지는 것도 직접 목격을 했다. 곽유는 그 장면을 생생하게 눈으로 목격을 하고 감탄을 했다.

"어떻게 그 먼 거리에서 화살을 쏴서 대소 왕을 맞췄을까?"

하고 탄성을 지를 정도였다.

"도대체가 저 활은 무슨 활이기에 남들은 도저히 미치지 못하는 거리까지 화살을 날릴 수 있는 것일까?"

하고 골똘히 생각하며 하루 빨리 고구려로 귀순해 해명왕자의 수하에 들고 싶은 생각이 굴뚝같았다. 말하자면 같은 남자로서 시네디움에 빈했다고 하는 깃이 밎을 것이다. 그리고 언젠가 기회가 주어지면 고구려로 넘어갈 기회를 엿보고 있을 때 해명왕자를 암살하라는 지시를 받게 된 것이다. 암살단 중에 20세로 가장 나이가 어렸지만 무술은 그 중 출중해 대소 왕의 신임을 듬뿍 받고 있었다. 곽유는 대소왕의 지시로 암살단의 수장을 맡게 되었다. 언제든 수장이 먼저 공격을 해야 부하들도 따라서 행동을 개시를 할 수 있었다. 곽유는 해명왕자가 사냥감에 정신을 집중하고 있어 언제든지 곽유의 무예 솜씨로서는 해명왕자에게 죽이든지 치명상을 입힐 수 있었다. 그러나 이 기회를 고구려에 귀순할 구실을 찾고 있던 곽유로서는 절호의 기회를 놓칠 수 없었다. 그는 해명왕자를 죽일 마음 없이 공격을 한 것인데 아무도 모르게 숨어 있던 아란비 공주의 공격으로 화살을 다리에 맞고 쓰러진 것이다. 대소 왕이 보냈던 간자의 연락은 백유와 설로가 다른 볼 일로 해명왕자 혼자 사냥을 한다는 것이었다. 해명왕자를 죽일 수 있는 기회는 이때라 생각한 대소는 신임하는 곽유에게 해명왕자를 죽이고 오라는 지시를 내렸던 것이다. 그러나 곽유도 포악한 대소에게서 염증을 느끼고 있었다. 자신의 마음에 들지 않으면 언제든 사람 죽이기를 파리 목숨처럼 여기는 대소가 싫었던 것이다. 그렇게 마음에 염증을 느끼고 대소왕의 곁을 떠날 생각을 하고 있었기에 해명왕자를 암살하는 일을 자신이 동부여를 탈출하는 계기로 삼았던 것이다. 다른 때 같았으면 해명왕자는 살아남지 못했을 것이었다. 해명왕자가 곽유 일행을 받아 드리기로 결정을 하고 자신의 입에 손가락을 넣고 휘파람을 불었다. 고구려 군에 보내는 신호였다. 고구려 군이 그리 멀지 않은 곳에 있다는 증좌였다. 해명왕자가 휘파람 소리를 보낸지 얼마 되지 않아 무장한 군사 몇 명이 쏜살같이 달려 왔다.

"왕자님, 부르셨습니까?"

"음, 여기 있는 사람들을 빨리 데리고 가서 치료를 하고 든든하게 먹이도록 하라."

"네."

그때 곽유가 앞으로 나서며 해명에게 말했다.

"왕자님, 부탁이 있사옵니다. 저 자를 동부여로 보내주십시오."

"그게 무슨 말이냐?"

"저 자를 돌려보내어 왕자님을 암살하는 일이 실패 했다는 것을 알리고 소인과 함께 왔던 일행이 모두 고구려에 귀순 했다는 것을 알리면 대소는 분명히 충격을 받을 것이고 저 자는 대소에게 살아남기가 어려울 것입니다."

"음, 자네 생각이 그렇다면 그렇게 하기로 하세."

해명왕자는 곽유의 말대로 귀순하지 않은 자를 돌려보냈다. 그를 돌려보내고 고구려 군사들은 부상을 당한 동부여의 자객들을 수습하여 자리를 뜨자 혼자 남은 해명왕자는 숲을 향하여 말했다.

"이제 나오시오. 아까부터 나를 도운 것을 알고 있었오. 당신이 아니었다면 나는 큰 부상을 입었던지 죽었을 수도 있습니다."

그러자 아란비 공주는 더 이상 숨어 있을 수가 없었다. 그녀가 숲속에서 나오니 아직도 해명왕자의 팔에서는 피가 흐르고 있었다. 아란비 공주를 본 해명왕자는 깜짝 놀란다.

"아니, 아란비 공주님?"

"공주님이 어쩐 일로 여기까지 오셔서 저를 도와 주셨습니까?"

"왕자님, 보고 싶었습니다. 그때 호랑이 밥이 될 번 한 저를 살려 주셨잖아요."

"그러면 지난번 것을 갚으려고 오셨습니까? 하하하."

"왕자님, 웃음이 나오세요?"

"웃으면 안 되나요?"

"왕자님, 팔을 보세요. 상처가 깊어 피가 계속 나오고 있어요. 잠깐만 기다리세요."

하고는 아란비 공주는 숲으로 들어갔다. 숲으로 들어간 아란비 공주는 피를 멈추게 하는 가루가 들어 있는 산에서 나는 약초를 찾아 왔다.

"이것을 바르면 피가 멈추고 상처가 빨리 아물 겁니다."

하고는 해명왕자의 상처 난 부위에 그 약초를 뿌렸다. 그러자 잠시 후 피가 멎었다. 피가 멈추자 아란비 공주는 자신의 치마를 찢어서 해명왕자의 상처 난 팔에 감아 주는 것이었다.

"그런데 왕자님, 오늘은 어찌하여 혼자 나오셔서 봉변을 당할 뻔 하셨어요."

"하하하, 예쁜 공주님께 도움을 받고 싶어 그런 것 같습니다."

"어찌 오늘이 그때와 같을 수 있겠습니까? 그때는 눈 깜빡할 새에 호랑이의 발톱과 이빨에 갈기갈기 찢겨 죽음에 이룰 수 있는 순간이었는데 왕자님이 활로 호랑이를 쏘아 죽였기에 제가 살 수 있었던 것이지요. 늘 그때를 생각하며 왕자님께 은혜를 갚을 길을 생각했답니다."

"하하하, 그러면 오늘 공주님이 그 원을 푸신 것 같습니다."

그러자 아란비 공주가 얼굴을 붉히며 말했다.

"왕자님, 그렇게 말씀하시면 전 부끄럽습니다."

"하하하, 그런가요? 그런데 공주님이 부끄러워 얼굴을 붉히는 모습이 더 예쁜걸요."

이제 17세의 아란비 공주와 19세의 해명왕자는 어느새 이렇게 농담을 할 정도로 가까워져 있었다. 그렇게 이야기를 주고받다 보니 어느새 늦가을의 해는 넘어가고 있었다. 깊은 산이었기에 지금은 산을 내려간다는 것은 자살 행위였다. 해가 지니 앞을 분간할 수 없는 칠흑 같은 밤이 되었다. 늦은 가을이라 두 사람은 추위를 느끼기 시작했다. 그들은 추위를 피할 곳이 필요했다. 어디라도 들어가 추위를 피해야만 하는 것이다. 그러자 거의 매일 사냥을 나와 이곳 지리에 밝은 해명왕자가 말했다.

"공주님, 마침 이곳에 추위를 피할만한 곳이 있습니다."

"그곳이 어디인데요?"

"여기서 그리 멀지 않은 곳입니다."

"그럼 빨리 그곳으로 가기로 해요."

"그렇게 합시다."

해명왕자와 아란비 공주는 야외에서 밤을 보내는 데는 익숙한 사람들이었다. 매번 유리왕과 사냥을 나오면 보통 일주일 이상을 야외에서 보내기 때문에 산에서 밤을 보내는 것은 그리 어려운 일이 아니었다. 아란비공주 또한 황룡 왕을 따라 사냥을 나왔었기에 산에서 밤을 보낸다는 것이 낯선 일이 아니었다. 그들은 부싯돌로 불을 켜서 횃불을 만들었다. 그리고 멀지 않은 곳에 있는 동굴을 찾아 들었다. 동굴은 꽤 깊었다. 두 사람이 들어가 쉬기에는 좋은 곳이었다. 주변에서 땔 나무를 주워 동굴 앞에다 불을 피웠다. 바싹 마른 나무가 활활 타기 시작하니 몸이 녹으며 추위가 풀리기 시작했다. 바닥이 딱딱하여 그냥 바닥에서 잠을 자기에는 불편했다. 팔이 아픈 해명왕자는 그대로 앉아 있게 하고 아란비 공주가 밖으로 나갔다. 동굴밖엔 나뭇잎이 수북이 쌓여 있었다. 몇 번을 들락거리니 바닥이 푹신하게 나뭇잎으로 그득 찼다. 푹신한 침대가 된 것이다. 한 쪽 편에 해명왕자를 편하게 자게 했다.

“왕자님, 몸이 불편하시니 이쪽에서 주무세요.”

“무슨 소리예요. 공주님이 편한 곳에서 주무세요. 나는 아무리 부상이라 하지만 남자예요.”

서로 좋은 자리를 양보하려고 옥신각신 하다 보니 두 사람의 부딪친다. 그러다 아란비 공주가 해명왕자의 발에 걸려 넘어졌다. 순간 해명왕자가 아픈 팔도 잠시 잊은 채 넘어지려는 아란비 공주를 끌어안았다. 그러나 급히 잡느라고 해명왕자의 손이 아란비 공주의 젖무덤을 건드리고 말았다. 해명왕자의 손에 아란비 공주 젖가슴의 감촉이 그대로 전해 왔다. 묘한 감정의 파문이 해명왕자의 가슴에 인다. 그것은 아란비 공주도 마찬가지였다. 해명왕자에 손의 촉감이 처음 아란비 공주의 가슴에 닿는 순간 ‘아~’ 소리를 내며 묘한 감정을 느끼는 것은 마찬가지였다. 그런 순간이 지나간 후 둘은 누워 있었지만 몸만 뒤척일 뿐 잠이 오지 않는다. 그간 해명왕자도 주변국들의 침략으로 바쁜 날을 보냈지만 그보다 더 중요한 것은 지난번 일이 있은 후 늘 그녀가 생각이 났다. 그녀를 안아서 말에 태워 보낼 때 그녀에게서 풍겼던 그녀만의 체취가 잊혀지지 않았던 것이다. 그동안 해명왕자는 여자에 관하여는 그다지 관심이 없던 사람이었다. 그러나 아란비 공주를 본 후부터는 그녀가 보고 싶었다. 그런데 지금 동굴 속에서 그때 느꼈던 아란비 공주만의 체취가 풍겨나고 있었다. 동굴 안은 장작으로 불을 피운 관계로 훈훈했다. 그러나 장작불의 온기 보다보다는 한창 나이의 젊은 청춘에게서 뿜어 나오는 열기가 더 뜨거웠다. 열일곱의 아란비 공주와 열아홉의 해명왕자는 뜨거움이 용광로처럼 마음속에서 이글거리며 타오르고 있었다. 동굴이 넓지 않았기에 뒤척일 때마다 서로의 몸이 부딪친다. 그럴 때마다 해명왕자와 아란비 공주의 몸에서 불꽃이 튄다. 그동안 서로가 그리워했던 사람들이었다. 거기에 오늘은 어떠한 연으로 엮겨져 서로가 서로의 생명을 구해준 사람들이었다. 해명왕자와 아란비 공주는 잠을 못 이루고 뒤척이다 서로 눈이 마주 쳤다. 순간 그들의 눈에서 불꽃이 인다. 그들의 눈은 서로를 원하고 있었다. 좁은 동굴에서 해명왕자와 아란비 공주는 차가운 늦가을의 침침한 달빛 속에서 누가 먼저라고 말할 것도 없이 한 몸이 되어가고 있었다. 아란비 공주의 뽀얀 속살을 보자 해명왕자는 팔의 아픔도 잊은 채 아란비 공주의 희고 고운 몸을 쓰다듬기 시작했다. 아란비 공주는 해명왕자의 손길에 그녀의 마음 문을 활짝 열어 놓고 해명왕자의 몸을 받아 들인다.

"아, 왕자님, 사랑해요."

"공주, 아란비 공주! 사랑하오."

둘은 순식간에 한 몸이 되어가고 있었다. 젊은 두 사람의 몸은 용광로가 되어 있었다. 해명왕자의 몸이 아란비의 몸속으로 한없이 빨려 들어가는 것 같다.

"아, 아란비 공주!"

"왕자님, 왕자님, 아~ 아~ 으흐흐흑."

"아란비! 아~아~"

그들은 작은 동굴 속이었지만 그 순간만은 세상의 어느 것도 부럽지 않은 채 사랑의 극치로 몰입하며 사랑에 빠져들고 있었다. 그렇게 두 사람만이 누릴 수 있는 사랑의 의식이 끝난 후 해명왕자가 아란비 공주의 몸에서 떨어졌다. 그리고 아란비 공주의 몸을 꼭 안은 채 깊은 잠에 빠져 들었다. 그렇게 잠이 든 후 해명왕자가 먼저 추위를 느껴 잠에서 깨었다. 피워 두었던 장작이 모두 타고 해가 중천에 떠 있었다. 몸을 녹여야 했기에 해명왕자가 밖으로 나와 장작을 구해서 불을 지폈다. 불을 피우고 잠시 있으니 동굴 안이 따뜻해져 왔다. 어제 고단했는지 아란비 공주는 아직도 잠에서 깨지 않고 있었다. 어제 밤 둘은 뜨거운 사랑을 해서 그런지 해명왕자는 아란비 공주의 자고 있는 모습이 더 아름답게 느껴진다. 해명왕자는 자고 있는 아란비 공주를 꼭 안았다. 아란비도 눈을 뜨고 해명을 팔로 안는다.

"벌써 일어났어요?"

"좀 추운 것 같아 불을 피웠어요. 춥지 않지요?"

"네, 따뜻하네요."

"아침은 어제 잡은 사냥물을 골라서 구워 먹기로 합시다."

"그렇게 할까요?"

두 사람은 어제 잡았던 사냥물을 불에 구워서 아침을 대신했다. 아침을 끝내고 나니 이제는 아쉬운 이별이었다.

"아쉽지만 이제는 헤어져야할 때가 된 것 같아요."

"걱정하지 마십시오. 아바마마께 말씀드려 공주님과의 혼인을 성사시키겠습니다."

그렇게 두 사람은 아쉬움 속에 헤어졌다. 해명왕자가 왕궁에 돌아와 지난밤에 있었던 일을 유리왕에게 상세히 보고했다. 유리왕은 해명의 팔에 난 부상을 보고 깜짝 놀란다. 해명 왕자의 상처를 보고 있던 유리왕이 말했다.

"상처가 깊지는 않구나. 어의를 불러 빨리 치료해야겠다. 대소, 비겁한 놈, 자객을 보내다니 내 이놈을 가만두지 않을 것이다."

하고는 이를 뿌드득 갈며 주먹을 불끈 쥔다. 그리고 큰 소리로 어의를 부른다.

"여봐라. 빨리 어의를 들라하라."

해명왕자의 상처를 상세히 관찰한 후 어의가 대답을 했다.

"폐하, 왕자님의 상처는 깊은 것은 아니었으나 상처 부위는 덧나면 오래갈 소지가 있었는데 다행히 상처 부위를 잘 치료해 상처 부위가 빨리 아물고 있습니다."

"그럼 해명 네가 상처를 입은 후 산에서 치료를 잘했구나. 다행이다."

해명왕자로서는 아직 아란비 공주와의 관계를 이야기 할 수가 없었다. 나중 유리왕에게 자세히 할 생각이었다. 해명왕자는 나이 열여덟 때부터 혼인에 대한 말이 오가고 있었다. 그런데 열아홉이 되고 나니 어느 호족의 딸과 혼인 문제가 구체적으로 나오고 있었지만 해명 왕자는 아란비 공주 이외는 눈에 들어오지 않았다. 태자였던 도절이 자살을 하자 둘째 왕자인 해명왕자가 태자의 자리를 계승할 것은 기정사실이었다. 해명왕자가 상처에서 회복이 되고 2년의 세월이 흘렀다. 그때 고구려에서는 군신회의가 열리고 있었다. 태자 책봉 문제였다. 군신회의에서 해명왕자가 21세의 나이로 태자로 책봉이 되었던 것이다.

10. 대소의 침략

동부여의 궁에서는 대소왕이 머리끝까지 화가 나 있었다. 해명을 암살하라고 보낸 자객들이 해명 암살에 실패했기 때문이었다.

"에이, 이놈들아 이 나라 최고의 무예 실력을 가졌다는 놈들이 그깟 애송이 하나 죽이지 못하고 실패했단 말이냐. 우리 군에는 허수아비들만 있구나. 믿었던 곽유란 놈이 함께 간 놈들과 실패를 하고 고구려로 도망을 갔으니 이젠 도대체 어떤 놈을 믿어야 한단 말이냐?"

화가 머리끝까지 난 대소는 지금 돌아와 해명태자의 암살이 실패했음을 보고한 자객을 칼로 내리쳐 죽였다. 죽은 자객의 머리가 떨어질 때 대소에게 피가 튀어 대소의 모습은 마치 악귀와 같은 모습이다. 그건 누나 말릴 사이도 없이 순식간에 일어난 일이었다. 그러자 해명태자를 죽이라고 자객을 선발해 보냈던 또 다른 대소의 심복인 모소명이 대소왕의 앞에 나서며 말했다.

"폐하, 실은 해명을 죽이기 일보직전에 뒤에 숨어서 활을 쏘는 복병이 있어서 함께 간 동료들이 화살을 맞고 희생을 당했기 때문에 실패한 것입니다."

해명태자의 암살을 주도했던 모소명은 변명하기에 급급

했다.

"뭐라고? 그러면 뒤에서 활을 쐈다는 자가 누구란 말이냐?"

"폐하, 폐하께서 조금 전 죽인 자객이 그렇게 말했는데 폐하가 그 자를 죽였으니 알 길이 없습니다."

"음, 해명태자의 부하인 백유와 설로가 이번 한나라와의 전쟁에 차출이 되어 갔기에 이번이 해명을 없애버릴 절호의 기회였는데 이 절호의 기회를 놓쳤으니 분하다. 이제 해명을 제거하긴 더 힘들 것이다."

"다음엔 더 치밀하게 계획을 짜서 실행하는 것이 좋을 듯합니다."

"아니다. 앞으로 해명을 죽이긴 쉽지 않을 것이다. 태자인 도절이 죽은 이상 해명이 바로 태자에 책봉이 될 것이다. 해명이 태자에 책봉이 되면 그를 보호 할 경호무사 들이 그림자처럼 따라 붙을 것이다. 이제 해명이 왕위에 오른다면 우리 동부여를 치기 위하여 진력할 것이다. 해명은 무서운 놈이다. 그런 일이 일어나기 전에 해명을 꼭 제거해야 한다."

"폐하께서는 어찌 그런 말씀을 하시는지요? 신이 보기에는 그리 대단한 인물이라고 보이진 안사옵니다."

"아니다, 그대가 해명을 잘못보고 있는 것이다. 지금 것 내가 해명을 지켜봤지만 그놈은 유리와는 전혀 다른 놈이다. 아마 저의 할애비 주몽을 닮았다고 보는 것이 맞을 것이다. 주몽이 동부여에 있을 때 죽이지 못하고 도망치도록 방치했던 것이 이런 후환을 남기고 말았구나. 사실 주몽이란 놈이 일찌감치 죽어서 좋다고 했는데 해명은 그보다 더 무서운 놈이다."

이렇게 대소가 해명의 암살에 실패한 후 얼마 있다가 대소의 말대로 해명은 태자에 책봉이 되었다는 소식을 듣게 되었다. 고구려에서도 이미 도절이 죽었는데 태자의 자리를 오래도록 비워두고 있는 것은 잘못이라고 상소가 빗발쳐 유리왕도 부랴부랴 해명을 태자에 봉했던 것이다. 해명이 태자에 봉해졌다는 소식은 간자를 통하여 급박하게 동부여의 대소왕에게 전해졌다.

"폐하, 고구려에 있는 간자의 소식에 의하면 해명이 태자에 책봉이 되었다는 소식입니다."

"놀랄 일은 아니다. 어차피 예견했던 일이 아니더냐. 어차피 첫째인 도절태자가 죽었으니 둘째인 해명이 태자 위를 물려받는 일은 당연한 일이 아니겠느냐. 그러나 해명이 왕위에 오르기 전에 우리가 먼저 고구려를 멸망시켜야 한다."

대소는 그날부터 전군에 명령해 고구려와의 전쟁을 준비시켰다. 전군에 전쟁을 선포하고 고구려와의 일전에 대비해 매일 군사훈련을 시켰다. 그렇게 6개월이 흐르자 대소는 전군에 고구려를 공격할 것을 명령했다.

"동부여군은 들으라. 그동안 훈련을 소화 하느라 고생이 많았을 줄 안다. 그러나 이 힘든 훈련은 우리 동부여가 영원한 강대국으로 살아남기 위함이니 그 힘든 훈련을 이겨낸 여러분께 경의를 표하는 바이다. 이번 고구려 원정은 힘들 것이다. 그러나 이번엔 실패하지 않고 고구려를 우리 동부여의 힘으로 무릎을 꿇려야 할 것이다."

"와~ 와~ 와~"

동부여군의 함성이 천지를 진동하고 있었고 사기가 충천해 보였다. 그러자 함성이 멈추자 대소왕이 전군에게 명령했다.

"전군에 명한다. 지금 고구려로 진격하여 고구려를 초토화 시키고 고구려군을 섬멸하라."

"와~ 와~ 와~"

동부여 군이 고구려를 향하여 진군하기 시작한다. 그러나 고구려 군이 동부여의 움직임을 모를리 없었다. 고구려도 동부여에 심어 놓은 간자를 통하여 동부여 군이 6개월 전부터 전쟁준비를 하고 있다는 것을 알고 그에 대한 전투준비를 하고 있었던 것이다. 고구려는 부분노 장군이 노쇠하고 그의 둘째 아들인 부영걸 장군이 고구려 군을 지휘하고 있었다. 호랑이 새끼가 결국은 호랑이인 것처럼 부분노 장군의 아들인 부영걸 장군도 부분노 장군에 버금가는 용맹한 장군이었다. 부영걸 장군은 동부여가 쳐들어올 루트를 미리 파악하고 있었다. 그러나 그걸 모르는 유리왕은 답답한 마음에 부영걸 장군에게 묻는다.

"부영걸 장군, 그러면 대소는 어느 쪽으로 쳐들어 올 것 같습니까?"

"폐하, 그들은 분명히 3군데로 나누어 쳐들어 올 것입니다. 그럴 때 우리에게는 대처하는데 장단점이 분명히 있습니다. 물론 그들의 군사가 나누어져 격파하기 쉬운 반면 우리 고구려 군도 작은 군사에 나누어 적을 막아야 하니 힘이 분산되는 것이 문제일 수도 있습니다. 그러나 우리 군은 매복에 능하기 때문에 우리의 지형지물을 이용만 잘한다면 적은 군사로 적을 능히 물리칠 수 있을 것입니다. 동부여군은 분명히 3군으로 나누어 쳐들어 올 것입니다. 1군은 아리라강 하류가 물이 깊지 않아 하류로 올 것이고 3군은 아리라강 상류가 폭이 좁기에 상류로 강을 건너 진격해 올 것입니다. 그리고 중군인 2군은 아리라 강폭이 넓고 깊은 중류로 배를 타고 오던지 가교를 놓고 올 가능성이 높습니다. 중류에 배치할 우리군은 불화살을 가지고 나가야 할 것입니다. 적들이 가교를 건널 때 불화살을 쏴서 가교를 태워 적들을 강에 수장해야 하며, 요행히 넘어오는 자들은 화살로 가차 없이 쏘아 아리라 강에 수장을 지내서 다시는 고구려를 넘보지 못하도록 철저히 응징해야 합니다. 또 적의 1군과 3군은 제가 적절히 지시를 할 것이오니 걱정 마시옵소서. 그리고 이번 전쟁은 해명태자님께 지휘를 맡겨 보심이 좋을 듯 하옵니다."

"해명태자가 전쟁 경험이 없어서 제대로 해낼 수 있을까요?"

"지난번 동부여 군이 침략해 왔을 때 폐하 앞에서 활로써 대소의 투구를 맞춰 말에서 떨어뜨리는 모습을 보시지 않으셨습니까? 해명 태자님은 이제 어린 아이가 아닙니다."

"허허, 부영걸 장군의 작전 계획을 들으니 부분노 장군이 있을 때와 조금도 다름이 없이 믿음이 갑니다. 부 장군의 말씀대로 해명에게 맡겨보기로 합시다."

"예, 폐하, 해명 태자님을 중군에, 1군에는 백유를 3군은 설로에게 맡길 것입니다."

"알겠소, 그러면 대장군엔 부영걸 장군, 중군 사령관엔 해명태자가 맡고 1군엔 백유, 3군엔 설로에게 맡기는 것으로 출정을 하도록 하시오."

"예, 폐하."

동부여군은 부영걸 장군이 말한 것 같이 1군, 2군, 3군으로 나누어 진격을 시작했다. 3만 대군이 고구려를 향하여 물밀듯이 지쳐가기 시작했다. 1군은 8000여 명이 아리라 강 상류를 거슬러서 고구려로 진격을 하고 있었다. 그러나 이미 부영걸 장군의 지시로 산 계곡에는 지형지물을 이용해 고구려의 장수인 백유가 부하들과 매복을 하고 있었다. 그리고 중간 지점인 아리라 강 중류에는 동부여군 14000여 명의 군사가 가교를 놓고 강을 건너려 하고 있었다. 그러나 해명태자가 부하들과 불화살을 준비하고 있는 것을 그들은 까마득하게 모르고 있는 것이다. 아리라 강 하류에는 설로가 적을 맞이하기 위하여 산간 계곡에서 매복해 있었다. 어둠이 짙어 오자 동부여 군이 아리라 강을 도강하기 위해 8000여 명이 소리 없이 움직이기 시작했다. 간자들을 통하여 속속들이 적의 동태를 파악하고 있는 고구려군은 철저하게 적을 물리칠 준비를 완료하고 적을 맞을 준비 태세에 들어가 있었다. 적들은 어두운 밤에 고구려 군을 기습하기 위하여 불도 없는 캄캄한 밤에 걷는 연습을 쉴 새 없이 했다. 그래서 그들은 아리라 강을 어두운 밤에도 대낮처럼 건너고 있었다. 그러나 고구려 군사들도 동부여군보다 나으면 나았지 못 할리 전혀 없는 군사들이었다. 고구려군은 적들이 움직이는 소리까지 파악할 수 있는 능력을 이미 숙지하고 있었던 것이다. 적들이 발소리를 죽이며 진격하는 소리를 고구려 군은 모두 듣고 그들의 위치까지 이미 파악하고 있었다. 제일 먼저 중류로 가교를 놓고 건너오는 동부여 군과 마주치게 된 해명태자는 적이 가교 중간을 넘어 삼분지 이쯤 넘어 왔을 때 불화살을 하늘 높이 쏘는 것을 신호로 공격을 개시하는 것으로 했다. 불화살을 쏴서 가교를 불태우고 요행이 살아남아 건너온 자들은 가차 없이 화살로 공격을 하도록 지시를 내렸다.

고구려 군이 어두운 가운데 숨어서 보니 동부여 군이 움직이고 있었다. 대군이 가교를 타고 넘어 오기 시작한 것이다. 고구려 군은 숨을 죽이고 그들이 빠른 속도로 가교를 넘어 오기를 기다리고 있었다. 오랜 시간이 걸리지 않아 동부여 군의 절반 이상이 가교를 넘고 있었다. 가교의 넓이가 좁아 공격을 당하면 되돌아 갈 수도 없어 강물에 빠질 수밖에 없었다. 적이 드디어 가교의 삼분의 이 이상을 넘어 왔다. 그러자 해명태자의 지시로 궁수가 불화살을 하늘 높이 쏘아 신호를 보냈다. 그러자 고구려 군이 불화살로 가교를 향하여 일제히 쏘아대기 시작했다. 그러자 좁은 가교가 아수라장이 되고 말았다. 불화살에 맞아 그 자리에서 죽는 자, 강물로 뛰어 들어 허겁지겁할 때 고구려 군이 쏜 화살에 맞아 죽는 자, 그렇게 아리라 강물이 점차 동부여 군의 붉은 피로 물들어 가기 시작했다.

"윽."

"헉."

"앗, 뜨거."

불화살에 맞은 자는 급히 강물로 뛰어 들어 물속에 가라앉기 일 수였다. 특히 무거운 갑옷 때문에 헤엄을 치지 못하고 속절없이 강물 속으로 들어가 나오지 못하는 동부여 군도 많았다. 동부여 군을 물리친 시간은 한 시진이 채 되지 않은 것 같았다. 살아서 강을 건너온 자들은 고구려 군의 칼과 창에 찔려 무수히 강바닥에 쓰러져 피를 흘리고 있었다. 한마디로 시체가 산을 이루고 붉은 피가 이리라 강을 물들이고 있었다. 죽지 않은 동부여 병사들은 칼과 창을 버리고 고구려 군에 투항하는 자가 속출했다. 이렇게 대승을 거둔 고구려 군의 사기는 하늘을 찌를 듯 충천해 있었다.

한편 1군에서도 백유가 산자락에 매복해 숨을 죽여 가며 적을 기다리고 있었다. 어둠 속에서 아리라 강을 건너는 것을 척후병들이 속속 전해 왔다.

"이제 동부여 군이 강을 건넜습니다. 약 반 시진이면 적이 이곳을 지날 것입니다. 고구려의 백유 군이 반 시진을 기다리니 동부여 군이 어김없이 나타났다. 그들은 아무런 낌새도 채지 못하고 백유 군이 매복해 있는 계곡으로 들어오고 있었다. 고구려 군은 통나무와 바위 등을 준비하고 있었다. 백유는 이곳에 매복을 하기 전 부영걸 장군의 말이 떠올랐다.

"동부여 군은 첫 번째 계곡은 의심하지 않을 것이다. 적이 보아도 첫 번째 계곡은 계곡 자체가 깊지 못하여 적이 매복할 곳이 아니라고 판단할 것이다. 그러나 두 번째 계곡은 계곡이 깊어 분명히 적이 매복해 있을 것이라 생각해 선불리 계곡 속으로 빠져들지 않을 것이야. 그러니 첫 번째 계곡에서 적을 맞이해야 할 것이다.

그러나 행여 모르는 일이니 내가 한 가지 더 안을 주겠다. 돌다리도 두들겨 보고 가라는 뜻이다. 매복 작전은 성공하면 우리는 희생자 없이 적을 쉽게 이길 수가 있다. 그러나 매복 작전이 미리 적에게 탐지 되었을 경우에는 도리어 매복한 쪽이 궤멸을 당하게 되어 있다. 적이 뒤를 치면 앞은 절벽이기 때문에 도망도 가지 못하고 적에게 일방적으로 당하게 되는 것이다. 그러니 매복조 뒤에 혹시 적이 뒤로 붙는가를 관찰해 매복조에 가까이 가기 전에 적을 제거해야 하는 것이다. 그런 후에 크게 함성을 질러라. 그러면 적들은 자신들의 습격조가 성공을 한 것으로 알고 첫 번째 계곡은 아무 의심 없이 쉽게 들어 올 것이니 대비가 없는 적은 오합지졸 들이다. 좋은 성과 있기를 바란다.”

부영걸 장군의 말대로 고구려 군이 숨을 죽이고 주시하는 가운데 동부여 군이 고구려 군의 매복조 뒤를 습격하기 위해 몰래 산을 오르고 있었다. 그들은 고구려 군이 숨을 죽이고 기다리는 줄도 모르고 고구려 군의 뒤를 치려고 접근 하고 있을 때 별안간 고구려 군이 나타나 동부여군을 치기 시작했다. 순간적인 일이었다. 그들은 매복조를 급습하기 위한 부대였기에 인원이 많지를 않았다. 동부여 군은 순식간에 고구려 군에 제압을 당하고 말았다. 그들을 제압한 고구려 군은 그 자리에서 크게 함성을 질렀다. 그러자 부영걸 장군의 말대로 동부여 군은 고구려 군이 질러대는 함성 소리를 듣고 동부여군의 함성으로 알고 아무런 의심 없이 계곡안으로 빨려 들어오듯 들어오고 있었다. 동부여 군이 계곡의 절반쯤 넘게 지나고 있었다. 기다렸던 순간이 온 것이다. 백유가 큰 소리로 외쳤다.

“적이 우리의 함정에 빠졌다. 한 놈도 남김없이 공격해 괴멸시켜라.”

명령이 떨어지자 기다렸던 고구려 군은 준비했던 바위돌과 통나무를 굴리기 시작했다. 계곡에 빠진 동부여 군은 정신을 못 차리고 굴러 내리는 통나무와 바위 돌을 피하기에 바빴다. 피하다가 바위 돌에 치여 죽는 자, 우왕좌왕하다 통나무에 깔려 죽는 자, 좁은 계곡은 순식간에 죽음의 아수라장으로 변하고 말았다. 바위 돌과 통나무를 피해 살아남은 자들은 고구려 군이 쏘는 화살에 속절없이 죽어갈 수밖에 없었다. 또 화살을 피한 자들은 고구려군의 칼과 창의 제물이었다. 고구려 군의 백유도 대승을 거둔 것이다.

설로 또한 전투지로 가기 전 부영걸 장군에게 작전에 대하여 들었다.

"그곳은 아리라 강의 하류지만 산이 많아 적이 의심을 할 만한 곳이다. 그러나 강의 하류가 넓어 딱딱한 모래밭이 생각보다 넓다. 그곳은 우리의 기마병이 싸우기에는 최적의 장소일 것이다. 우리 고구려 군은 철기 병이라 저들은 우리의 철갑으로 무장한 기마병을 이기지 못할 것이다. 적들은 산이 깊고 골이 깊으니 우리가 계곡에서 매복을 하며 기다릴 것이라 생각할 것이다. 그러나 우리는 적을 역으로 치는 것이다. 그러면 분명히 대승을 할 것이다. 적은 방심하고 있을 것이기 때문이다."

설로는 부영걸 장군의 지시대로 계곡에 군사를 매복시키지 않고 산기슭에 기마군을 숨기고 있었다. 적들은 강을 건너오자 계곡에 고구려의 매복 군이 있는가 하여 의심을 하고 산으로 들어가려 하지 않고 머뭇거리고 있었다. 그때 그들의 우두머리인 자가 앞으로 나와 말했다.

"경거망동하지마라. 분명히 저 깊은 계곡에는 고구려 군이 매복을 하고 우리를 기다리고 있을 것이다. 그러니 우리는 고구려 군을 역으로 공격을 할 것이다. 그들이 계곡 위에서 매복해 우리를 기다리고 있을 때 우리 동부여군은 고구려군의 배후를 공격하여 그들을 궤멸시킬 것이다."

아직은 산 계곡의 입구이니 아무런 방비도 없는 것 같았다. 동부여 군이 산의 계곡 아닌 산으로 오르려는 순간이었다. 숨어서 적의 동태를 살피고 있던 설로가 고구려 군에 명령을 했다.

“고구려의 위대한 전사들이여, 저 오만한 동부여의 대소 군을 한 놈도 남김없이 무찔러라.”

그러자 숲속에 숨어 있던 고구려의 기마대가 아리라 강의 넓은 하류에서 바람을 가르며 동부여 군을 향하여 지쳐 들어간다. 동부여 군의 창이나 칼은 고구려 군의 철갑을 두른 말들을 쓰러뜨릴 수가 없었다. 동부여 군은 고구려 군의 기마병들에게 넓은 아리라 강의 하류 백사장에서 힘 한번 써보지 못하고 궤멸되고 말았다. 동부여 군의 살아 있는 군사들은 무기를 버리고 모두 고구려 군에 투항하고 말았다. 이번 동부여의 침략전쟁은 철저하게 고구려 군의 승리로 끝나고 말았다. 전쟁에서 패한 동부여의 대소왕은 동부여 군이 고구려 군에 힘 한 번 써보지 못하고 패했다는 보고를 받고 바닥에 털썩 주저앉고 말았다.

“이럴 수는 없다. 이럴 수는 없어. 하늘이여! 어찌하여 이 대소를 버리시나이까? 흐흐흑.”

이번 전쟁으로 대소는 병을 얻고 말았다. 대소의 병은 점점 깊어만 갔다. 대소가 자리를 보전하고 병석에 누운 지도 반년이 지났지만 별 차도가 없었다. 그런데 대소가 병석에서 벌떡 일어날 호재가 발생했다. 나라도 없이 초원에서 소나 양떼를, 방목하고 사는 족속인 선비족이 동부여로 들어와 손을 잡자고 제안해 온 것이다. 대소로서는 고구려에 크게 패하고 물에 빠진 상태에서 지푸라기라도 잡고 싶은 심정이었을 때 이런 호재가 발생을 한 것이다. 대소와 손을 잡은 선비족은 고구려에 16년 전 항복한 선비족과 같은 갈래의 부류였는데 고구려에 항복하지 않고 도망쳤던 선비족의 일부 분파였다. 그들은 고구려를 철천지원수로 알며 언제인가는 고구려를 멸망시킬 것이란 생각으로 이를 갈며 살아왔던 것이다. 그러나 고구려를 멸망시킨다는 꿈을 가지고 살았다고는 하지만 현실은 그렇게 호락호락한 것이 아니었다. 고구려를 멸망시키기는 고사하고 많은 수로 늘어난 사람들을 먹여 살리기도 힘든 지경이었다. 그래서 족장인 주영검은 우선 동족들을 먹여 살리는 것이 최우선이라이라는 생각과 고구려에 복수하는 것은 그 다음이란 생각으로 동부여와 손을 잡았던 것이다. 동부여와 손을 잡고 힘을 키운 뒤 고구려를 무너뜨린 후 동부여도 손에 넣는다는 원대한 꿈을 가지고 동부여와 손을 잡은 것이다. 동부여의 대소 또한 주영검과 같은 생각을 가지고 있었다. 고구려를 멸망시킨 후 주영검을 죽여 버리면 선비족은 오갈 데가 없기에 자연히 동부여에 흡수될 것이란 생각 이었다. 그렇게 동상이몽에 젖어있는 지도자였으니 그들의 동맹은 그리 오래가지 못할 것은 빤한 일이었다. 그러나 당장은 모양새가 나쁘지 않았다. 동부여와 선비족이 동맹을 맺었다는 소문이 주변국에 퍼지자 여러 나라들은 신경을 쓰지 않을 수 없었다. 고구려도 그런 나라 중 하나였다. 그런 소문은 고구려 왕 유리에게도 전해진 것은 말할 나위도 없었다. 원래 유리왕은 대범한 인물은 아니었다. 동부여에서 홀어머니 밑에서 유아기와 유년기, 소년기를 보내며 자랐기에 대담함 보다는 여성적인 면이 더 강했다. 그동안 왕위에 등극해 치룬 전쟁만도 수를 헤아리기 힘들 정도였다. 한마디로 전쟁에 대하여 신물이 날 지경이었다. 그런 차에 동부여와 선비족이 힘을 합쳤다는 소식은 유리왕에게는 달갑지 않은 소식 이었다.

그동안 동부여와는 첨예한 대립으로 원수지간이 되어 다른 나라들보다 더 자주 싸웠다 하여도 주변국들과도 전쟁은 계속했다. 특히 중국을 통일한 한나라는 심심치 않게 국경을 침범하곤 했다. 그때마다 고구려는 동부여를 경계하는 가운데 한나라와 전쟁을 할 수밖에 없는 실정이었다. 한편으로는 동부여 군을 경계하며 한쪽으로는 한나라와 전쟁을 해야 하는 특수한 상황이 재현되곤 했다. 그때마다 유리왕은 또 다른 쪽이 침략해 온다면 고구려의 힘으로는 막을 길이 없다는 생각에 늘 수도가 졸본에 있는 것을 두려워하였다. 머릿속은 졸본을 떠나 멀찌감치 떨어진 국내성으로 천도를 하는 생각을 전부터 가지고 있었다. 그리하여 사람을 파견하여 국내성 지역을 미리 답사하고 국내성으로 수도를 천도할 계획을 착착 진행하고 있었다. 그렇게 준비를 마친 유리왕은 결단을 내렸다. 그는 어느 날 국무회의에서 기습적으로 자신의 생각을 발표하기에 이르렀다. 물론 그의 최 측근들은 유리왕의 생각을 미리 알고 있었다. 다만 모르고 있는 사람들은 해명태자 등 그와 가까운 측근들뿐이었다.

"지금의 수도 졸본은 한나라와 가깝고 주변에 늘 호시탐탐 고구려를 노리는 동부여, 황룡국, 선비족이나 여러 종족들과의 크고 작은 전쟁이 끊이질 않고 있다. 우리 고구려는 호시탐탐 노리는 적대국들과의 거리가 너무 가까워 위험에 노출되고 있다는 것을 짐도 이 자리를 빌려 말하지 않아도 경들도 다 알고 있는 바일 것이요. 그리하여 짐은 큰 결단을 내리게 되었오. 전부터 보아왔던 곳이 있어 그곳으로 우리 고구려의 수도를 옮기고자 하오. 경들의 생각을 가감 없이 말해 주시오."

그러자 분연히 나와 말하는 것은 해명태자 뿐이었다.

"아바마마, 그것은 불가하옵니다."

"무엇이 불가하단 말이냐?"

"아무리 적이 코앞에 있다 하여도 지금까지 고구려는 동명성제 때부터 이곳을 수도로 정하고 싸우며 지켜왔습니다. 그런데 적과 가깝다 하여 동명성제가 세운 이 졸본을 버리고 남쪽으로 내려간다면 적들이 우리를 어떻게 보겠습니까? 적들은 분명 우리를 업신여기고 더 자주 침략해 올 것입니다. 아바마마, 그 결정을 철회하여 주시옵소서."

"아니 어린 네가 무엇을 안다고 감히 결정된 사항에 반대를 하는 것이냐? 괘씸하구나."

전쟁에 대하여 유리왕은 신물이 났다. 신물이 났다기 보다는 마음이 나약했던 유리왕으로서는 하루라도 빨리 졸본을 떠나 적들과 좀 더 멀리 안전한 곳으로 수도를 옮기고 싶었던 것이다. 적과 가깝게 대치하고 있는 졸본보다는 멀리 떨어져 있는 국내성으로 수도를 옮기기로 마음을 굳혔던 것이다. 유리왕은 해명이 태자가 되자 졸본성을 해명에게 맡기고 자신은 국내성으로 가기로 오래 전에 이미 작정을 하고 있었던 것이다. 이미 모든 것이 유리왕으로서는 결정이 된 상황에서 아무것도 모르고 있던 해명태자는 유리왕에게 강력하게 항의하며 미운털이 박히고 있었다. 또 해명태자가 수도를 국내성으로 옮기는 것을 반대하는 이유가 있었다. 주몽이 40세라는 짧은 나이에 세상을 떠났지만 송양과 같은 외할아버지에게 들은 바로는 다물(多勿 : 옛 땅을 다시 찾음)정신을 필생의 일로 알고 살아 왔던 사람이라는 것을 잘 알고 있었다. 그런데 적을 피하여 수도를 국내성으로 천도한다는 것은 주몽이 살아생전에 강력하게 추진했던 다물(다물 : 옛 땅을 다시 찾음) 정책을 포기한다는 것과 다름이 없었다. 그래서 해명태자는 더욱 강력하게 수도 천도를 하는 것을 더 강력하게 반대하였던 것이다. 천도를 막는 해명태자와 천도를 강행하겠다는 유리왕의 대립은 첨예하게 부딪치고 있었다. 이렇게 되자 고구려는 두 파로 갈려지고 있었다. 천도(遷都)를 지지하는 유리왕 파와 천도(遷都)를 불가하다고 생각하는 해명태자의 파가 강력하게 대립을 하는 형태가 되고 있었다. 그동안 자신의 아들인 해명을 자랑스럽게 생각하고 있던 유리왕은 그때부터 해명태자가 눈에 가시처럼 느껴지기 시작했다. 유리왕은 해명태자가 보기 싫어 하루라도 국내성(國內城)으로 천도(遷都)를 하고 싶었다. 유리왕의 그런 마음이 부자간의 비극을 불러올 줄은 그들은 꿈에도 모르고 있었다.

11. 국내성(國內城) 천도(遷都)

늦은 밤, 유리왕과 국상 아란불과 그의 측근들이 모여 국내성(國內城) 천도(遷都)에 대한 의견을 나누고 있었다.

"국내성으로 천도를 하려 하는데 다물(多勿 : 옛 땅을 다시 찾음) 정책을 지지하는 해명을 비롯해 그를 추종하는 세력들이 국내성 천도를 극구 반대하고 있으니 그들의 의견을 무시하고 무리하게 천도를 할 수도 없고 어찌하면 좋겠소?"

유리왕의 말이 떨어지기 무섭게 국상인 아란불이 앞으로 나서며 말했다.

"폐하, 태자님 측근들의 의견은 옳지 않습니다. 이곳에서 호시탐탐 우리를 노리는 적들과의 거리가 지척인데 그들이 우리를 급습했을 때 우리가 적들의 침략에 대비할 시간이 없습니다. 국내로 천도를 한다면 국내성이 적들과 멀리 떨어져 있어 적들과의 거리가 멀어 우리는 적들의 동정을 살피며 대비할 수 있는 시간이 충분합니다. 또 거기에 아직 우리의 힘이 동명성제가 살아생전에 말씀하셨던 옛 고조선의 땅을 찾겠다고 하신 것은 지금 우리 고구려의 힘으로는 허상에 불과한 것입니다. 국력이 약해 지금 당장 고구려도 지켜내기 힘든데 어떻게 다물(多勿)정신을 계승하겠다는 것입니까? 지금 태자님의 말씀은 이상론(理想論)에 지나지 않습니다."

"국상의 말씀이 옳다고 사료되옵니다."

국상 아란불을 따르는 신료들이 하나 같이 아란불의 의견에 찬성을 하고 나섰다. 그러자 가만히 듣고만 있던 대신 중에 한 사람이 유리왕 앞으로 나서며 말했다.

"폐하, 그렇지 않습니다. 동명성제께서 왜 처음부터 이곳에 도읍을 정하셨겠습니까?

분명 위험 부담도 있지만 반대로 우리가 적을 칠 때 신속하게 공격을 할 수 있으니 장점일 수도 있습니다. 그러하오니 국내로 천도하심은 부당하다고 사료되옵니다. 다시 한 번 생각해 주옵소서."

그렇게 말하는 대신은 부여에서 주몽과 함께 나온 협보였다. 그는 우직하고 직선적인 성격의 소유자였기에 국상인 아란불 일파를 고려치 않은 간언이었다. 협보의 간언을 들은 아란불이 나서며 말했다.

"당치도 않은 말이요. 적들을 코앞에 둔 우리가 그들의 급습을 받는다면 아무래도 약한 쪽이 밀리게 되어 있는 것이요. 국내로 천도를 하면 폐하는 물론 모든 신료들과 많은 백성이 국내로 이주를 하기에 모두가 안전할 것이 아니겠습니까? 폐하, 협보 장군의 간언은 괘념치 마시고 국내로 천도를 하시옵소서."

그렇게 갑론을박하며 협보 장군이 아란불 일파에게 몰리고 있을 때에 해명태자가 회의장에 뛰어들었다.

"아바마마, 국상 아란불의 말을 들어서는 아니 되옵니다. 협보 장군의 간언이 맞습니다. 우리가 국내로 간다는 것은 동명성제의 다물(多勿)정책을 포기한다는 것을 만천하에 공개적으로 선언하는 것이나 다름이 없습니다. 주몽 할바마마께서 고구려를 건국하셨을 때는 분명 큰 뜻을 품으시고 하셨습니다. 그런데도 아바마마께서는 동명성제의 큰 뜻을 포기하시고 적들이 가깝다는 이유로 국내로 천도 한다는 것은 다물(多勿)정책을 포기 한다는 것과 무엇이 다르겠습니까? 적들은 분명히 우리를 업신여길 것입니다. 아바마마, 다시 한 번 재고하여 주시옵소서."

"폐하, 태자님의 말씀이 백 번 천 번 지당한 말씀입니다. 국내로의 천도를 재고하여 주옵소서."

협보가 해명태자의 곁으로 다가와 함께 유리왕에게 간언을 하고 있는 것이다. 해명태자와 협보의 간언에 장내는 술렁거리기 시작했다.

"해명 태자님의 말씀이 틀린 말이 아니요."

"물론 틀린 말은 아닌데 문제는 폐하의 마음이 중요한 것이 아니겠오?"

여기저기서 유리왕의 생각보다는 해명태자의 생각이 맞는다는 소리가 우세하게 들렸다. 그러자 유리왕이 노기를 띤 목소리로 말했다.

"해명, 네가 감히..."

유리왕은 협보의 반대에 놀라기도 하고 화가 나기도 했지만 해명태자의 등장에 더욱 화가 머리끝까지 나고 말았다.

"여봐라. 태자를 당장 끌어내라. 그리고 협보 장군은 물러가시오."

유리왕은 화를 참을 길이 없었다. 그러나 유리왕의 명령에 군사들이 엉거주춤 서 있자 유리왕이 더욱 화가 나서 외쳤다.

"이놈들아, 내 말이 들리지 않느냐? 이 고구려의 왕인 내 명령이 들리지 않느냐 말이다."

왕의 호통이 다시 떨어지자 화들짝 놀라며 군사들이 해명태자를 회의장에서 끌어내려 한다.

"내 몸에 손대지 마라. 나는 아바마마에게 아직 할 말이 있으니 그 할 말을 마치면 나 스스로 이곳을 물러나갈 것이다."

군사들을 물리치고 난 해명태자는 다시 유리왕을 향하여 말했다.

"아바마마, 저와 협보장군님의 말을 귀 기울여 들어주시옵소서. 지금 이렇게 천도를 하신다면 후에 분명히 후회를 하실 것이옵니다. 나라의 튼튼한 기초를 만드시려면 우선적으로 백성들의 마음을 얻어야만 되는 것이옵니다. 백성의 마음을 얻지 못하면 결코 동명성제(東明聖帝)께서 주창하신 다물(多勿)정신을 이루지 못할 것입니다. 부디 통촉하여 주시옵소서."

"누가 다물(多勿)정신을 모른다더냐? 그러나 그것이 지금 우리의 처지에 가당키나 한 말이더냐? 지금 우리 고구려의 힘으로 어찌 조상이 잃어버린 땅을 찾을 수 있단 말이더냐? 여봐라 저 정신병자와 같은 해명을 빨리 끌어내지 못하고 무엇을 하느냐."

그러나 해명태자는 군사들이 끌어내기 전에 스스로 어전을 빠져 나왔다. 그러자 해명태자와 함께 쫓겨난 협보 장군이 해명태자를 부축하며 밖으로 걸어 나오며 말했다.

"태자님, 전에 동명성제께서 살아 계실 때는 나라의 재정을 축내지 않기 위해 궁핍한 작은 집에서 머무시며 궁궐을 짓는 것도 못하게 하셨습니다. 그런데 만약 국내로 천도를 한다면 얼마나 많은 비용을 써야 할지 모르는데 그것 또한 걱정이 되옵니다. 분명 그 비용은 백성들에게서 나와야 할 것은 뻔한 일이 아니겠습니까? 천도는 막아야 합니다."

노장군인 협보는 눈물이 그렁그렁해 해명태자에게 말했다. 그러자 밖에서 해명태자를 기다리고 있던 백유와 설로가 급히 달려와 해명태자를 맞이한다.

"태자님, 별일은 없으셨습니까?"

"별일이 있었으니 협보 장군님과 내가 쫓겨나온 것 아니겠느냐. 일단 이곳을 나가 의논을 하기로 하자."

"네, 태자님."

"협보 장군님은 어디로 가시렵니까?"

해명태자가 협보 장군을 보고 물었다.

"전 잠시 쉬고 싶습니다. 태자님께서는 먼저 가십시오."

해명태자 일행은 협보 장군과 작별을 하고 태자궁으로 가니 그곳에는 부영걸 장군을 비롯해 해명태자의 측근들이 모여 있었다. 해명태자가 들어서자 측근들이 급히 해명태자의 곁으로 모여들었다. 먼저 부영걸이 장군이 해명태자에게 물었다.

"태자님, 어떻게 되었습니까?"

"말 한마디 제대로 해보지도 못하고 쫓겨나고 말았습니다."

"그럼 어떻게 하실 작정이십니까?"

"내가 이 나라의 왕이 아니니 어쩔 수 없지 않겠습니까? 아바마마가 누구보다 더 천도를 간절하게 원하시니 나의 힘으로는 막을 길이 없을 것 같습니다. 폐하께 더 간하다가는 아바마마와 사이만 더욱 나빠질 것 같습니다. 나뿐이 아니고 협보 장군도 저와 함께 쫓겨났답니다.

"협보 장군님도요?"

"그렇습니다. 할바마마의 친구이신 원로 장군님의 간언도 듣지 않으시니 어찌하면 좋을지 모르겠습니다.

그때였다. 회의장으로 송양이 들어오고 있었다.

"어험."

"외조부님께서 몸도 불편하신데 어쩐 일이십니까?"

"내 너무 나이가 많아 정치에는 일절 손을 떼었지만 요즘 천도 문제로 말들이 많은 것 같아 한번 나와 봤구나."

그간 송양은 연로하여 기운이 옛날 같지 않아 집에서 쉬고 있었다. 그러나 밖에서 들려오는 소리는 빼놓지 않고 듣고 있었다. 유리왕이 측근들과 마음이 맞아 졸본에서 국내로 천도를 하려 한다는 것은 진즉에 알고 있었지만 모른 체 하고 있었다. 그러나 송양은 나름대로 천도에 대하여 불만을 품고 있는 사람 중 한 사람이었다. 그는 주몽과 활쏘기를 하여 졌기에 비류국을 주몽에게 바친 사람이었다. 그러나 그들은 사나이로써 의기투합하여 언젠가는 고조선의 옛 땅을 수복하고 중화족(中華族)의 한나라까지도 언젠가는 수중에 넣을 것이란 꿈으로 새로운 건국(建國)을 하였던 것이다. 그렇게 주몽과 의기투합하여 맹세를 한지가 얼마 되지 않은 것 같다. 그러나 주몽은 먼저 세상으로 떠나고 그의 아들인 유리가 왕이 되는 데, 결정적 역할을 다 했다. 이젠 늙어 뒤로 물러나 뒷방 늙은이로 전락하고 말았지만 주몽과의 맹세는 아직도 그의 마음속에서 유효한 것으로 남아 있었다. 그러나 정치도 힘의 논리에 의해서 좌우되는 것, 송양에게는 해명태자를 도울 힘이 남아 있지 않았다. 그러나 늙은 그로서는 자신이 나서지 않으면 고구려에 큰 비극이 닥칠 것이란 것을 예단하고 있었다. 유리왕과 해명태자의 첨예한 대립은 결국에는 도절태자를 자살하게 한 것과 같은 비극이 또 다시 일어나지 말라는 법은 없을 것이란 생각에 그 비극을 막기 위하여 노구의 몸을 이끌고 오게 된 것이었다.

"해명, 이 외할애비의 부탁이다. 너의 아비 유리와 대립하지 말거라. 너의 아비가 국내로 천도 하겠다면 그렇게 하라고 해라. 대신 네가 여기 졸본에 남아 강력하게 고구려를 지켜내면 되는 것이다. 언제인가 너의 애비 유리왕이 죽으면 네가 고구려의 왕이 될 것이 아니냐? 그때 네 뜻대로 다시 졸본으로 천도하면 될 것이다. 부디 그때까지 참고 너의 애비와 대립하지 말도록 해라. 이 할애비의 부탁이다. 꼭 명심하기 바란다."

송양은 해명태자에게 간곡하게 부탁을 하고 있었다. 해명태자도 외조부인 송양의 말을 들으며 외조부의 말이 틀리지 않다고 생각했다. 사실 해명태자로서도 국내로 유리왕을 따라가고 싶지 않았다. 성격적으로 유리왕과 해명태자는 너무나 대조적인 성격을 가지고 있었다. 유리왕은 어려서부터 홀로자란 탓인지 성격적으로 쾌활하지 못했다. 그가 황조가란 시를 지은 것처럼 유리왕의 성격은 감성적인 사람이었다. 정치인으로서는 맞지 않는 성격이라고 보아야 옳은 판단일 것이다 그러나 유리왕에 비해서 해명태자는 대범하고 전형적인 정치인의 스타일이었다. 그는 포용력이 있었고 자신보다는 자신의 부하들을 사랑했고 백성을 사랑했다. 그런 면에서 해명태자는 조부인 주몽이나 외조부인 송양과도 닮은 점이 많았다. 그래서 해명태자는 외조부인 송양의 말이 가슴에 와 닿았다.

"네, 외조부님의 말씀을 참고하겠습니다."

"그래, 난 너의 생각을 강요할 마음은 없다. 그러나 이 늙은 이의 간절한 부탁이니 꼭 그렇게 하도록 하거라."

송양이 떠나고 부영걸 장군, 백유, 설로와 해명태자의 측근들이 이마를 마주하고 회의를 다시 속개했다.

"외조부님의 말씀을 모두 잘 들으셨을 겁니다. 외조부님의 말씀은 맞습니다. 그러나 이곳에서 국내로 천도를 한다면 동명성제의 다물(多勿) 정책은 포기 한다는 것 또한 분명합니다. 지금 양보하여 천도 후 다시 이곳으로 온다하면 그만큼 시간이 뒤로 미뤄지는 것은 분명한 것 아니겠어요? 나의 생각이 꿈인지는 모르나 내가 왕위를 승계한다면 다물(多勿) 정책은 물론이거니와 저 중원대륙을 꼭 고구려의 것으로 만들겠다는 것에는 변함이 없을 것입니다."

해명태자의 말이 끝나자 부영걸 장군이 말했다.

"태자님의 말씀은 백번 맞습니다. 그래서 전 오래 전 마음으로 그런 태자님을 흠모하여 주군(主君)으로 모시게 된 것입니다. 그러나 이보 전진을 위해 일보 후퇴한다는 말이 있습니다. 지금 태자님 입장에서 폐하와 대립을 한다는 것은 화를 불러오는 것과 같습니다. 이번엔 폐하의 천도 계획을 들어 주시고 다음을 기약하시는 것도 한 방법이라고 생각이 듭니다."

부영걸 장군의 말이 끝나자 백유와 설로도 그의 말에 동의하였다.

"태자님, 부영걸 장군님의 말씀이 맞는 것 같습니다. 후일을 기약하시기 바랍니다. 태자님이 아무리 반대를 한다 하여도 폐하의 세력이 크기 때문에 태자님께서 이길 수는 없을 것입니다. 장군님의 말씀대로 후일을 기약하십시오."

"음, 내가 생각해 보아도 우리와 같은 작은 세력의 힘으로는 천도를 막을 수 없다는 것을 잘 압니다. 그러나 내가 천도를 반대하는 것은 동명성제의 유지인 다물(多勿) 정책을 포기해선 안 된다는 것입니다."

해명태자가 솔직한 심정을 밝히자 오늘 회의는 일단락되었다. 국내성(國內城)으로의 천도는 일사불란하게 진행되었다. 유리왕은 일단 국상(國相)인 아란불의 말을 듣기로 했다.

"국상, 그러면 국상이 천거한 국내(國內)를 한번 다녀오는 것이 어떻겠소?"

"폐하, 제가 가기에는 저의 몸이 너무 늙었습니다. 국내에는 설지를 보내는 것이 좋을 것 같습니다."

"설지? 그렇다면 설지를 오라고 하시오."

유리왕의 부름을 받고 국상 아란불이 천거한 설지가 급히 대궐로 들어왔다.

"폐하, 설지 대령했사옵니다."

"음, 국상에게 그대의 이야기는 들었소. 국내(國內)에 관해서 잘 알고 있다고 하니 이번에 국내(國內)로 천도할 예정이니 가서 국내를 샅샅이 조사해 보고해 주시오."

"예, 폐하, 명을 따르겠습니다."

그날로 설지는 일행을 거느리고 국내(國內)로 길을 떠났다. 설지가 국내에 다다르니 소문과 같이 산수(山水)가 아름다웠다. 큰 강을 끼고 총총히 서 있는 산들이 너무도 아름다운 곳이었다. 몇 번인가 그냥 스치듯 다녀간 적은 있지만 이렇게 국내에 머물며 돌아보니 과연 소문과 같이 너무도 아름다운 곳이었다. 또 산들이 빙 둘러 쌓여있어 적들이 쳐들어 와도 쉽게 방어

해 낼 수 있는 요새와 같은 곳이었다. 설지는 샅샅이 국내를 돌아보고 자세하게 기록물을 만들어 가지고 졸본으로 돌아와 유리왕에게 보고했다. 설지의 보고를 들은 유리왕은 만면에 기쁨이 충만하다.

"국내가 그리도 아름답던가?"

"아름다움도 아름다움이지만 적을 방어하기에도 든든한 곳이었습니다. 왕궁을 지을 터 옆에 강이 흐르고 있어 적이 쳐들어 와도 한쪽만 방어해도 쉬운 요새와 같은 곳이었습니다."

"음, 그래? 그러면 하루라도 천도를 진행하라."

설지의 보고가 있은 즉시 국내로 천도할 작업이 일사천리로 진행되었다. 우선 많은 인부를 동원해 국내(國內)로 보냈다. 그렇게 국내로 천도하기 위해 일 년여의 시일이 흐른 뒤 궁궐이 완공되어 졸본에서 국내로 전격적으로 천도를 하기에 이르렀다. 일 년 여의 시일뿐이 흐르지 않은 것은 원래 국내는 위치적으로 전략적인 요충지었기에 성이 원래 튼튼하게 지어져 있었고 부족한 부분만 보충한 상태였기에 일 년여 만에 천도를 하기에 이른 것이다. 또 하루라도 빨리 천도를 원한 유리왕의 독촉으로 부족한 부분은 천도 후 짓기로 하고 국내(國內) 천도는 해명태자의 반대에도 불 구하고 일사천리로 이루어지고 있었다. 유리왕 22년 10월 겨울이었다. 유리왕이 도읍을 국내로 옮기고 위나암성을 쌓았다. 국내로 천도 하기로 계획을 마친 유리왕은 매일 사냥에만 힘을 쏟았다고 사서에는 기록되어 있다. 12월의 추운 겨울이었다. 유리왕이 질산 북쪽에서 사냥하면서 닷새 동안이나 돌아오지 않고 사냥에만 몰두하고 있었다. 그러자 지난번에 국내로의 천도를 반대했던 협보가 나서 유리왕에게 간했다.

"폐하께서 도읍을 국내로 옮겨 백성들이 아직 생활이 안정되지 않은 상태입니다. 따라서 폐하께서는 응당 백성들의 살림을 안정시켜야 하는데 힘을 써야하고 훌륭한 정치로써 백성들의 구휼사업에 전념하여야 하는 것이 마땅할 일인데, 이렇게 중요한 일들은 생각지도 않고 말 타고 사냥만 다니며 오랫동안 정사에 뜻이 없으니 폐하께서 이러한 잘못된 것들을 고쳐 자신을 새롭게 하지 않는다면 정치는 황폐화 될 것이고 백성들은 흩어져 선왕의 그 동안의 업적이 사라지지 않을까 심히 염려 되옵니다."

협보가 유리왕에게 간곡하게 간하자 유리왕의 얼굴에 불쾌해 하는 빛이 역력하게 나타나고 있었다.

"과인이 오랜 고심 끝에 많은 백성과 대소신료들의 반대를 무릅쓰고 국내로 힘들게 천도하기에 이르렀는데 그것이 장군께서는 그렇게도 못마땅한 일이었소?"

"소인이 생각하기에는 그렇사옵니다. 저희가 애초에 동부여에서 목숨을 걸고 이곳으로 선왕과 함께 탈출하여 고구려(高句麗)를 개국(開國)하며 잃어버린 우리의 옛 땅을 되찾자고 굳게 다짐 하였었습니다. 그런데 개국의 정신을 잊고 조신의 옛 땅을 잃어버린 채 적을 피하여 도읍을 옮기는 것은 선왕의 정신인 다물(多勿)은 이미 안중에도 없다는 것과 무엇이 다르겠사옵니까?"

그리자 유리왕의 안면이 벌세시며 화가 폭발할 것 같은 분위기가 조성되고 있었다.

그때였다. 그간 말없이 옆에서 지켜만 보고 있던 오리 장군이 앞으로 나왔다.

"폐하, 협보 장군이 폐하의 생각을 잘못 파악하고 있는 듯하옵니다. 이만 신들은 물러갈까 하옵니다."

하며 오리 장군은 협보 장군을 데리고 황급히 어전을 빠져나왔다.

"협보, 자네, 어찌 그리 상황 파악을 못하나? 지금 아란불 국상부터 모든 신하들이 줄줄이 국내로 천도할 것을 바라고 있는데 협보 장군 혼자서 천도를 반대한다고 될 일이겠는가?"

"국내로의 천도를 왜 나만이 그렇다고 보고 있는가? 이미 해명태자님도 폐하께 천도를 반대하고 있어서 지금 대립하고 있는 것이 아니겠는가?"

"그러니까 나도 그것을 걱정하고 있는 걸세, 또 다시 비극이 재현될까봐 두려워서 그러네."

"그게 무슨 말인가?"

"자네, 지난번 도절태자의 일을 벌써 잊었는가? 아마 해명태자님이 계속 천도를 반대하면 폐하의 성격상 해명태자님도 온전치 못할 것일세."

"도절태자님도 그렇게 만들었는데 또 그럴리가 있겠나."

"아닐세. 지금 폐하는 그러고도 남을 사람이네. 자네도 몸조심하게나."

오리 장군과 협보 장군이 나간 뒤 어전 회의는 계속되고 있었다. 유리왕이 신하들에게 천도 후 졸본성을 지킬 장수를 천거하라고 말하고 있었다.

"그러면 이곳 졸본에 누가 남아서 지켜야 될 것이 아닌가? 여러분들 중에 마땅한 사람을 천거해 보시오."

그러자 국상인 아란불이 말했다.

"이곳에는 협보 장군을 남겨 두는 것이 옳을 듯하옵니다. 원로 장군님이시고 그간의 공도 있으시고 덕망도 있으시니 졸본에 남아 이곳을 다스리게 하심도 괜찮을 듯 하옵니다."

그러나 유리왕은 무언가 못마땅한 얼굴로 아무런 말도 하지 않고 있었다. 그러자 재차 국상 아란불이 다시 협보 장군을 천거했다.

"폐하, 협보장군은 용맹스러운 장군입니다. 그런 장군이 이곳에 남아 지켜야 적들이 함부로 쳐들어오지 못할 것입니다."

그러자 유리왕이 못마땅하다는 듯 큰소리로 말했다.

"협보 장군은 아니되오. 협보 장군은 선대왕의 친구로서 부여에서 이곳까지 와서 지금 것 많은 공을 세우신 분이요. 그런 분을 이제는 편히 쉬게 하여 드려야 하오.

그러니 오늘부로 협보 장군은 모든 공직에서 물러나게 하여 편히 여생을 보내도록 하시오."

유리왕에게 미움을 산 협보 장군은 모든 공직에서 물러나 집에서 여생을 보내게 하라고 명령한 뒤 회의는 계속되고 있었다.

"빨리 졸본을 지킬 장수를 천거해 보시오."

그러자 아란불이 말했다.

"폐하, 이왕 이렇게 된 것, 그렇다면 이곳은 해명태자님이 적임자라고 생각합니다."

"해명은 태자인데 국내로 가서 앞으로의 세습훈련을 받아야 할 것 아니겠소?"

"폐하, 세습훈련을 하는 것은 이곳 졸본성처럼 좋은 곳이 없다고 사료되옵니다."

"어째서 그렇단 말이오?"

"해명태자님이 이곳에 남아야만 이곳 백성들의 혼란을 막을 수 있습니다. 그렇지 않아도 폐하께서 백성들을 버리고 떠난다고 아우성인데 태자님마저 함께 국내성(國內城)으로 떠난다면 이곳 백성들은 폐하에게 버림을 받았다고 폭동이 일어날지도 모르지 않겠사옵니까?"

"국상인 아란불의 말을 듣고 보니 국상의 말이 맞는 것 같구려. 그럼 그렇게 하도록 하시오."

그러나 국상(國相)인 아란불은 말은 해명태자를 위하는 것처럼 하고 있지만 그의 마음엔 음흉한 흉계가 도사리고 있었다. 졸본성엔 그 성을 지킬만한 장수도 없고, 있다면 오직 해명태자와 백유, 설로가 있을 뿐이었다. 아란불로서는 해명태자가 졸본성을 지켜내지 못하면 그것을 빌미로 태자위에서 폐위를 시킨다 해도 해명태자로서는 할 말이 없게 되는 것이었다. 또 전쟁 중에 해명태자가 죽는다면 그것보다 더 좋은 일은 없을 것이었다. 일이 아란불의 계획대로 척척 돌아가고 있었다. 그때였다. 부영걸 장군이 앞으로 나오며 말했다.

"폐하, 소장도 이곳에 태자님과 함께 남겠사옵니다. 허락하여 주시옵소서."

"부영걸 장군도?"

"예, 폐하, 태자님은 아직 연소(年少)하여 졸본성을 지키기에는 힘에 부칠 것입니다. 이곳에 소장이 남아 태자님과 함께 이곳을 지킨다면 졸본성도 안정이 될 것입니다. 폐하께서 떠나시고 나면 한(漢)나라와 동부여의 대소는 폐하께서 겁이 많아 국내(國內)로 천도한 것으로 알고 침략을 극심하게 일삼을 것입니다."

"해명에겐 백유와 설로가 있지 않소? 그들도 일당백은 하는 장수들이 아니오?"

"그들은 아직 젊어 혈기가 왕성하여 나아갈 때와 물러날 때를 판단하는 것에는 아직 부족한 점이 있습니다. 만약 이곳 졸본이 뚫리면 적들이 국내(國內)로 오는 것도 그리 어렵지 않을 것입니다."

"부영걸 장군의 뜻이 맞는 것 같소. 그렇다면 장군의 뜻대로 하시오."

"폐하, 성은이 망극하옵니다. 소장 대신 소장의 형인 부영노 장군이 폐하를 보필하고 계시지 않습니까?"

"오, 그렇지. 나에겐 부영노 장군이 있었소. 그대들은 2대에 걸쳐 고구려에 충성을 하고 있소. 부디 이곳에 남아 해명을 도와 고구려를 굳건히 지켜주시오."

부영걸 장군의 등장으로 국상인 아란불의 음흉한 계획은 수포로 돌아가고 말게 되었다. 그러나 그는 아무 말도 하고 있지 않았지만 마음속엔 또 다른 흉계를 생각하고 있었다. 천도 문제가 이렇게 미무리 되며 중요한 것부터 국내성으로 이진을 한 뒤 맨 마지막으로 유리왕과 모든 대소 신료들이 국내성으로 떠났다. 유리왕이 국내로 떠남으로써 고구려의 수도 천도는 무사히 이루어졌다.

12. 아란불

유리왕의 측근인 재상 아란불은 해부루 시대의 재상 아란불이 아니다. 유리왕 측근인 아란불은 해부루 시대의 재상 아란불의 아들이지만 해부루 왕 때의 아란불을 가장한 아들 아란불이었다. 아란불은 동부여의 해부루 앞에서 죽을 때 다시 태어나 동부여를 지키겠다고 하며 숨을 거둔 동부여의 충신이었다. 그런 사연을 알고 있던 아란불은 마치 자신이 동부여 때 해부루 앞에서 다시 태어나 조선을 지키게겠다고 하며 숨을 거둔 자신의 부친이 한 말을 알고 있었기에 자신이 동부여 시대의 아란불이 다시 태어난 것이라고 유리왕을 속였다. 원래 아란불이 동부여의 충신이었기에 유리왕은 그를 정말 다시 태어난 아란불이라고 믿었던 것이다. 그런 그가 유리왕의 측근에 서서 다물(多勿)정책을 추구하는 해명태자를 견제하라고 하니 유리왕은 그 아란불의 말을 철석 같이 믿었다.

본래의 아란불은 동부여를 건국한 해부루가 집권하고 있을 때 재상이었던 사람이다. 그는 재상이면서 해부루에게는 모사와도 같은 사람이었다. 그는 상당히 명석한 두뇌를 가지고 있었으며 해부루가 동부여를 건국해 나라다운 기틀을 다지는데 크게 기여한 재상이었다. 지금 유리왕의 곁에서 유리왕을 도우며 해명태자와의 이간질을 부추기고 있는 아란불은 해부루왕 때의 아란불이 마지막 남기고간 아들이었지만 아버지와는 전혀 다른 인물이었다.

단군의 황족인 해모수가 북부여를 건국하여 영토를 넓혀가고 있을 때였다. 아란불은 꿈에 천제(天帝)를 만나게 되었다. 천제가 말했다.

"내 자손에게 여기에다 나라를 세우게 할 터이니, 너희는 이곳을 피하여 동해가의 가섭원(신채호 선생은 지금의 혼춘으로 보고 있다.)으로 왕도를 옮기라."

고 하므로 아란불은 왕에게 권하여 그곳으로 천도하고 국호를 동부여라 하고 해부루를 도와 동부여가 강한 국가로 성장할 수 있도록 도운 사람이었다. 또 아란불은 지혜가 많았고 인간의 운명을 점지하는 능력이 있었으며, 국가의 운을 미리 알고 대처해 나가는 전략이 뛰어난 인물이기도 했다. 아란불이 죽기 전 후사가 없었던 해부루 왕에게 왕자를 낳으라고 강력하게 권했다. 아란불의 강력한 권유에 해부루왕은 용모가 뚜렷하고 잘생긴 왕자를 낳게 되었다. 동부여의 왕궁에서는 왕자의 탄생에 온 나라가 기뻐하여 경사가 났다고 해부루 왕은 큰 잔치를 베풀었다.

"대왕 폐하, 경하 드리옵니다."

재상 아란불이 해부루 왕에게 말했다.

"하하하, 고맙구려, 나 또한 왕자의 탄생을 여러분들과 함께 경하하는 바이요."

"와~ 대왕 폐하 만세, 왕자님 만세."

동부여 백성들은 왕자의 탄생을 진심으로 기뻐하며 축하 하는데 인색하지 않았다. 그렇게 백성들의 축복을 받으며 왕자는 무럭무럭 자랐다. 그러나 아란불은 자신이 왕자의 앞날을 점쳐보니 왕위를 이을 사람은 왕자가 아니라 금와 왕자라는 것이었다. 금와 왕자는 해부루의 소생이 아니었다. 자식이 없었던 해부루는 산천에 제사하여 아들을 낳게 해달라고 제사를 지냈다. 정성스레 제사를 마치고 가던 길이었는데 타고 있던 말이 곤연에 이르자 별안간 큰 돌 앞에 서더니 눈물을 흘리고 있는 것이 아닌가? 해부루왕이 괴이타 여겨 함께 가던 병사들에게 돌을 굴려 보라고 명령을 하였다. 병사들이 큰 돌을 힘들여 굴리니 거기서 금빛이 나는 개구리 형상의 아이가 나오는 것이 아닌가? 해부루 왕이 하늘을 우러르며 말했다.

"이 아이는 보통의 아이가 아니고, 하늘이 내려준 아이다. 그리고 우리 동부여에는 축복이다. 이 아이의 이름을 금와(金蛙)라고 하고 이 아이를 왕궁에서 왕자와 똑같은 지위로써 왕자란 칭호로 부르도록 하라."

그렇게 금와(金蛙)는 동부여의 왕자가 되었던 것이다. 금와(金蛙)는 대궐에서 자라며 명석하고 총명한 아이로 자랐다. 해부루왕이 나이가 들면서 후사인 태자를 책봉하여야만 했다. 어느 날 해부루왕이 재상인 아란불을 불렀다.

"내 나이도 이제 후사인 태자를 책봉할 때가 된 것 같소. 그래서 공을 들라 하였소. 공의 뜻은 어떤지 묻고 싶소?"

늙어 백발이 성성한 아란불은 마지막 자신의 조언이라며 해부루왕에게 강력하게 간했다.

"전하, 금와(金蛙)는 총명하고 충성스런 왕자이니 태자로 책봉하여 후일을 도모하심이 좋을 것으로 사료되옵니다."

"그렇다면 내가 낳은 왕자가 아니라 나의 혈통도 아닌 금와(金蛙)를 태자로 봉해 단군의 혈통도 포기하란 것이요?"

"전하, 금와(金蛙)는 총명하여 전하의 유업을 이어가는데 아무런 하자가 없을 것이옵니다."

"해모수왕이 북부여를 건국하여 국력이 날로 커지고 있으니, 곧 한 2군을 몰아내고 조선을 재건해야 하는데 태자 책봉을 서두를 일이 아니잖소?"

그러자 아란불이 말했다.

"북부여가 서부여를 건국하게 하려면 많은 세월이 흘러야 합니다. 요동지방에 서부여를 건국하여 중국의 통로를 막아야만 낙랑군을 칠 수 있습니다. 북부여가 일어났으니 우리 동부여와 연합하여 공세 할 것을 알고 낙랑이 대비하면 그만큼 어렵게 됩니다. 금와(金蛙)를 태자로 삼음으로서 낙랑군을 안심시켜야 합니다."

"금와(金蛙)가 태자가 되는 것은 어렵지 않으나 왕위에 오른 뒤 역사에 반역 되지 않을까?"

"금와(金蛙)는 동서남북에 부여를 건국하여 낙랑군을 사면초가로 만들어야 한다고 말했습니다."

"금와가 그런 말을 했다고? 그 또한 옳은 말이 아닌가?"

"네 개의 부여가 연합할 만큼 성장하면 주도권 싸움이 일어날 것입니다. 낙랑군과 현도군은 축출하더라도 동족상잔의 비극은 면하기 어려울 것입니나."

"그렇다면 어찌해야 좋은가?"

"논공행상(論功行賞)이 많은 나라는 인정하기 어려우므로,

강국이 약소국을 흡수하여 공격해야만 천하통일을 할 수 있습니다. 논공행상을 최소화 하는 것이 역사 개혁의 비결입니다.”

“북부여가 성숙해지면 동부여가 요새를 제공하여 낙랑을 치게 하란 말인가? 미리 주둔해 있는 북부여의 첩병이란 말인가?”

“황공하오나 그렇습니다. 북부여가 현도군을 치고 동시에 동부여가 낙랑군을 친다면 승리할 것입니다. 서부여는 요동을 막아 중국의 원병을 막을 것이기 때문에 틀림없는 전략입니다. 그러나 승전 후 서로의 전과를 내세우면 군사가 현도와의 싸움을 피할 길이 없습니다. 요동에 주둔할 군사가 현도와 낙랑을 칠 능력이 생기면 먼저 동족간의 통일이 이루어져야 합니다.”

“그렇다면 더군다나 금와를 태자로 책봉함은 불씨를 남기는 것이 아닌가?”

“만약에 동부여가 북부여와 통일을 거부하더라도 단군의 황족인 왕자께서 왕위를 계승한다면, 실권을 장악한 금와가 단군 황족의 계보를 내세워 지탱하기 쉬우나, 스스로 왕위에 오르면 황족을 거부할 능력이 축소될 것입니다.”

“충성스러운 금와가 왕자를 두고 태자 책봉을 받아들이겠는가?”

“전하께서 아우가 되라고 명하셨을 때 그는 극구 사양하고 스스로 왕자이기를 청하였습니다. 아우는 실권을 가질 수 있으나 태자는 될 수 없음을 그는 생각했던 것입니다.”

“과연 지모가 뛰어난 자로다.”

아란불은 어전으로 금와를 불러들였다.

“전하, 왕자가 태어나셨으니 태자로 책봉하심이 옳을 것입니다.”

아란불은 해부루왕과 독대할 때와는 전혀 다른 말을 하고 있었다. 금와의 속내를 알아보기 위함이었다.

“금와는 어찌 생각하는가?”

해부루왕이 물었다.

“단군 황족은 어둠을 밝히는 해로써 성씨(姓氏)를 삼았는데, 미래를 지켜갈 새로운 해가 떠올랐는데 누가 감히 마다하겠습니까?”

금와의 말이 끝나자 아란불이 말했다.

“저희의 뜻이 같사오니 어명을 내려주십시오.”

“가섭원(신채호 선생은 혼춘이라 함.)에 도읍을 정하고 동부여를 건국한 것은 단군황명을 받들어 조선을 재건하려 함이지 왕계를 지키려 함이 아니다. 이미 능력과 충성을 겸비한 인재가 있는데 어린 왕자를 태자로 책봉함은 나는 옳은 일이 아니란 생각이오.”

단군황명(檀君皇命)은 단군성조께서 단군 후예들에게 이르신 교훈으로 대대로 지켜지던 지상의 명령이다.

첫째, 너희는 거룩하신 한얼님의 자녀 됨을 알고 조상의 역사를 계승함에 어긋남이 없으리.

둘째, 너희는 동포의 탯줄을 묻은 강토를 보전하여 의롭고, 정당하고, 용서하는 한 배달로 살아라.

셋째, 너희는 스스로 할 일을 하고 형제를 인정하며 한겨레의 책임과 임무를 다하고 권리를 지켜라.

넷째, 너희는 하늘과 땅과 조상의 은혜를 알고 도리를 깨우쳐 평화롭고 여유롭게 살아라.

"전하, 그렇다고 이 늙은이가 왕위를 계승할 수도 없는데 저 말고 또 누가 있단 말씀입니까?"

"누가 공보고 왕이 되라고 했소? 바로 금와(金蛙)가 그 인물이니 태자로 책봉할 것이요."

"절대로 아니되옵니다. 왕자가 있는데도 타손을 태자로 책봉한 역사는 없습니다. 거두어 주십시오."

아란불이 간곡하게 간했다.

"단군황명에 이르기를 형제를 인정하여 한겨레의 책임과 임무를 다하고 권리를 지키라고 하셨는데, 재상은 어찌하여 우리의 형제인 금와(金蛙)를 인정하지 않는가?"

"일생을 받쳐온 저의 충언을 물리치신다면 차라리 어전을 물러나겠나이다."

"과인은 금와(金蛙)로 하여금 대를 잇게 할 것이니 태자 책봉의 채비를 서둘도록 하라."

금와(金蛙)는 가슴속 깊이 우러나는 뜨거운 눈물을 흘렸다. 해부루왕의 은혜가 이렇게 깊은 줄은 몰랐다. 목숨을 다 바쳐 역사에 충성할 것을 뼛속 깊이 새겼다. 평생을 바쳐온 지혜로운 재상 아란불을 버리고서라도 자신을 선택해 준 해부루는 친아버지와도 같았다. 태자 책봉은 성대하게 치러졌다. 그해 겨울 유난히도 눈이 많이 내리던 날에 해부루왕은 자리에 누워, 재상에서 물러난 아란불을 불렀다. 그리고 자신의 앞날에 대하여 물었다.

"그대는 과인의 운명을 어찌 보는가?"

"다시 떠오르는 해가 되어 조선을 재건하실 것입니다. 해를 부르는 성자이시니 반드시 또 태어나실 것입니다."

"금와(金蛙)가 과연 역사를 지켜갈 수 있을까?"

"그는 은혜를 입었으니 은혜를 갚을 것입니다."

"어린 왕자는 어찌될꼬?"

"제가 죽어 다시 태어나 왕자를 보살필 것이니, 전하께옵서는 더 큰 해로 떠오르십시오."

해부루가 눈을 감았다. 하얗게 덮인 웅신산 너머로 해가 지고 있었다. 한 2군을 몰아내지 못하고 눈을 감는 해부루의 가슴엔 빨간 노을이 타고 있었다. 붉게 떠오르는 해는 더욱더 커 보였다. 해부루가 눈을 감고 이튿날 아침, 아란불은 솟아오르는 햇살을 바라보며 슬하에 아들 하나를 두고 숨을 거두었다. 바로 그 아들이 유리왕을 보좌하고 있는 아란불인 것이다. 자신의 아버지 아란불이 동부여의 개국 공신이나 다름없기에 자연스럽게 그는 유리가 동부여를 도망쳐 나와 고구려의 태자가 된 것을 알고 찾아가 주몽이 죽은 후 유리왕 밑에서 여러 요직을 거치며 재상까지 이르게 된 것이었다. 그러나 그는 그의 아버지인 아란불과는 전혀 다른 사람이었다. 아버지가 국가를 위해 죽을 수 있는 사람이었다면 유리왕의 곁에 있는 아란불은 자신만이 영화만 누릴 줄 아는 이기적인 사람이었다. 그러기에 해명태자와 유리왕 간에 알력을 만들어 해명태자를 끝내 죽게 하고 마는 인물이 된 것이다.

이 란은 다음 카페 두꺼비의 나라에서 발취한 것임.

13. 대소의 또 다른 침략

해명태자는 졸본에 남아 백성들을 다독이며 졸본을 지키기로 하였다. 그러자 이 곳 저 곳에서 고구려를 비웃는 소리가 들렸다.

"하하하, 고구려의 유리가 겁이 많아 국내(國內)로 도망을 한 것이다. 지금이 우리에겐 기회이다. 고구려 졸본을 쳐서 고구려를 이 기회에 없애버리자."

해명태자에게 남은 사람들은 끝까지 졸본을 지킨다며 떠나지 않겠다고 선언한 부영걸 장군과 그의 측근들이었다. 또 해명의 심복이었던 백유와 설로가 그의 부하들과 남았다. 또 거기에 지난번 해명을 암살하러 왔다가 고구려에 귀순한 곽유가 있었다. 그는 대소의 곁에서 그를 보필하였기에 그의 성격을 너무도 잘 알고 있었다. 특히 대소의 단점이라면 그가 마음에서 한번 결정한 일에 대하여는 다른 사람이 아무리 좋은 의견을 내어도 절대 수용하지 않는 고집이 있다는 것을 너무도 잘 아는 곽유였다. 그러고 보면 지금 해명태자의 곁에는 모두가 일당백을 하는 사람들만 남게 된 것이었다. 유리왕이 국내성으로 천도한 후 해명태자는 부영걸 장군과 더불어 유리왕이 있을 때보다 더 성벽을 튼튼하게 보수하고 적들의 움직임을 감시를 하는데 게으르지 않았다. 적을 이기려면 적을 먼저 알아야 했기에 간자의 수를 더욱 늘려 적의 동태를 살피는데 게으르면 죽음이라는 생각으로 감시망을 더욱 늘렸던 것이다. 거기에 자신은 물론 모든 수하들의 훈련에도 박차를 가했다. 또 백성들의 살림살이에도 사랑하는 마음으로 세밀하게 보살피며 민정에도 세심한 배려를 아끼지 않았다. 졸본 백성들은 유리왕 보다 해명태자를 더 좋아하는 사람들이 많아졌다.

"해명태자님 정말 훌륭하신 분이야. 유리왕보다 훨씬 자상하시고 백성들을 사랑 하시는 것 같아."

"맞아. 훤칠한 키에 인물도 잘생기시고 거기에 활솜씨는 옛날 주몽 대왕님을 능가 할 정도니 졸본 백성들은 복이 터졌어요."

그렇게 졸본성의 백성들이 안정을 찾아가자 해명태자는 졸본성을 설로에게 지키라 하고 백유와 곽유를 데리고 영산(靈山)인 백두산을 다녀올 참이었다. 곽유에게 졸본성을 지키라 하고 백유와 설로를 함께 데리고 가려 했으나 아직은 곽유의 능력을 잘 몰라 설로에게 부영걸 장군을 도와 졸본성을 부탁하고 백두산에 오르기로 한 것이다. 해명태자가 백두산에 다녀오려는 이유는 단 한가지였다. 민족의 영산인 백두산에 올리 천지신명께 고구려를 지켜달라고 간절한 기원을 올리고 싶었고 유리왕이 죽고 자신이 왕위에 오르면 할아버지인 동명성제의 뜻을 받들어 자신이 다물(多勿)정책을 계승해 나가겠다고 제를 올리고 싶었다. 해명태자 일행이 백두산에 도착해 정상을 바라보니 화산에서 뿜어내는 연기가 계속해서 하늘로 올라가고 있었다. 해명태자와 백유와 곽유는 일단 말이 올라갈 수 있는 곳까지는 말을 타고 올라가기로 하고 정상을 향하여 출발했다. 중턱쯤 오르니 수림이 울창하여 말을 타고 올라갈 수가 없었다.

"태자님, 이제는 말을 타고 갈 수가 없을 것 같습니다. 나무가 많아 걸어가야만 될 것 같습니다."

"음, 나도 그렇게 생각하고 있었는데 어디 땀 좀 흘려 보세나."

일행은 중턱에 말의 고삐를 매어 놓고 산을 오르기 시작했다. 힘이 들수록 정상은 가까워진 것이라 생각하며 오르다 보니 수림은 보이지 않고 민둥산만 보이고 있다. 화산에서 발산하는 열기 때문에 화산과 가까운 곳에는 나무가 없었기 때문이었다. 몸엔 땀이 비 오듯이 쏟아진다. 해명태자가 정상에서 밑을 내려다보니 광활한 세상이 그의 품에 들어올 것만 같다. 해명태자는 하늘을 우러러 천지신명께 기도를 한다.

"천지신명이시여!

우리 고구려를 굽어 살피소서.

중원에는 한나라가 도사리고 호시탐탐 우리 고구려를 노리고 있고 또 한편에서는 동부여의 대소가 우리 고구려를 넘보고 있습니다.

저의 꿈은 할아버지께서 평생을 통하여 하시려던 일인 다물(多勿)정신을 계승하는 일입니다.

저에게 힘을 주시사 꼭 저의 한민족(韓民族)이 중화족(中華族)에게잃은 옛 땅을 다시 찾게 하여 주소서.

또 저 중원을 정복하여 중화족(中華族)을 고구려의 발아래 꿇게 하고 싶습니다.

천지신명이시여!

고구려가 국내성으로 도읍을 옮긴 후 여기저기에서 고구려가 적이 두려워 도읍을 옮긴 것으로 알고 고구려를 겁쟁이 나라로 알고 호시탐탐 우리를 노리고 있습니다.

여기저기서 우리를 좋은 먹이감으로 알고 있는 것 같습니다.

천지신명이시여!

고구려를 불쌍히 여기사 고구려를 강한 나라로 성장케 하여 주십시오.

그리하여 우리를 호시탐탐 노리는 적들이 침략하여 올 때에는 그들을 궤멸시킬 수 있는 능력을 주시어서 이 나라를 반석위에 올려놓는 군주(君主)가 되게 하여 주십시오."

천지신명께 기도를 마친 해명태자 일행은 산을 내려오기 시작했다. 중턱에 내려오니 말 세 마리가 일행이 내려오는 것을 보며 반가워하는 양 '히히힝' 거리며 뒷발질을 한다. 이렇게 해명태자가 백두산에서 내려오고 난 후 백성들은 평화가 찾아온 것 같아 좋아하고 있었지만 수변국들은 호시탐탐 전쟁준비를 하며 고구려를 노리고 있었다. 특히 동부여의 대소는 주몽 시절부터 고구려를 눈에 가시처럼 생각하여 언제든 고구려를 칠 기회만 엿보고 있었다. 그간 선비족의 주영검과 손을 잡고 군사를 훈련시키고 무기를 생산하며 전쟁준비에 몰두 하고 있었다.

그런 때에 국내성에서 부영걸 장군에게 입궐을 하라는 전갈이 왔다. 졸본성에는 해명태자가 수장이지만 졸본성을 방어하는 데는 부영걸 장군이 우선이었다. 그래서 국내성에서는 부영걸 장군에게 입궐하라는 전갈을 보낸 것이다. 부영걸 장군이 국내성으로 출타중인 것을 간자를 통하여 알게 된 대소는 쾌재를 부를 일이었다. 언제든 동부여는 고구려를 칠 준비를 하고 있었기에 많은 군사들을 지금 것 훈련을 시켜온 터였다. 그러던 차에 부영걸 장군이 졸본성을 비웠다는 소식은 고구려를 칠 절호의 기회였다. 그간 고구려를 치고 싶어도 아버지 부분노 장군에 이어 아들인 부영걸 장군 대에 이르기까지 부씨 일가는 적들에게는 눈에 가시와 같은 존재였다.

대소는 곧 동부여 군을 소집했다. 준비는 해놓은 상태고 언제든 고구려를 향하여 진격만 하면 되는 것이었다. 대소는 이번 전쟁에서 선비족의 힘을 빌려 고구려를 패망시킨 후 선비족의 주영검을 죽여 버리고 선비족을 흡수하여 막강한 나라를 건설하는 것을 목표로 하고 있었다.

"흐흐흐, 주영검, 이번 전쟁에서 너의 용맹을 떨쳐 보아라. 부영걸도 없는 고구려는 쉽게 이길 수 있을 터, 그런 후 주영검 너는 동부여를 위해서 나에게 죽어 주어야 되겠다. 너는 동부여가 저 넓은 중원을 정벌하기 위해 필요한 징검다리일 뿐이다."

동부여의 대소가 이런 생각을 하는 것처럼 선비족의 족장인 주영검 역시 대소의 생각과 조금도 다르지 않았다. 그들은 서로 동상이몽(同床異夢)에 빠져 있었다. 그들은 서로의 속내를 숨긴 채 고구려를 칠 생각에 골몰하고 있었다.

"고구려가 국내성으로 천도를 하였으니 군사들도 절반으로 줄었을 것이요. 거기에 우리가 우세할 경우 지원군이 온다고 하여도 거리가 멀어 고구려의 지원군이 왔을 때는 졸본은 이미 우리들 수중에 떨어져 있을 것이요."

대소가 이미 고구려를 쳐서 승리한 것처럼 의기양양하게 말하고 있었다. 그러자 주영검이 말했다.

"고구려는 원래 사람들이 굳세어서 쉽게 이기기 힘든 족속입니다. 대왕께서도 전에 해명태자에게 망신을 당한 적이 있다고 들은 적이 있습니다."

그러자 대소의 얼굴이 잠깐 동안 붉어지며 얼굴에 노기가 띤 듯하더니 사라지고는 입을 크게 벌리고 웃는다.

"하하하, 그깟 애송이에게 한 번 당했지 두 번이야 당하겠소? 처음엔 애송이가 그렇게 강한 활을 쏠 줄은 생각지 못했기에 당했던 망신이었지요."

"어떤 계책으로 고구려를 공격할 것인지요?"

"우리는 군사가 고구려보다 많으니 정면 돌파를 하는 것이 어떻겠습니까?"

그 말은 대소가 주영검을 떠보는 말이었다. 그러자 주영검이 대소의 말을 받아서 대답한다.

"정면 돌파를 하는 것은 적보다 숫자가 십 배가 많았을 때 하는 작전입니다. 물론 우리의 연합군을 합친 숫자로 따진다면 고구려 군사의 십 배가 넘을 것은 자명한 일이지요. 그러나 전쟁이란 적은 군사로 큰 적을 물리칠 수 있다면 그보다 좋은 일은 없을 겁니다. 물론 군사들의 희생도 줄일 수 있고 말입니다."

"그렇다면 족장님의 계획을 한 번 말해 보시오."

"저라면 정면 돌파는 하지 않을 것입니다. 차라리 고구려를 5일 후에 공격 한다고 헛소문을 퍼뜨립시오. 그리고는 내일 밤 자시에 고구려 진영을 급습하는 것입니다. 우리가 헛소문을 퍼뜨리면 고구려는 분명히 5일 후에 올 것에 대비할 것입니다. 그때 우리는 그 허점을 노려 급습을 하는 것입니다. 그러면 우리는 힘들이지 않고 고구려 군을 쉽게 제압할 수 있을 겁니다."

"하하하, 족장님의 제안이 정말 묘수 같습니다. 그렇게 실행하기로 합시다."

그러나 그들은 고구려가 심어 놓은 간자가 듣고 있는 줄은 꿈에도 모르고 있었던 것이다. 그들이 한 말은 고구려의 태자 해명에게 모두 전달이 되었다. 고구려의 간자가 동부여에서 입수한 소식을 설로가 가지고 들어와 해명에게 보고를 했다.

"태자님, 동부여의 기습부대가 내일 밤 우리 진영으로 잠입하여 급습을 한다는 소식입니다. 그들이 내일 밤 온다면 역으로 우리가 오늘 밤 먼저 적들을 치는 것이 어떻겠습니까?"

설로의 말을 듣고 해명이 곰곰이 생각을 하고 있었다. 이제 갓 스무 살의 청년이지만 턱에는 제법 까맣게 수염이 자라고 있어 위엄이 있어 보인다. 그는 생각에 잠긴 듯하더니 손뼉을 탁치며 벌떡 일어섰다.

"좋다. 설로 너의 의견대로 해보자. 그들이 내일 우리를 치기 위해 준비에 몰두하고 있을 것이다. 우리는 오늘 밤 그들을 역으로 먼저 치자. 그러면 중앙은 내가 곽유를 데리고 칠 것이니 좌우는 설로와 백유가 맡도록 하라. 대신 적들을 속이기 위해 우리는 그들이 퍼뜨리는 소문인 5일 후 공격한다는 그들의 말을 믿고 준비하는 것처럼 행동하라. 그러면 그들은 우리가 자신들의 작전에 말려들고 있다고 생각하며 안심하고 내일 공격 할 준비를 할 것이다."

"네, 태자님의 분부대로 하겠습니다."

"내가 곽유와 더불어 날랜 군사 몇 명을 데리고 숨어 들어가 적진에 불을 지를 것이니 화광이 충천하면 설로와 백유는 지체 없이 적을 유린하도록 하라."

그러자 설로가 말했다.

"태자님, 태자님이 몸소 적진에 들어가신다는 겁니까?"

"그렇다. 곽유가 동부여에 대하여는 너무 잘 알고 있으니 우리에겐 천군만마를 얻은 것이나 다름이 없다."

그러자 백유가 말했다.

"태자님, 절대 안 됩니다. 태자님이 적진에 들어가시는 일은 위험한 일입니다."

"하하하, 걱정하지 말거라. 나에게도 다 생각이 있어서 하는 일이다."

"그럼 그렇게 알고 지시대로 따르겠습니다."

해명태자의 단호한 말에 설로와 백유는 입을 다물고 말았다. 그날 밤 해명의 지휘 하에 동부여와 선비의 연합군을 중앙에서 급습을 하고 설로와 백유는 좌우를 치기로 하였다. 해명이 곽유와 날랜 부하 몇 명만 데리고 적진 깊숙이 들어가 적의 식량 창고를 태울 요량이었다. 식량 창고를 태울 때 화광이 충천할 것이다. 그때 설로와 백유는 행동을 개시하면 되는 것이다. 그날 밤 달빛도 없는 칠흑 같은 밤에 해명태자는 곽유와 부하들을 적에게 발각되지 않게 검은 복장을 하고 소리 없이 적의 식량 창고를 향하여 접근했다. 적들은 내일을 위해서인지 삼엄한 경비를 하고 있었지만 벌써 승리에 도취된 기분인지 조금은 흐트러진 모습이 역력했다. 해명태자와 곽유는 중요한 곳에 위치한 동부여 경비병을 쥐도 새도 모르게 처치하고 준비한 기름을 뿌린 후 불을 질렀다. 곽유는 동부여에 대하여 너무도 잘 알고 있었기에 일이 훨씬 수월했다. 화광이 하늘을 환하게 밝히며 적들의 군량미가 타기 시작했다.

"불이야! 군량미 창고에 불이 났다. 빨리 불을 꺼라."

동부여와 선비족 연합군의 진영은 별안간 아수라장이 되고 있었다. 검은 연기가 하늘로 치솟고 화광이 충천한 가운데 적들이 우왕좌왕하며 정신을 차리지 못한다. 그러자 중군의 해명이 거느린 군사가 지쳐 들어가며 정신없이 불화살을 쏘아대기 시작했다. 그러자 좌우에서 설로의 군사들과 백유의 군사들이 동부여 군과 선비족의 연합군을 향하여 협공을 하기 시작했다. 그러자 순식간에 동부여 군과 선비족 연합군은 자다가 깬 군사들이라 정신을 차리지 못하고 우왕좌왕 하다가 고구려 군의 칼날에 허무하게 쓰러지고 있었다. 그때까지 대소는 고구려 군의 기습을 까마득히 모른 채 잠에 떨어져 자고 있었다. 고구려를 다음 날 밤에 기습을 하기로 했기에 오늘은 주영검과 간단하게 술을 한 잔하고 잠자리에 들었던 것이다. 대소가 깊은 잠 속에 빠져 있을 때였다.

"폐하, 고구려의 기습입니다. 고구려 군이 군량미 창고에 불을 질렀습니다."

"뭐, 뭐라고? 해명 이놈이...."

대소가 급히 무장을 하고 밖으로 나오니 군량미 창고에 불이 나서 활활 타고 있었다.

"이놈들아, 빨리 불을 꺼라. 군량미가 탄다. 빨리 불을 꺼야 한단 말이다."

대소의 속은 군량미가 타들어가는 것만큼 타들어가고 있었다. 비록 오늘은 패했다 해도 수습을 하여 다음날 고구려 군과 전면전을 하여도 이길 수 있다는 생각을 하고 있었기 때문이었다. 그들이 보유한 군사력은 고구려 군의 3배 정도였기 때문이었다.

"이놈들아, 빨리 불을 끄고 고구려 놈들을 모조리 도륙하라."

그때 선비의 주영검도 대소의 옆으로 허겁지겁 달려오고 있었다.

"폐하, 어찌된 일입니까?"

"고, 고구려 놈들이 쳐들어 왔소."

그때 해명태자가 그들의 앞으로 다가오고 있었다.

"오라, 마침 네놈들을 찾고 있었는데 잘 만났다. 오늘은 대소 네놈의 목을 가지고 가야겠다."

"뭐, 뭐라고? 이놈, 나야말로 네놈을 찾고 있었다. 어린 네놈이야 말로 오늘 여기서 목을 내놓아야 될 것이다."

그때 급히 달려온 설로와 백유가 합류한다.

"태자님, 이놈들은 저희들에게 맡겨 주십시오. 저희들이 오늘 대소의 목을 베겠습니다."

"아니다, 대소는 오늘 내가 꼭 목을 베어서 할아버지 영전에 바칠 것이다. 너희들은 저놈 선비족의 족장인 주영검을 맡아라."

"네, 태자님, 조심하십시오."

해명태자와 대소의 싸움이 시작되고 몇 합도 가지 않아 젊은 해명태자에게 대소가 밀리기 시작했다. 그러자 대소의 부하들이 해명태자에게 달려들어 합세하기 시작했다. 해명태자는 기습 군이었기에 군사들의 숫자가 동부여와 선비족의 연합군에 턱없이 부족했다. 해명태자가 주춤하는 틈에 대소가 부하들의 호위를 받으며 도망친다. 그 옆에서 설로, 백유와 싸우고 있던 주영검도 점점 코너에 몰리고 있었다. 그러나 주영검의 선비족 부하들도 자신들의 족장인 주영검이 위험에 빠져 있는데 가만이 있을리 없었다. 주영검의 부하들이 설로와 백유에게 달려들기 시작했다. 대소가 도망을 가자 해명태자는 설로와 백유가 주영검과 싸우는 모습을 보고 지금 피하지 않으면 이곳을 빠져 나가기가 매우 힘들게 될 것이라는 것을 알았다. 지금은 당장 패하여 도망 하느라 대소와 주영검이 그것을 눈치 채지 못하고 있을 따름이었다. 그들이 형세 판단을 제대로 했다면 해명태자 일행은 큰 위험에 빠질 뻔 했던 것이다.

"설로, 백유, 빨리 군사들을 독려하여 급히 이곳을 빠져나가야 한다. 지금 빠져 나가지 않으면 우리가 도리어 위험에 빠진다."

"네, 알겠습니다. 태자님."

설로와 백유가 급히 군사들에게 명령을 내린다.

"고구려 군은 들어라. 후퇴할 시간이 없다. 빨리 이곳을 빠져 나가야 한다."

고구려 군은 썰물이 빠져 나가듯 재빠르게 빠져 나가고 있었다. 동부여 군과 선비족은 고구려 군이 빠져 나간 후에야 무슨 일이 있었다는 것을 알고 정신을 차렸지만 적은 고구려 군사들에게 유린을 당했다는 것에 분통이 터졌다. 얼마 시간도 지나지 않았는데 동부여 군의 진지는 완전히 쑥대밭이 되고 만 것이다. 재빨리 적의 진지를 물러난 해명태자 일행은 안전지대로 철수한 후에야 안도의 숨을 쉴 수가 있었다. 안전지대로 빠져 나오는데도 곽유의 공이 지대했던 것은 말할 나위가 없었다. 사실 이번 야간 습격을 하기까지에는 곽유가 있었기에 가능했던 일이었다.

"이젠 적들은 곧 철수를 할 것이다. 철수하는 적을 편하게 철수시키면 안 된다."

"태자님, 적들이 어떻게 철수한다고 단정을 하십니까?"

"하하하, 왜 철수를 하느냐고? 저들은 이미 전쟁에서 패한 것이다. 패했으니 철수를 해야 되지 않겠어?"

"태자님, 저희들은 태자님이 하시는 말씀의 뜻을 정말 모르겠습니다."

"간단하게 생각하면 되는 것을... 저들은 이미 군량미를 잃지 않았느냐. 군사들을 먹이지 않고 싸우라고 하겠느냐? 저들은 이미 군량미를 모두 잃었으니 이미 싸움을 할 수 없게 된 것이야."

"그, 그렇군요. 역시 태자님이십니다."

생각지도 못했던 고구려 군의 야습으로 대소와 주영검은 제대로 칼 한 번 휘둘러 보지도 못한 채 자신들의 몸 챙기기에 급급한 나머지 줄행랑을 친 후 군사들을 수습해 철수하고 말았다. 고구려 군의 대 승리였다. 유리왕이 국내성으로 천도 후 처음 맞이한 전쟁에서 보기 좋게 승리한 해명태자였다. 해명태자가 승리했다는 소식을 들은 졸본 백성들은 모두가 거리로 뛰쳐나와 해명태자 만세를 부르고 있었다. 해명태자는 연도에 늘어선 백성들에게 손을 흔들며 답례를 한다.

"만세, 만세, 해명태자님 만세!"

그날 졸본에는 해명태자의 승전보를 축하하는 만세 소리가 그치지를 않았다. 해명태자의 위상이 졸본에서는 유리왕을 능가했다. 백성들은 유리왕이 국내성으로 떠나고 해명태자가 통치를 시작한 후 살기가 훨씬 좋아졌다고 이구동성으로 말을 하고 있었다.

"유리왕이 떠나고 해명태자님이 졸본을 다스리고부터 우리네 씀씀이가 훨씬 좋아졌어요."

"그럼요, 살기가 훨씬 편해진걸요."

"차라리 태자님이 빨리 왕이 되셔서 우리 고구려의 실제적인 주인이 되셨으면 얼마나 좋겠어요."

그렇게 해명태자를 좋아하는 백성들이 늘어가고 있었다. 그러한 소문이 국내성의 유리왕이 모를 리 없었다. 유리왕을 추종하는 무리들이 졸본에도 남아 있어, 국내성에 있는 자신들의 일파에게 해명태자를 음해하는 소식을 보내고 있었다.

14. 음모

대소는 이번 전쟁에서도 보기 좋게 해명에게 패하고 동부여로 돌아와 절망에 빠지고 말았다.

"해명 이 어린놈에게 또 당하고 말았어. 역시 내가 그 어린놈을 잘못 보지는 않았어. 이놈은 분명히 대호(大虎)가 맞아. 이놈이 더 큰 호랑이가 되기 전에 없애 버려야 하는데 이놈을 없앨 방도가 없단 말이야."

그때였다.

"폐하, 선비족의 주영검 족장님께서 오셨습니다."

"뭐라고? 주영검 족장께서 왔다고? 들라하라."

잠시 후 주영검이 대소왕의 집무실로 들어 왔다.

"어서 오시오. 주 족장."

"폐하께 드릴 말씀이 있어 잠시 들렸습니다."

"중요한 말씀 같은데 무슨 일이요?"

"고구려의 해명에 대한 말씀이요."

"왜요? 해명을 잡을 좋은 묘안이라도 가지고 왔습니까?"

"이번 전쟁에서는 우리가 졌다고 하지만 이번 일로 유리왕과 해명태자를 이간질 시킬 빌미가 될 수도 있을 것 같습니다."

"그게 무슨 말이요?"

"사실 제가 간자를 고구려의 국내성에도 몰래 잠입을 시켰습니다. 적을 이기려면 적의 동태 파악이 우선이니 말입니다."

"그래, 무엇이라도 건진 것이 있습니까?"

"아직 확실한 것은 아니지만 유리왕과 해명태자 간에 약간의 알력은 있는 것 같습니다."

"어떤 면에서요?"

"유리왕이 졸본에서 국내성으로 천도하려고 할 때 해명태자가 반대한 것은 폐하께서도 대략은 알고 계셨지 않습니까?"

"그렇지요. 그런데 그게 무슨 문제가 됩니까?"

"예, 우리에겐 좋은 호재가 될 수 있는 일이 있을 것 같습니다."

"어째서요?"

"천도 문제에서 유리왕과 해명태자가 충돌을 했던 사실은 이미 알고 계신다 했지 않습니까? 거기에 지금 유리왕과 해명태자의 보이지 않는 틈이 벌어져 있다고 보아야 합니다. 그 틈을 이 기회에 더 크게 벌려 놓아야 합니다. 즉 말씀 드리자면 이간책을 쓰자는 말씀입니다."

"이간책이라…어떤 방법으로요?"

"해명태자는 분명히 우리와의 싸움에서 승리한 것을 국내성의 유리왕에게 보고할 것이 분명합니다. 전령이 갈 것이니 우리가 중간에서 지키고 있다가 전령을 죽이고 우리 사람을 전령으로 꾸며 보내 유리왕에게 거짓 보고를 올리는 겁니다. 즉 해명이 승리한 것은 그대로 말하되 졸본의 백성들이 해명태자를 고구려의 왕으로 추대를 하려고 한다는 말을 하는 것입니다. 그러면 지금도 벌어진 간격이 더 크게 벌어질 것이고 그 일로 인하여 벌어질 일은 폐하와 제가 상상하지 않아도 알 수 있는 일이 아니겠습니다? 즉 우리는 손을 코에 대지도 않고 코를 풀 수 있는 일이지요."

"오호라, 그거 좋은 생각이구려. 어쩌면 이번 전쟁에서 우리가 패한 것이 더 좋은 호재일 수도 있겠습니다. 하하하."

대소와 주영검은 그날 밤 유리왕과 해명태자를 이간시킬 작전을 짜는데 밤을 지 새웠다. 그들은 그날부터 간자를 통한 정보를 수집하는데 총력을 기우렸다. 해명이 유리왕에게 전령을 보내는 것을 정확하게 아는 것이 급선무였다. 고구려도 마찬 가지였고 동부여의 대소도 고구려 내부에 간자를 심어 놓기도 했지만 고구려 사람들을 돈을 주어 매수 한 사람도 적지 않았다. 그들의 지시로 매일 고구려 내부의 일들이 보고되고 있었지만 전령이 국내성으로 언제쯤 간다는 보고는 들어오지 않고 있었다. 그리고 며칠이 지났다. 간자로부터 전령이 국내성으로 간다는 보고가 들어 왔다. 대소와 주영검은 급히 전령이 지나갈 길목에 무술에 능한 군사를 뽑아 숨겼다. 물론 전령으로 대체할 사람은 유리왕과 해명태자의 관계를 이간시킬 방책을 교육시킨 사람이었다. 전령을 잡을 동부여의 군사들이 숨어 있는 줄도 모른 채 고구려의 전령이 산모퉁이를 말을 타고 달릴 때였다. 숨어 있던 동부여의 군사들이 날린 화살에 고구려의 전령은 그대로 말에서 떨어졌다. 전령이 말에서 떨어지자 동부여의 군사들은 재빨리 뛰어와 말에서 떨어진 전령의 몸을 수색했나. 전령의 품속에는 해명태자가 유리왕에게 보내는 승전 보고서가 들어 있었다. 그들은 전령의 옷을 가짜 전령에게 입히고 고구려 전령의 시체를 땅 속에 묻었다. 아예 고구려 군에게 조금의 단서도 남기면 안 되었기 때문이었다. 그렇게 해서 가짜 전령이 해명태자의 승전 보고서를 가지고 국내성의 유리왕에게 가게 된 것이다. 전령은 국내성으로 가서 성문을 열라고 했다.

"나는 졸본에서 온 전령이다. 폐하께 전할 해명태자님의 승전 보고서를 가지고 왔다. 어서 성문을 열어라."

"어디보자."

성문을 지키는 수문장이 해명태자가 보낸 보고서를 확인했다. 해명의 직인이 찍혀 있는 것을 본 수문장은 성문을 열어 주었다. 전령이 안내인을 따라가며 고구려 궁궐을 둘러보니 궁궐이 화려하기 그지없다. 자신이 보아온 동부여의 궁궐보다 훨씬 화려해 보인다. 전령은 곧 바로 유리왕의 집무실로 안내 되었다. 집무실은 넓은 것이 자신이 지금 것 동부여에서 보았던 궁궐이 아니었다. 유리왕이 천도를 하고서 궁궐을 증축하였기 때문이었다. 사실 졸본의 왕궁은 주몽 때부터 사용했던 곳이기에 손을 대지 못해 옛날 주몽 때의 건물 그 자체였기에 화려함은 전혀 없었던 것이다. 그러나 유리왕이 천도를 하면서 왕궁은 왕궁다워야 한다는 지론을 가진 사람이었기에 대궐을 화려하게 지었던 것이다.

"폐하, 졸본에서 해명태자님의 승전 보고서를 가지고 전령이 당도했습니다."

"들라하라."

동부여의 가짜 전령이 보고서를 가지고 유리왕의 집무실로 들어갔다. 집무실 좌우에는 유리왕을 경호하는 무사들이 매 눈을 부릅뜨고 전령을 노려보고 있었다. 가짜 전령은 잠시 움찔

했지만 가짜 전령도 동부여에서 오기 전 교육을 받고 왔기에 금방 진정이 되었다. 그는 해명태자의 승전보가 적힌 전통문을 유리왕에게 공손히 바쳤다.

"대왕 폐하를 뵙습니다. 여기 해명태자님의 승전보고서를 가지고 왔사옵니다."

옆에 있던 내시가 전령에게서 해명태자의 전통문을 받아 유리왕에게 전했다. 해명태자의 전통문을 받아 읽은 유리왕이 전령에게 물었다.

"대승이라고 들었다. 이번 전쟁은 동부여와 선비족 연합군이라고 하는데..."

"그러하옵니다."

"연합군이라면 제법 군사의 수가 많았을 텐데, 대단한 전과를 올렸구나."

"예, 폐하."

유리왕의 표정에는 진정으로 기뻐하는 모습이 아니었다. 어딘가 해명태자의 승전에 대하여 못마땅한 표정이 담겨 있었다. 얼굴엔 기쁜 빛 보다는 노기가 서려 있었다. 그렇게 노기서린 얼굴로 유리왕이 전령에게 물었다.

"졸본 백성들이 해명태자를 어떻게 생각하더냐?"

"백성들은 태자님을 믿고 따르고 있습니다."

"왕인 나보다 해명태자를 더 좋아하더냐?"

"아뢰옵기 황송하오나 소인이 보기에는 그렇게 보였사옵니다."

가짜 전령은 어떻게든 유리왕과 해명태자의 관계를 나쁘게 이간시키는 것이 목적이었다.

"이놈, 똑바로 말하지 않으면 너는 졸본으로 가지 못하고 여기서 죽어야 할 것이다."

"예, 폐하, 소인은 소인이 보고 들은 대로만 말씀드렸을 뿐이옵니다."

"다시 한 번 말해 보아라."

"소인은 죽어도 거짓을 아뢰지 못하겠나이다. 백성들 중에는 차라리 폐하 보다는 해명태자님이 왕이 되길 바라는 사람들이 더 많은 것 같았사옵니다."

"무엇 때문이라고 생각하느냐?"

가짜 전령은 여기서 결정적인 이간을 시켜야 된다고 생각했다.

"백성들은 폐하께서는 겁이 많으셔서 이렇게 먼 곳으로 천도를 했다고 생각합니다. 폐하는 겁쟁이인데 해명태자님은 용감하셔서 적과 싸우면 언제나 승리만 하시니 용감한 태자님이 왕이 되시는 것이 마땅한 일이라고들 말하고 있었습니다. 또 백성들은 해명태자님이 동명성제이신 주몽 대왕님께서 시행하셨던 다물(多勿) 정책을 수행하는 데는 적격이라고들 말하고 있었습니다. 그러기 위해서는 해명태자님이 하루 빨리 왕이 되어야 한다고 하였습니다."

그 말을 계속 듣고 있는 유리왕의 이마에 지렁이 같은 주름이 잡혀가고 있었다. 동부여의 가짜 전령은 유리왕의 표정을 하나도 놓치지 않고 보면서 속으로는 자신의 연기가 지금 유리왕에게 먹혀들고 있다는 것을 감지하고 있었다.

"음."

유리왕의 얼굴은 노기로 가득 차 있었다.

"알았다. 이만 물러가라."

"예, 폐하."

가짜 전령은 의기양양하게 고구려 왕궁을 빠져나와 동부여로 향했다. 자신이 맡았던 일차 목표는 완벽하게 성공시켰다는 기쁨과 함께였다.

15. 아! 아란비 공주

한편 해명태자와 같은 동굴에서 하룻밤을 보내고 황룡국으로 돌아간 아란비 공주는 아침 일찍 궁궐로 돌아 왔다. 황룡국왕이 사냥을 떠나 며칠 있다 오는 관계로 아란비의 외박은 들키지 않았다. 물론 아란비 공주도 아버지인 국왕이 사냥을 떠난다는 것을 알고 나왔기에 편안한 마음으로 해명태자와 밤을 함께 보낼 수 있었던 것이다. 아란비는 해명태자와 함께 보낸 밤이 꿈처럼 느껴지기만 한다. 그날 밤 동굴에서 있었던 해명태자와의 첫 경험이 생각만 해도 황홀하기만 하다. 떡 벌어진 어깨, 강인한 팔, 마치 커다란 나무와도 같았던 해명태자의 넓적다리, 어디 흠잡을 때라고는 군더더기 하나 없는 근육질의 몸매다. 거기에 얼굴은 깎아서 만든 사람처럼 준수한 모습이다. 세상에서는 그런 사람을 다시는 만나볼 수 없는 사람이었다. 또한 아란비 자신이 생각했을 때, 자신과 같은 미인도 드물 것이란 생각이었다. 관옥 같이 고운 피부에 오뚝한 콧날, 어느 곳에 내놓아도 누구나 부러워할 미인이었다. 그래서 그녀는 자신과 해명태자의 만남을 선남선녀의 만남이라 생각했다. 그녀는 황룡국 왕인 아버지가 올 때까지는 일주일간 매일 해명의 생각으로 보냈다. 잠을 잘 때도 해명태자는 자신의 옆에 있는 것 같았고 눈을 뜨고 있어도 해명태자는 자신의 곁에 있는 것 같았다. 마치 해명태자와 더불어 환상 속에 살고 있었다. 그러나 해명태자와 다시 만날 약속을 한 것도 아니고 언제 다시 만날지도 모르는 기약 없는 이별을 하고 헤어졌는데, 그런 것들이 그녀를 괴롭게 하는 것이었다. 해명태자는 유리왕에게 말하여 혼인을 성사 시키겠다고 말했지만 그것 또한 믿을 수 없는 일인 것이다. 그렇게 환상 속에 일주일이 지나고 황룡국 왕이 사냥에서 돌아왔다. 일주일간 사냥에 나가 좋은 고기를 많이 구워 먹어서 그런지 왕의 얼굴은 혈색이 매우 좋았다.

"아바마마, 편히 다녀오셨습니까?"

오냐. 아란비. 너도 그간 나 없는 사이에 잘 있었더냐?"

"네, 아바마마."

"이제 우리 아란비도 열여덟이지. 이제 혼인할 때도 되었구나."

"아이, 아바마마. 소녀의 걱정은 하지 마옵소서."

"아니다, 여자란 자고로 지아비를 만나 아이 낳고 행복하게 사는 것이 본분이니라."

"아바마마, 소녀는 혼인을 하지 않을 겁니다. 평생 아바마마 곁에서 아바마마를 모시고 살 것이옵니다."

"허허, 그럼 나야 좋은 일이지. 그러나 그것은 안 될 말이다. 나도 언젠가는 죽을 것이다. 그래서 언제인지는 모르지만 너를 보호해줄 사람이 필요한 것이다. 또 여자란 태어나 후손을 생산하여야만 여자인 것이니라. 이제는 네 나이도 찰 만큼 찼으니 몸도 마음도 조신하게 행동하여야 한다."

그녀는 황룡국 왕인 아버지의 말을 계속해 부정할 수는 없었다. 다만 그녀는 아버지의 강권으로 혼인을 하게 될 경우 대궐을 몰래 빠져나가 혼자 살 결심을 하고 있었다. 그녀로써는 해명태자 외에는 그 어떤 사람도 받아드릴 수 없었다. 그녀는 이미 해명태자와 한 몸이라고 생각하고 있었다. 그녀는 해명과 한 몸이 되기 이전부터 해명태자가 아니면 안 된다고 다짐을 하고 살았었다. 그런데 이제는 몸과 마음도 이미 해명태자의 여자가 되고만 사이가 아니던가? 그녀는 호랑이에게 죽기 직전 해명태자에게 구원을 받고 부터 해명태자를 마음속에서부터 흠모하고 있었다. 그러기에 그녀는 마음이 시키는 대로 몰래 활을 메고 사냥을 핑계 삼아 해명태자와 인연을 맺었던 현장을 헤매고 다녔던 것이다. 그러고 보면 남녀 간의 사랑에 있어 남자보다 여자가 더 집착을 하는지 모른다. 여하튼 해명태자와 아란비의 연은 쉽게 끝날 연이 아니었나보다. 해명태자가 동부여의 대소가 보낸 자객들의 습격으로 위기에 빠졌을 때 자신이 해명태자를 위기에서 구할 수 있었고 그날 밤 해명태자와 꿈같은 밤을 보내며 해명태자도 자신을 사랑하고 있다는 것을 확인할 수 있었다. 그녀의 마음은 확고했다. 해명태자가 아니면 죽음뿐이 없다는 것을 마음에 다짐하며 살고 있는 것이었다. 아버지인 황룡왕과 대화를 해본지도 언제인지 모른다. 그런데, 예고도 없이 아버지인 황룡국 왕이 아란비를 찾아왔다.

"아란비, 그간 별 일 없느냐?"

"네, 아바마마. 어인 일로?"

"내일 사냥을 가는데, 너도 함께 가지 않겠느냐고 너의 의중을 물으러 왔다."

"그거야, 사람을 시켜서 물어도 될 일을 아바마마께서 직접 오셨어요."

"이번 사냥은 군사들과 함께 가는 것이 아니고 나의 측근들 몇 명이 가는 사냥이다."

황룡국 왕은 무슨 중요한 일이 있을 때면 몇 명의 군사들과 핵심 심복들을 데리고 사냥을 가곤 했다. 그것은 나라에 큰일이 있을 때면 늘 상 있는 일이었기에 아란비 공주는 대수롭지 않게 생각하고 함께 가기로 했다.

"네, 아바마마, 그렇게 하겠습니다."

"허허, 고맙구나, 내일 일찍 출발을 할 것이니 일찍 일어나 준비 하여라."

아란비 공주는 황룡왕이 나간 후 다음날 갈 사냥 준비를 했다. 그리고 일찍 출발 하기로 했으니 일찍 일어나려면 일찍 잠을 청해야 했다. 그녀는 편안한 마음으로 잠이 들었다. 다음날 아침 유모가 챙겨주는 아침밥을 먹고 준비한 활과 화살을 챙겼다. 궁궐 뜰로 나가니 황룡왕과 그의 측근 신하들이 나와 있었는데 그 중엔 신체 건장한 젊은이가 황룡왕과 무언가 담소를 나누다가 아란비가 나오자 대화를 멈추었다. 아란비가 듣기에는 젊은이가 황룡국에서 쓰는 말씨가 아니고 한(漢)나라 말씨였다.

"아바마마, 벌써 나오셨습니까?"

"아니다. 내가 조금 먼저 나왔을 뿐이다."

"그랬군요. 전 늦은 줄 알았어요."

"공주, 여기 계시는 이분과 인사를 해라. 이 분은 한(漢)나라의 왕사님이시다."

아란비 공주는 예감은 좋지 않았으나 얼굴엔 동요의 빛은 전혀 보이지 않았다. 오늘 왕의 사냥에 측근들만 간다는 것은 중요한 일이기 보다는 어떤 다른 일이 있기 때문일 것이다. 아란비 공주의 추측으로는 자신을 한(漢)나라의 황자와 혼인을 시키려는 의도가 깔려 있음을 알 수 있었다. 그것은 요즘 들어 황룡국의 국력이 약화 되어 한나라의 보호아래 있고자 정략적인 혼인을 맺으려 하고 있는 것이었다. 주변의 나라들은 거의 매일 전쟁을 하고 있었다. 조금의 땅이라도 더 차지하기 위한 전쟁이었다. 그리 크지도 않고 힘도 강하지 않았던 황룡국으로서는 살아남기 위하여 궁여지책으로 아란비를 한나라로 보낸다면 적어도 한나라의 침략은 받지 않을 것이기 때문이었다. 대략 눈치를 챈 아란비는 황룡국을 떠나야 한다고 생각 했다. 황룡국의 공주로써 비장한 결심을 하고 있었다. 아버지가 눈치채지 않게 하기 위해서는 오늘 사냥에는 자연스럽게 다녀와야 했고 아직은 시간이 있으니 여유를 갖고 대처하기로 마음에 작정을 했던 것이다. 그렇게 작정을 하고 나니 해명태자가 더 그리웠지만 그녀는 굳은 결심을 하고 사냥에 임하기로 한 것이다. 사냥터에 나가서 어떻게 일정을 짰는지 모르지만 황룡왕과 그의 신하들은 다른 곳으로 사냥을 갔고 한나라의 황자와 아란비가 한조가 되어 사냥을 하게 되었다. 그러나 한나라의 황자는 사냥은 뒷전이고 아란비의 뒤만 졸졸 쫓아 다녔다. 아란비는 한나라 말을 할 수 없었기에 손과 발로 대화를 나눌 수밖에 없었다. 둘이서 대화를 나누다 보니 한나라 황자는 생각보다 착하고 화통했다. 그는 아란비에게 이렇게 말했다.

"난 당신을 처음 보았을 때부터 나를 별로 좋아하지 않는다는 것을 알았습니다. 나는 당신의 뜻을 존중합니다. 비록 당신의 아버지께서 정략적인 혼인을 주선했지만 당신이 싫다면 나는 당신의 뜻을 존중할 것입니다. 당신은 나와 혼인을 한다면 평생을 불행하게 살 사람이라는 것을 알았습니다. 당신의 눈을 보니 당신은 이미 사랑하는 사람이 있는 사람이더군요. 내가 당신을 싫다고 할 것이니 당신은 당신이 좋아 하는 사람과 꼭 혼인하시기 바랍니다. 또 우리 한나라가 황룡국을 치는 일은 없도록 할 것이니 아무 염려 하시지 않아도 될 겁니다."

아란비는 지금까지 한나라 사람들은 주는 것 없이 미워했었다. 그러나 오늘 한나라 황자를 보며 한나라 사람이라고 다 나쁜 사람만 있는 것이 아님을 알 수 있었다. 그녀는 그에게 진정에서 우러나오는 감사를 드렸다.

"황자님은 좋은 분이십니다. 황자님의 말씀이 맞습니다. 저는 고구려의 해명태자님과 이미 혼인을 하기로 약속한 사이입니다. 황자님, 너무 감사하고 이 은혜 두고두고 갚겠습니다."

"아닙니다. 황가(皇家)의 자손이라면 물불을 가리지 않고 혼인을 하고자 하는 여자들이 많은 세상에서 당신과 같이 아름다운 마음씨를 가진 사람을 만나게 되어 나에게도 행운입니다. 공주님의 착하고 아름다운 마음씨 잊지 않겠습니다."

"황자님, 그러면 저의 아버지께 뭐라고 말씀을 드려야 할까요?"

"제가 한나라에 마음에 두고 있는 여자가 있다고 말씀드리세요. 그러면 황룡국 왕께서도 무어라 말하지 못할 것입니다."

그들이 이야기를 나누고 있을 때 황룡국 왕 일행이 오고 있었다. 황룡국 왕은 한나라 황자와 아란비 공주가 다정하게 이야기를 주고받는 것을 보고 기분이 좋은 것 같아 보였다.

"황자님, 우리 아란비 공주와 좋은 시간을 보내셨는지요?"

"네, 아주 재미있었습니다. 공주님은 매우 착하신 분이십니다."

사냥터가 거리가 멀었고 또 돌아갈 길이 멀어 이만 황룡국으로 돌아가야만 했다. 왕이 먼저 한나라 황자에게 말했다.

"황자님, 이제 갈 길이 머니 이제 그만 돌아가시지요."

"네, 알겠습니다."

오늘은 황룡국 왕이나 그 신하들도 사냥에 목적이 있었던 것이 아니었기에 가벼운 마음으로 왕궁으로 돌아올 수 있었다. 왕궁으로 돌아온 왕이 아란비 공주를 보자고 했다.

"공주, 나와 이야기 좀 하자구나."

"네, 아바마마."

황룡왕과 아란비 공주는 궁궐 뜰을 거닐며 사냥터에서 있었던 이야기를 나누었다.

"그래, 오늘 한나라 황자와 무슨 말을 했느냐?"

"황자님이 한나라에 마음에 두고 있는 여인이 있다고 하더이다."

"뭐라고? 그럼 무엇 때문에 황자가 여기까지 온 것이라고 하더냐?"

"아바마마의 요청이라 거절 할 수도 없는 일이어서 일단 왔다고 합니다. 그리고 황자님이 우리가 추구하고 있는 목적이 무엇인지 알고 있으니 한나라에 들어가 황룡국이 원하는 방향으로 하겠다고 말씀하셨습니다. 아무런 걱정 하시지 마시라고 하셨습니다."

"오! 차라리 잘되었구나. 나는 나라의 안위가 걱정이 되어 너를 한나라에 팔아먹는 것 같아 마음이 편치 않았단다."

“아바마마, 도리어 일이 잘 풀렸지요?”

“음, 그래, 그렇게 되었구나.”

한나라 황자와의 일은 그렇게 쉽게 풀렸다. 그러나 한고비가 지나면 또 한 고비가 온다고 아란비 공주의 몸에 이상 증세가 오고 있었다. 한 달에 한 번 있어야 할 일이 이번에는 없는 것이었다. 아란비 공주로서는 처음 겪는 일이어서 왜 그런지 알 수가 없었다. 그녀는 자신을 키워 주었던 유모에게 물을 수밖에 없었다.

“유모, 나 몸이 이상해.”

“어디가 아파요? 어디가 어떻게요?”

“이상하다는 것은 한 달에 한 번씩 있던 일이 없어서... 그래서 유모에게 묻는 거야.”

“공주님, 언제부터 그랬어요?”

“저번 달에도 있었는데 이번 달에는 없어.”

“혹시 공주님, 남자와 잠을 잔 적이 있어요?”

“저...”

“거짓 없이 말해야 합니다.

“저?”

“언제 잤어요?”

“한 달 가량 되었어.”

“공주님, 그러면 임신인 것 같아요.”

“유모, 임신? 그럼 내가 아기를 가졌단 말이야?”

“공주님, 맞아요. 아기를 가진 것 같습니다. 그럼 아기 아버지가 누구신가요?”

“그게.”

아란비 공주는 말을 잇지 못한다. 그리고 한참의 침묵이 흐른 후 유모의 손을 붙잡고 눈물을 흘리며 말했다.

"유모, 이 말 누구에게도 하지 말아줘."

"공주님, 제가 묻잖아요. 그 아기 아버지 누구예요?"

"저."

"빨리 말하세요? 그래야 수습을 하지요."

"내가 말 할 테니 꼭 비밀로 해줘. 모든 건 내가 알아서 할게."

"그렇게 할 테니 누군지 말하세요."

"고구려국의 해명태자님이야."

"네? 고구려의 해명 태자님이라구요? 그분을 어떻게 만났어요?"

"1년 전이었던가? 호란이와 사냥을 갔을 때였어. 노루 한 마리를 쫓고 있었는데 노루는 어디론가 사라지고 별안간 커다란 호랑이가 나타났어. 호랑이는 배가 몹시 고팠는지 하얀 이를 드러내고 곧 나와 호란이에게 달려들 순간이었어. 나와 호란은 호랑이에게 갈갈이 찢겨 죽음을 당할 순간이었지. 그 순간 나와 호란은 그 자리에서 기절하고 말았어. 그런데 누군가가 나에게 물을 먹여주고 있었어. 무의식중에 눈을 뜨니 멋진 남자가 나에게 물을 먹이고 있었어. 그 사람이 바로 고구려 해명태자님이었어. 그날 나를 구해준 태자님은 나를 말에 태워 보내며 말했어."

"연이 닿으면 또 만날 날이 있을 겁니다."

"그 후 나는 해명태자님을 잊을 수가 없었어. 너무 보고 싶고 못 보면 죽을 것만 같았어. 그래서 한 달 전 아바마마가 사냥을 갔을 때 몰래 그와 처음 만났었던 장소를 찾아 갔던 거야. 내 예감에 그가 거기에 꼭 있을 것만 같아서였지. 그런데 그가 정말로 거기에 있었던 거야. 나는 반가움에 그에게 달려가려던 순간이었어. 그런데 그가 목표물을 향해 화살을 날리려는 순간 그의 뒤에서 그를 노리는 자객들이 그를 향하여 덤벼드는 것이었어. 그는 사냥감에 집중하고 있어 자신을 노리고 있는 자객들이 있다는 것을 전혀 눈치를 채지 못하고 그들이 휘두른 칼을 맞고 말에서 굴러 떨어지는 것이었어. 그러자 십여 명의 자객들이 그를 살해하려 달려드는 것이었어. 그도 자신을 살해하려는 자객들을 향해 칼을 뽑아 들고 있었지만 칼에 의해 팔을 다친 상처 때문에 고통 스러워 하며 피를 많이 흘리고 있었어. 내가 보기에도 그런 몸으로는 자객들을 상대하기 힘들어 보였어. 나는 이것 저것 생각할 겨를도 없이 오직 그를 도와야 된다고 생각해 활을 꺼내어 그를 살해 하려는 자객들을 향하여 화살을 연달아 쏘아댔어. 내가 쏜 화살에 자객들이 하나, 둘, 쓰러지자 그들은 해명태자의 부하들이 온 줄 알고 당황해 달아나기 시작 한 거야. 그러나 모두 해명태자의 칼과 내가 쏘는 화살에 자객들은 모두 죽고 단 한 사람만 살려서 보냈어. 동부여 왕 대소에게 보고하라고 말이야. 그리고 사색 중한 사람을 잡아 물으니 동부여의 대소왕이 해명태자를 죽이라고 지시한 것이었어. 나는 해명태자의 팔에서 피가 너무 많이 흘러 내 옷을 찢어 팔을 동여 매 드리고 산에서 구한 약초로 상처를 치료해 드렸지. 그러나 밤이 너무 어두워 산을 내려올 수가 없어, 작은 동굴에서 밤을 새게 되었지. 그때 해명태자님과 서로의 사랑을 확인하고 의식을 치루게 된거지. 여기까지가 모두 거짓 없는 진실이야."

유모가 듣고 보니 그럴 만도 하다는 생각이 들었다. 또 고구려의 해명태자라면 아란비 공주의 상대로는 넘치면 넘쳤지 부족함이 없다는 생각이 들었다.

"공주님, 그렇다면 구태여 폐하께 숨길 이유가 없을 것 같습니다."

"유모, 그래도 아바마마가 아시면 무사하지 못 할 거야."

"아바마마가 아신다 해도 이미 엎질러진 물인데 차마 어찌 하시겠습니까?"

"유모, 그래도 무서워."

"공주님, 그러지 말고 단단하게 마음먹고 아바마마께 솔직히 말하세요."

"유모, 난 그렇게 못하겠어."

"그럼 어찌 하시겠어요?"

"나 궁궐을 나갈까봐."

"나가면 모든 것이 해결될 거라고 생각해요?"

"유모, 나 고구려로 갈래. 고구려로 가면 해명태자님과는 가까운 거리에 있는 것 아니겠어?"

"이그, 철없는 공주님."

"유모, 정말이야. 아바마마가 아시기 전에 난 나가야겠어."

"공주님."

"유모, 나 좀 도와줘."

그러면 배가 나오려면 아직은 시간이 있으니 겨울이나 지나고 나가기로 해요."

"그럼 나갈 때 호란이도 데리고 가야 되겠어."

"그렇게 하세요. 그러면 지금부터 조금씩 준비를 하셔야 될 거예요."

"유모, 고마워."

"공주님, 다행인 것은 왕비마마가 계시지 않아서입니다. 왕비님이 계시다면 생각이나 할 수 있는 일이겠어요?"

아란비의 어머니인 왕비(王妃)는 아란비가 10살 되던 해에 죽었다. 신하 중에 한 사람이 반란을 일으켰는데 한 밤중 기습을 당해 정신없이 피신을 하는 중에 반란군이 쏜 화살에 맞아 죽었던 것이다. 곧 왕(王)의 군사들이 반격을 해 반란군을 격퇴해 다시 안정을 찾았지만 그때의 상처로 인하여 왕(王)은 왕비(王妃)를 잊지 못하고 8년이 되었건만 다시 비(妃)를 맞아 드리지 못하고 있었던 것이다. 아란비 공주가 18세이니 왕비가 죽은지 8년이 된 것이다. 황룡국 왕은 왕비를 극진히 사랑했던 사람이었다. 왕(王)은 얼마든지 좋은 비(妃)를 맞아 드릴 수 있었지만 왕(王)은 더 이상 비(妃)를 맞아 드리고 싶지 않았다. 신하들은 왕에겐 왕비가 필요 하니 비를 맞아 드려야 한다고 상소가 빗발쳤지만 왕은 끝내 듣지 않았다. 왕은 왕비가 죽고 난 후 정사와 아란비에게만 정성을 쏟았다. 그런 왕인데 아란비는 자신이 해명태자의 아이를 임신 했다는 것 때문에 내궐을 도망치려하고 있는 것이다. 그러나 유모의 마음은 아란비와는 생각이 달랐다. 우선 아란비의 마음을 안정시켜 대궐을 나가지 못하게 하고 다음 일을 고민하려 한 것이었다. 아직 3~ 4개월이 남아 있으니 그 안에 아란비의 일을 정리할 참이었다. 겨울이 오며 졸본의 겨울은 길고 몹시 추웠다. 아란비는 추웠고 또 아기가 있어 몸을 사리느라 밖에 함부로 나갈 수가 없었다. 그렇게 긴 겨울이 가고 졸본에도 봄의 훈기가 돌기 시작했다. 새들은 지저귀고 꽃이 피기 시작했다. 봄의 기운과 함께 아란비의 몸에도 새로운 생명이 무럭무럭 자라고 있었다. 아란비는 겨울도 가고 봄이 오니 이곳을 떠나야 된다고 생각했다. 준비했던 것들을 하나하나 점검을 하고 있었다. 그런데 아무런 통보도 없이 아버지인 황룡왕이 아란비의 방을 찾은 것이다.

"공주님, 폐하께서 납시었습니다."

"뭐라고? 아바마마가..."

그녀는 점검하고 있던 것들을 제자리에 돌려놓고 옷매무새도 고치고 다소곳이 왕을 맞았다.

"어서 오시와요. 아바마마.

"음."

"어쩐 일로 오시었어요?"

"너와 할 이야기가 있어 왔다. 너 혼자 고민하는 일이 있는 것 같아서 말이다."

아란비는 왕이 하는 말을 듣고 마음에 뜨끔함을 느꼈다.

"제가 무슨 고민을..."

"나보다 네가 더 잘 알고 있을 것 같은데..."

아란비는 아버지인 왕이 모든 것을 알고 온 것임을 어렴프시 깨달았다. 그녀는 왕 앞에 무릎을 꿇었다.

"아바마마, 다 아셨군요. 아바마마께 누를 끼쳐드려 죄송하옵니다. 저는 아바마마께 누가 되지 않기 위해 이곳을 떠나려 했던 것입니다."

"아란비, 너는 이 애비의 마음을 그렇게도 모르느냐?"

"아바마마, 으흐흐흑."

"내가 왜 너의 어머니 왕비(王妃)가 죽은 지 8년이 되었지만 아직도 비(妃)를 맞아 드리지 않는 것이 왜인 줄 아느냐?"

"모르겠사옵니다."

"그렇겠지. 어린 네가 알 턱이 있겠느냐. 너는 새 비(妃)가 들어오면 내가 너에게 소홀할까봐 새 비(妃)를 맞아 드리지 않은 것이란다. 행여 내 귀한 공주에게 상처를 줄까봐 그런 것이지. 며칠 전 유모에게 네 이야기를 모두 들었다. 처음에는 이해가 되지를 않아 마음이 혼란스러웠다. 그러나 고구려의 해명태자라면 생각이 달라지더구나. 나도 해명태자를 직접본 적은 없지만 소문에 의하면 대단한 사람이라는 것은 다 아는 사실이 아니더냐? 지난번 동부여의 대소왕을 먼 거리 즉 보통 활로는 닿을 수 없는 거리에 있는 것을 투구를 맞춰 말에서 굴러 떨어지게 했던 장본인이 아니더냐. 그 정도 거리에서 투구를 맞출 정도였다면 대소 왕을 화살 한 대로 죽일 수 있었다는 것을 아는 사람은 다 아느니라."

"예, 아바마마."

"내가 유모에게 모든 것을 들어서 다 아느니라. 네가 고구려로 가서 무엇을 하겠니.

여기서 몸조리 질 하다가 아기를 낳으면 그 때 해명태자에게 알리면 되는 것 아니 겠느냐."

아란비의 마음은 혼란스러워지기 시작했다. 그녀는 고구려로 가서 먼발치에서라도 해명태자를 보고 싶었다. 그러나 아버지인 왕이 모두 알고 있는 상황에서 나갈래야 나갈 수도 없었고 나가도 되지 않을 일이었다.

"아바마마의 말씀대로 따르겠습니다."

“그래, 고맙구나. 그러나 될 수 있는 한 밖에 출입은 삼가는 것이 좋겠구나.”

왕의 입장에서는 아직 혼인도 하지 않은 공주가 애를 배었다고 소문이 나면 안 되었기 때문이다. 그러나 해명태자를 한 번은 봐야 되겠다는 생각은 가지고 있었다. 왕은 그때부터 해명태자를 어떻게 하면 볼 수 있을까 고민하기 시작했다. 그래서 왕은 해명태자의 명성이 정말일까. 하는 의구심도 들어 해명태자에게 황룡국에서 제일 강한 활을 만들어 보내기로 했다. 해명태자가 과연 황룡국에서 만든 가장 강한 활을 당길 수 있는지 시험해 보기 위해서였다. 그러면 그의 명성이 허명인지 사실인지 알 수 있을 것이기 때문이었다.

16. 한(漢)나라의 침략과 부영걸

한편 부영걸 장군은 간자로부터 한나라의 움직임이 수상하다는 보고를 받았다. 부영걸 장군은 그동안 한나라의 움직임을 간자를 통해 들으며 예의 주시하고 있었다. 그간 동부여의 침략을 받으면서도 한나라의 동태를 계속 감시하고 있었던 것이다. 유리왕이 한나라와의 국경이 가까운 것과 동부여 등 고구려를 호심탐탐 노리고 있는 적들과 지척에 있는 것이 껄끄러워 수도를 적들과 멀리 떨어져 있는 국내성으로 옮긴 것을 계기로 한나라와 동부여는 침략을 격화시키고 있었다. 유리왕이 수도를 국내성으로 천도 한 뒤 동부여의 대소는 몇 번이나 고구려를 침략하였으나 크게 패하고 말았다. 그러나 패한 뒤에도 대소는 기회만 있으면 언제든 고구려를 침략할 기회만 엿보고 있었다. 동부여도 그랬지만 중국을 통일한 한나라도 눈을 밖으로 돌리고 있었다. 부영걸 장군은 유리왕이 국내성으로 천도한 뒤 해명태자와 더불어 졸본에 남아 군사들을 조련하며 굳건히 나라를 지키고 있었다. 늦은 밤이다. 군영 막사에서 군사들과 더불어 지내던 부영걸 장군이 오랜만에 집에 들렀다. 장군을 제일 먼저 반기는 사람은 그의 아내였다.

"여보, 당신이 웬일로 집엘 다 들렸수?"

"매일 군 막사에 있으니 오늘은 집에 한번 들리라며 태자님이 억지로 보내서 오게 되었오."

"태자님이 보내주지 않았으면 얼굴도 언제 볼지 몰랐겠어요."

"그런 소리 말아요. 그래도 태자님이 자상하신 분이라 이렇게 나를 집에 가 쉬라고 보내주신 것이 아니겠오? 태자님은 하루도 거르지 않고 군사들과 함께 동고동락 하며 군 막사에서 지내고 계신답니다."

그들 부부는 언제 함께 한 이불을 덮고 잤는지도 모를 지경이었다. 국경과 그리 멀리 떨어져 있지 않은 관계로 하루도 방심하고 있을 수 없었다. 때론 국경 마을에 한나라 군사들이 들이 닥쳐 부녀자들을 납치해 가기도 하고 가옥에 불을 지르고 양민들을 학살하기 일쑤였다 그러기에 부영걸 장군을 비롯해 모든 군사들은 긴장한 상태에서 언제든 적을 맞이할 만반의 준비를 하고 있어야만 했다. 그러나 오늘 밤만은 집에 들어와 편안한 밤을 보낼 수 있는 것이다. 한 이불을 덮고 아내의 몸을 안아 본지도 언제인지 기억이 가물거릴 정도다. 그는 오랜만에 아내를 안아 보니 감개가 무량할 뿐이다.

"여보, 정말 오랜만에 당신 살 냄새를 맡는 것 같소."

"저도 당신의 억센 몸을 느껴보는 것이 언제였는지 모르겠어요. 제가 과연 남편이 있는 사람인가 하고 생각해 볼 때가 있기도 한걸요. 그러나 나라를 위해 전선에서 고군분투하고 계실 당신을 생각할 때마다 난 당신이 자랑스럽기만 했답니다."

부영걸 장군은 아내와 오랜만에 잠자리를 하게 되니 자연스럽게 아내의 몸을 애무하게 된다. 실로 오랜만에 안아보는 아내는 어느새 뜨거운 불덩어리로 변해 있었다. 아내와 마찬가지로 부영걸 장군의 몸도 뜨거워지며 그의 손이 아내의 몸을 강하게 자극한다. 두 사람의 숨결이 거칠어지기 시작한다.

"아, 여보, 여보."

"헉,헉."

그렇게 뜨거운 기운이 두 사람을 한 몸으로 만들고 있었다. 그리고 뜨거운 기운을 하나도 남김없이 아내에게 쏟아낸다.

"아, 아, 여보. 사랑해요."

두 사람의 숨이 거칠어졌다 조용해신다.

"여보, 당신 사랑해요"

"음."

그렇게 폭풍과 같은 시간이 지나고 두 사람은 평상으로 돌아왔다. 부영걸 장군은 아내에게 팔베개를 해주고 지그시 안는다.

"여보, 힘들지요?"

"나만 하는 일도 아닌데, 태자님을 비롯해, 모든 군사들이 똑같이 하는 일인걸."

"당신이 폐하를 따라서 국내성으로 갔으면 이렇게 힘들 일은 없잖아요. 당신은 고생을 사서하고 있잖아요."

"그런 소리는 하면 안 되는 거요. 물론 폐하가 계신 곳도 우리 고구려의 땅이지만 우리가 지키고 있는 이곳 졸본성도 우리 고구려의 땅이요. 고구려의 땅을 저 돼지 같은 한나라나 동부여 놈들에게는 한 치도 빼앗길 수 없소."

"당신이 위험하니 그렇지요."

"당신 내가 왜 이곳에 남은 줄 아시오?"

"그걸 제가 어떻게 알아요. 당신 속에 있는 마음을요."

"나는 해명태자님을 진정한 주군(主君)으로 모시고 싶어서 남은 것이요."

"아니 그럼 폐하는 당신에게 주군(主君)이 아니란 말이에요?"

"물론 폐하께서도 나에게 있어서 주군(主君)은 맞지만 내 마음에서 모시고 싶은 분은 해명태자란 말이요."

"어째서 그렇지요?"

"우선 사람 됨됨이에서 그렇다는 것이요. 해명태자님은 폐하와는 완전히 다른 사람이오. 즉 그분은 돌아가신 동명성제인 주몽 폐하를 많이 닮으신 분입니다. 결단력도 있고 앞으로의 고구려가 나가야할 방향을 정확히 알고 계신 분입니다. 즉 다물(多勿)정책에서도 동명성제와 같은 생각을 가지고 계신 분이요. 우리는 분명히 우리조상이 중화족(中華族)에게 빼앗긴 옛 땅을 찾아야만 합니다. 허나 지금의 폐하는 그런 대범함이 없습니다. 내성적인 성격에 도대체가 마음속에 무슨 생각을 하고 계신지 알 수가 없어요. 난 지금도 가슴이 아픈 것은 도절태자님의 죽음입니다. 물론 도절태자님이 왕재(王才)는 아니라 해도 그렇게 죽게 해서는 안 되는 일이었습니다. 그러나 해명 태자님은 도절태자나 폐하보다는 훨씬 뛰어난 인물입니다. 성격이나 인물이나 마음 씀씀이 같은 것들은 나중으로 치더라도 호방한 성격에 부하들을 포용하는 자세에서부터 자신보다는 아랫사람을 더 배려하는 데서 그의 사람됨을 알 수 있습니다."

"어머, 당신은 해명태자님께 푹 빠져 있네요. 당신 말을 듣고 보니 태자님이 정말 멋진 분 같아요. 저야 뭐든 당신 뜻을 존중하니 당신만 따라갈 뿐입니다."

"아마 해명태자님이 왕위에 오르시면 고구려는 훨씬 더 강한 나라가 될 것입니다. 해명태자님은 대륙을 통일시킬 큰 그릇입니다. 즉 말하자면 그 그릇 속에 숨은 큰 뜻을 내가 알기에는 작은 그릇에 불과한 내가 어찌 알겠소. 하지만 태자님의 뜻을 짐작은 하기에 여기 남아 태자님의 그 큰 뜻을 펼치는데 미력하나마 도움이 되어 드리고자 이곳에 남게 된 것이오."

"태자님의 그릇이 그렇게 큰가요?"

"그렇다마다요. 태자님은 꼭 그 큰 뜻을 이루어낼 분입니다."

"태자님의 그릇이 큰 분이라는 것을 아는 당신 또한 그릇이 큰 분이 아닐런지요. 당신의 생각대로 꼭 그렇게 되길 바랄게요."

"그렇게 될 겁니다."

그렇게 집에서 따뜻하고 편안한 밤을 보내고 부영걸 장군은 부대 막사로 복귀를 하였다. 그가 복귀하자 해명태자가 부영걸 장군의 막사로 들어 왔다. 그는 웃음 띤 얼굴로 부영걸 장군을 보며 말했다.

"장군님, 집에 가셔서 편히 쉬시며 회포도 푸시고 오셨습니까?"

"허허허, 태자님 덕분에 편히 쉬고 왔습니다."

"장군님, 새벽에 보고를 받았는데, 한나라의 움직임이 심상치 않다고 합니다. 국경 쪽을 보면 동부여 쪽이나 한나라 쪽이나 국경 마을들이 사주 그들의 습격을 받아 피해가 많은 것 같은데, 특히 한나라 군사들의 움직임이 수상하다는 보고입니다."

"그동안 한나라 쪽을 예의 주시하고 있었습니다. 한나라가 됐든 동부여가 됐든 만반의 준비를 하고 있으니 언제든 쳐들어오는 적을 섬멸할 준비가 되어 있습니다."

사실 요즘 부영걸 장군은 한나라에 나가 있는 간자를 통하여 한나라의 움직임을 샅샅이 파악하고 있었다. 동부여 쪽도 마찬가지였다. 그들은 고구려의 경계가 조금만 느슨한 것 같으면 언제든 고구려로 쳐들어 올 수 있는 적들이었다. 물론 졸본에서 떨어진 국경 마을을 쳐들어와 노략질을 일삼는 적은 국경 수비대가 맡고 있었으나 수적으로 부족한 관계로 대규모의 적을 물리치기에는 중과부적(衆寡不敵)이었다. 국경마을은 적에게 유린을 당할지라도 고구려의 힘은 그런 적을 완전히 격퇴하는 데는 미치지 못했다. 수시로 쳐들어와 치고 빠지는 적을 막는 데에는 한계가 있었기 때문이었다.

"장군님, 그런데 골이 아픈 것은 한나라 군이 국경마을을 습격해 부녀자를 잡아 가고 우리 백성들을 학살하니 이 일을 어떻게 해결할 방법이 없겠습니까?"

"태자님 그 일에 대하여는 소장도 상당한 고민을 했지만 아직은 우리의 힘이 거기까지는 미치지를 못합니다."

해명태자와 부영걸 장군이 한나라의 국경마을 침공에 대해 의견을 나누고 있을 때였다.

"태자마마, 큰일 났습니다. 다시 동부여 군이 쳐들어오고 있습니다."

"뭣이라고? 아니 우리 고구려 군은 한나라 군과 동부여 군을 한꺼번에 나누어 막을 수 있는 군대가 태부족인데, 이걸 어찌하면 좋겠습니까?"

"태자님, 너무 걱정하지 마십시오. 우리가 사냥을 한 이유가 있지 않습니까? 우리 군은 동물을 잡는 사냥을 했지만 한편으로는 적을 유인해 몰살 시키는 훈련을 했던 것입니다. 우리가 훈련을 하던 대로만 한다면 한나라 군이나 동부여 군은 두려워할 존재가 아니라고 봅니다."

"나로서는 아직 전투 경험이 부족하여 걱정했던 것뿐입니다. 부영걸 장군님께서 전쟁에 대하여는 모든 책임을 지고 맡아 주시기 바랍니다."

"네, 태자마마, 그러면 태자마마, 이렇게 하십시오. 태자마마께서는 동부여 군을 맡아 주십시오. 그러면 소장이 한(漢)나라 군을 맡겠습니다."

"그렇게 하겠습니다. 어떻게 적과 싸워야 하는지 가르쳐만 주십시오."

"태자님, 동부여 군이 강을 건너기 전 강기슭에 진을 쳤을 때 밤에 기습을 해 적의 진영을 불태워 버리는 것입니다. 불을 지른 후 북을 치고 함성을 질러 적을 혼란스럽게 하십시오. 그러면 적들은 혼비백산하여 정신을 차리지 못할 때 급습을 하십시오. 제가 알아본 바로는 적장이 동부여 왕인 대소의 동생인 모갑입니다. 대소에겐 후사가 없어 모갑이 대소의 뒤를 이을 가능성이 많습니다. 그렇기에 이번 전쟁에서 모갑이 승리를 위해 수단과 방법을 가리지 않을 겁니다. 우리는 그런 적의 허점을 파고드는 것입니다. 그들은 아직 강을 건너지 않았기에 방심을 하고 있을 수도 있습니다. 우리는 적이 방심을 하고 있는 틈을 노려 야간에 기습을 해야 적은 군사로 큰 승리를 거둘 수 있습니다."

"장군님의 말씀대로 그렇게 하겠습니다."

부영걸 장군과 해명태자는 둘이 모의한 대로 군사를 두 패로 나누었다. 먼저 한나라 군이 고구려에 먼저 당도했다는 첩보가 들어 왔다. 부영걸 장군은 척후병을 파견하여 계속해 한나라 군의 움직임을 살피고 그에 대한 대비를 철저하게 하고 있었다. 적들도 고구려의 전법을 대략 알고 있을 것이었다. 그래서 오늘은 적을 약 올려서 유인해 부수는 작전을 수립해 놓고 있었다. 그는 군사들을 향하여 말했다.

"우리 고구려 군은 사냥을 하며 전쟁 연습을 해왔다. 적을 계곡으로 유인해 섬멸시켜야 되는데 한두 번 당해봤다면 모르는데 매번 당해본 적은 쉽사리 말려들지 않을 것이니, 내가 적들을 유인할 것이다. 적들은 내가 부영걸이란 걸 알게되면 물불 가리지 않고 나를 잡기위해 쫓아올 것이다. 적이 계곡으로 유인되면 나는 말을 몰아 빠져나갈 것이다. 그러면 유인된 적은 한 놈도 남기지 말고 계곡에서 모조리 섬멸시키도록 하라."

고구려 군은 부영걸 장군의 지시대로 계곡 곳곳에 매복하고 있었다. 부영걸 장군이 날랜 부하 몇 명과 함께 한나라 군이 오는 길목에서 한나라 군을 기다리고 있었다. 한참을 기다리니 한나라 군이 부영걸 장군의 일행 앞에 당도하고 있었다. 그러자 부영걸 장군이 큰소리로 외쳤다.

"이놈들, 한(漢)나라의 돼지 같은 놈들아, 여기가 어디라고 함부로 쳐들어 왔느냐. 부영걸이 오늘 너희들을 제삿날로 만들어 주기위해 이곳에서 기다리고 있었다."

그렇게 외치고 말을 몰아 적진으로 지쳐 들어가기 시작했다. 그러자 부영걸 장군과 함께했던 부하들도 부영걸 장군의 뒤를 쫓는다. 부영걸 장군은 활에 화살을 재워 적의 부장급 되는 장수를 겨누었다. 그리고 신속하게 활의 시위를 힘껏 당겼다 놓으니 앞으로 달려 나오던 한(漢)나라의 부장급 장수가 외마디 비명을 지르며 보기 좋게 말에서 굴러 떨어진다. 그들의 행동은 전광석화와 같이 짧은 시간에 이루어졌다. 적의 장수가 말에서 굴러 떨어지자 부영걸 장군은 부하들과 함께 급히 말머리를 돌려 계곡을 향하여 도망치기 시작했다. 부장급 장수를 잃은 한나라 군은 약이 극도로 올라 부영걸 장군을 사력을 다하여 쫓기 시작했다.

"저놈들을 끝까지 추격해 격살하라."

부영걸 장군의 위험스러운 모험이었지만 적을 유인하기 위하여 세웠던 작전이었다. 그냥 적을 유인한다면 고구려의 작전을 어느 정도 간파하고 있는 적들은 말려들지 않을 수도 있기 때문이었다. 그런 적들을 유인하기 위해서는 적들을 약을 올려야만 했기 때문이었다. 약이 오른 적들은 가까운 거리에서 잡힐 듯 거리를 유지 하고 도망하는 부영걸 장군 일행을 쫓는 데만 급급했다. 한나라 군은 고구려의 복병들이 매복하고 있는 함정속으로 깊숙이 들어오고 있었다. 일부러 한나라 군에게 잡히지 않은 정도의 거리를 두고 도망하던 부영걸 장군은 한나라 군이 고구려 군의 작전에 걸려들었다는 것을 확인하고는 말머리를 돌렸다. 그리고 계곡에 매복해 있는 고구려 군에게 명령했다.

"공격하라. 계곡에 들어온 적들을 한 놈도 남김없이 궤멸시켜라."

그러자 계곡 위에 매복해 있던 고구려 군이 북을 울리며 함성을 질러댄다. 고구려 군이 질러대는 함성과 북소리에 한나라 군은 깜짝 놀라 뒤로 후퇴를 하려 하지만 뒤에 밀려들어 오는 같은 한나라 군끼리 부딪치고 엉켜져 아수라장이 되고 말았다. 그렇게 우왕좌왕하며 갈피를 잡지를 못하고 있는 한나라 군의 머리 위로 수없이 화살이 비 오듯 쏟아져 내린다. 한나라 군이 화살을 피해 바위 뒤나 나무 뒤로 숨자 위에서 나무 기둥에 불을 붙여 바위와 함께 굴려 내린다. 불붙은 나무 기둥이들이 굴러 내려오자 바위와 나무에 피해 있던 한나라 군이 이젠 어디로 피할 때가 없다. 불기둥을 피해 나오면 고구려 군이 쏘아대는 화살에 맞아 죽어가는 수가 부지기 수였다. 계곡은 어느새 한나라 군의 시체로 쌓여 갔다. 그들이 더 피해를 보게 된 것은 많은 군사들이 좁은 계곡으로 몰려들어 왔기 때문 이었다. 그것은 적을 유인하는 부영걸 장군의 작전이 있었기 때문이었다. 부영걸 장군이 한나라 군을 멀찌감치 떨어뜨리고 도망을 했다면 한나라 군이 그렇게 죽기 살기로 쫓지는 않았을 것이다. 그러나 부영걸 장군이 그들의 손에 잡힐 듯 말 듯 말을 몰았기에 한나라 군이 말려들었던 이유였다. 나중 고구려 군의 작전임을 파악하고 뒤돌아 가려 했지만 좁은 계곡에 많은 군사들이 몰려들었기에 미처 후퇴할 퇴로가 막혔기 때문이었다. 그러다 보니 우왕좌왕 하다가 고구려 군이 쏜 화살에 맞아 죽는 자가 부지기 수였고 돌이나 불붙은 기둥에 깔려 죽은 자도 수를 알 수 없었다. 한나라 군은 막대한 인명 피해를 내고 후퇴를 하고 말았다. 한나라 군은 후퇴를 하고 살아남은 자들을 수습을 하니 계곡에서 고구려 군에게 죽은 자가 삼분의 이는 되는 것 같았다. 그러나 패해서 돌아갈 수는 없었다. 그냥 돌아갔다 가는 황제에게 어떤 처벌을 받을지 알 수가 없었다. 그러나 이미 크게 패하여 사기가 크게 떨어진 상황에서 고구려 군과 다시 싸움을 한다 해도 군사들을 절반 이상을 잃은 상황에서는 싸워도 승리를 한다는 것은 쉬운 일이 아니었다. 사기가 떨어진 한나라 군은 할 수 없이 후퇴하기에 이른 것이다.

한편 해명태자는 군사를 거느리고 강변에서 적들의 동태를 살피고 있었다. 이제 여름도 지난 강기슭은 갈대도 누렇게 변해가고 있었다. 강의 폭이 넓었는데, 강기슭에는 갈대숲이 넓게 분포되어 있었다. 키가 큰 갈대에 숨으면 감쪽같이 적을 속일 수 있었다. 밤이 깊어가자 고구려 군은 물이 얕은 곳으로 강을 건너기 시작 했다. 동부여 군의 진영은 갈대밭과 가까운 곳에 위치해 있었다. 고구려 군은 해명태자의 지시대로 재빠르게 강을 건넌 후 갈대에 불을 질렀다. 불을 지른 후 어두운 곳으로 숨어 적의 동정을 살피고 있었다. 동부여 군은 막사가 불에 탈까 두려워 우왕좌왕하며 갈대에 불을 끄느라 정신이 없었다. 그러자 고구려 군이 북을 울리기 시작했다.

"둥둥둥~ 둥둥둥~"

동부여 군은 불을 끄느라고 정신이 집중해 있을 때 고구려 군이 울리는 북소리는 더욱 동부여 군을 혼란스럽게 했다. 그때 해명태자의 공격 신호가 있자 고구려 군은 노도와 같이 동부여 진영으로 밀려들어간다. 깊은 밤 당한 기습에 적들은 우왕좌왕하며 고구려 군의 창과 칼에 수도 없이 쓰러져 가고 있었다. 그러자 잠시 후 동부여 군의 막사에 불이 붙기 시작했다. 적을 기습해 정신을 빼놓고 한 무리의 고구려 군이 적의 막사에 불을 지른 것이다. 그러자 동부여 군은 더욱 혼란에 빠지고 말았다.

그렇게 적을 기습하여 많은 수의 동부여 군을 죽인 후 해명태자 일행은 준비한 길을 따라 강을 건너 고구려 진영으로 돌아왔다. 고구려 군의 사상자는 단 한 명도 없었다. 대승리였다. 해명태자는 이 대승리를 국내성의 유리왕에게 보고하기 위해 전령을 보냈다. 전령이 가지고 간 한(漢)나라와 동부여의 침략을 졸본의 고구려 군이 모두 물리치고 승리했다는 보고를 받고 기뻐해야할 유리왕은 시큰둥한 표정으로 말했다.

"수고들 했다고 가서 전하라."

딱 그 한 마디 뿐이었다. 그리고 전령에게 물었다.

"그래, 졸본 백성들은 잘 있는가?"

"예, 대왕 폐하."

"졸본 백성들의 동태는 어떠한가? 말하자면 해명태자에 대한 졸본 백성들의 생각을 말해보라."

유리왕이 순수한 생각으로 백성들을 걱정하는 마음에서 묻는 것이라 생각한 전령은 가감 없이 있는 그대로 말했다.

"백성들은 해명태자님의 선정(善政)으로 잘 살고 있사오며 태자님의 명성이 하늘을 찌를 듯합니다."

그러나 유리왕의 얼굴엔 기쁨의 표정이라기보다는 수심에 찬 모습이었다. 유리왕은 해명태자가 백성들에게 인기가 있는 것이 그리 달가운 일은 아니었다. 아직은 정치 행각을 한참은 더 할 수 있다고 생각하는 유리왕으로서는 백성들의 신망이 해명태자에게 옮겨가는 것을 두려워하고 있었다. 점점 유리왕의 마음속에는 아들로서가 아니라 정적(政敵)으로서 해명태자를 미워하는 마음이 싹터가고 있었다.

17. 황룡국(黃龍國) 왕(王)의 선물

해명태자와 부영걸 장군이 동부여와 한(漢)나라의 양 군을 한나라와의 국경과 동부 여 강가에서 보기 좋게 물리쳤다는 소문은 삽시간에 주변 국가에 퍼져 나갔다. 물론 황룡국(黃龍國) 왕(王)도 그 소문을 들은 바였다. 그는 해명태자가 아란비 공주와의 관계도 있어서 한 번쯤 해명태자를 보고 싶기도 했다. 그러려면 우선 해명태자와 만나볼 구실이 있어야 했다. 그래서 자신과 가장 가까운 측근을 불렀다.

"내가 고구려의 해명태자와 한 번 친하고 싶은데, 무슨 묘안이 없는가?"

그러자 그는 간단하게 말했다.

"해명태자는 활을 잘 쏘니 활을 하나 선물하는 것이 좋을 듯합니다."

"음, 활이라, 그거 좋은 생각인데, 그런데 소문에 의하면 해명태자는 보통 활을 쓰지 않고 강한 활을 쓴다하니 해명태자가 어느 정도의 힘을 가지고 있는지 알아볼 겸 우리 황룡국(黃龍國)에서 가장 강한 활을 만들어 보내는 것이 어떻겠소."

"폐하의 밀씀대로 하겠사옵니나."

그렇게 의견이 조율이 되자 황룡국에서는 해명태자에게 선물할 활을 제작하기에 이르렀다. 활을 제작하도록 지시를 하고 황룡국 왕은 해명태자의 모습을 상상해 보았다. 아직 얼굴은 한 번도 보지는 못했지만 들리는 소문에 의하면 장부다운 용모에 힘이 강하여 보통 사람은 감이 그가 쓰는 활은 당기지도 못한다는 것과 자신의 딸 아란비와 관계가 있다는 것 외에는 아는 바가 전무했다. 왕은 해명태자의 기개와 됨됨이를 보기 위해 일부러 활을 더 강하게 만들어 보내라고 시켰던 것이다. 해명태자의 반응을 보기 위함도 있었기 때문이었다. 한 달 여의 시간이 흐르고 해명태자에게 보낼 활이 완성되었다는 보고를 받은 황룡왕은 사신을 해명태자가 있는 졸본성으로 보냈다. 황룡국의 사신은 황룡왕이 보내는 활을 가지고 졸본성에 도착하여 해명태자를 알현하기를 청했다.

"황룡국에서 왕의 전갈을 가지고 온 사신입니다. 해명태자를 알현하고자 하니 뵙게 하여 주십시오."

졸본성의 수문장은 황룡국의 사신이란 것을 확인하고 사신을 성 밖에 세운 채 해명태자에게 달려와 보고를 한다.

"태자마마, 황룡국에서 사신이 도착하여 태자마마를 뵙고자 합니다."

마침 해명태자는 부영걸 장군과 백유, 설로와 자주 침범을 하는 한나라와 동부여의 침략에 대비하기 위한 의논을 하고 있는 중이었다.

"그래, 들여보내도록 하라."

잠시 후 황룡국 사신이 들어와 해명태자에게 예를 올린 후 말했다.

"저의 황룡국 국왕께서 태자님에게 선물을 보내셨습니다."

"황룡국 왕께서 무슨 선물을 보냈다는 것이냐?"

"풀어 보시면 아시게 될 것입니다."

해명태자는 황룡국 왕이라는 말에 문득 아란비를 떠올려 본다. 몇 년 전인가 늦은 가을 날 밤, 동부여의 자객들에게 기습을 당했을 때 겁도 없이 자객들에게 활을 쏘아 자신을 살리고 동부여 자객들에게 부상을 당했던 자신을 치료해 주고 작은 동굴에서 하룻밤의 정분을 나눴던 황룡국의 공주인 동시에 아름다운 여인이었다. 그날 밤 해명태자에게 있어 아란비와 동굴 속에서 가졌던 하룻밤의 정사는 영원히 잊지 못 할 사건인 동시에 그에게는 첫 여인이었고 첫 경험이었다. 해명태자는 유리왕이 국내성으로 천도한 후 자주 침범하는 적들과의 전투 속에서도 몸과 마음은 고달팠지만 아란비는 그때마다 위로가 되어 주었던 사람이었다. 비록 동굴 속에서의 정사였지만 달빛에 비추이던 몸매는 황홀하게 아름다웠다. 한창 물오른 젊은 해명태자로서는 가끔 아름다운 아란비의 모습을 그려보곤 했다. 그렇게 그리운 아란비의 나라인 황룡국에서 자신에게 선물을 보내온 것이다. 황룡국 왕이 보내온 선물은 정성스럽게도 단단하고 아름답게 싼 상자에 넣어서 보내왔다.

"설로야, 무엇이 들었는지 네가 열어보아라."

"예, 태자님."

설로가 상자의 뚜껑을 열자 정성스럽게 만든 활이 나왔다. 그것을 설로가 해명태자에게 전하려고 할 때 해명이 설로에게 활을 당겨보라고 한다.

"설로야, 네가 그 활을 당겨 보아라. 얼마나 강한 활인지."

설로가 해명의 말을 듣고 활을 당겨본다. 그러나 활은 강해서 당겨지질 않는다. 설로가 있는 힘을 다해 당겨 보지만 도저히 당길 수가 없는 것이었다. 그러자 문득 해명태자가 왜 황룡국 왕이 이런 강한 활을 보내온 것일까 생각했다.

"이 활은 평범한 활이 아니로구나. 분명히 황룡왕이 나를 시험하기 위하여 강한 활을 만들어 보내온 것이다."

하고는 설로에게 활을 건네받아 사신이 보는 앞에서 별로 힘을 쓰지도 않고 활의 시위를 당겨 본다. 그러나 해명태자는 별로 힘을 쓴 것 같지도 않은데 활이 우직끈 하고 부러져 버린다. 부영걸 장군이나 설로와 백유는 해명태자의 괴력을 전부터 늘 보아왔기에 아무런 사건도 아니었지만 황룡국 사신으로서는 일대 사건이 아닐 수 없었다. 사신은 정신이 혼비백산 할 수밖에 없었다.

"너의 나라 왕께 전하라. 나를 시험하려거든 이 활보다 더 강한 활을 만들어 보내라고 하라."

사실 조금 전까지는 아란비의 아버지인 황룡왕이 보낸 선물이라 하여 마음에서는 호의적인 마음이 들었다. 그런데 지난번 한나라와의 전쟁을 치루고 동부여와의 전쟁을 하느라 편하게 잠도 제대로 자지 못하여 신경이 예민해져 있었던 참이었다.

또 해명태자가 황룡국 사신 앞에서 자신의 힘을 보여준 것은 고구려를 만만하게 보지 말라는 경고도 물론 있었지만 앞으로 자신이 고구려의 왕이 되면 옛날 중화족에게 잃어버린 옛 땅을 힘으로 다시 찾을 것이란 다물(多勿)정신을 보여주기 위한 것이기도 했다.

사신이 돌아오자 졸본성에서 있었던 일들을 보고 받으며 황룡왕은 해명태자가 취한 행동에 대하여 어떻게 받아들여야 할

지를 몰라 머리가 혼란스럽다. 황룡왕은 아란비와의 관계를 생각해 해명태자가 강한 활을 쓴다하여 호의적인 마음으로 정성스럽게 활을 만들어 해명태자에게 선물로 보냈던 것이다. 그런데 해명태자의 오해로 자신의 호의가 무색하게 되니 황당한 마음만 들 수밖에 없었다. 그 소문은 바람을 타고 여러 나라로 퍼져 나갔다. 물론 국내성의 유리왕도 그 소문을 듣고 대노하고 있었다. 어떻게 보면 그 작은 사건이 해명태자와 고구려의 운명을 바꾸어 놓을 줄은 아무도 몰랐다.

"이런 괘씸한 놈. 이놈이 전쟁을 못해서 발광이 났구나. 이놈이 하는 행동이 무엇이냐 하면 저의 할아버지가 내걸었던 다물(多勿)정책에 미쳐버린 까닭이다. 다물(多勿)정책이 어디 하고 싶다고 마음대로 되는 것이더냐? 다 나라가 부강하고 힘이 있어야 되는 일이 아니더냐."

그러자 옆에 있던 국상인 아란불이 맞불을 놓는다.

"폐하, 태자님이 전쟁에서 승승장구하니 자신이 왕이나 된 것처럼 의기양양해 좀 교만해 졌나 봅니다. 이번 기회에 태자님의 콧대를 꺾어 놓으심도 괜찮을 듯 싶습니다."

유리왕을 지지하는 아란불과 그의 측근들은 강경한 발언을 서슴지 않았다. 그들이 강경한 발언을 서슴지 않는데에는 그들은 이미 유리왕의 마음을 읽고 있었기 때문이었다. 그들이 유리왕의 가까운 측근으로써 볼 때 유리왕은 이미 해명태자 에게서 마음이 떠나 있다는 것을 알고 있었다.

"폐하, 해명태자님은 고구려가 국내(國內)로 천도한 이 후 동부여와 한나라의 소규모 전투에서 승리를 했다고 기고만장해 있는 것 같습니다. 그곳의 졸본 백성들이 잘한다고 하니 자신이 고구려의 왕이나 된 듯 우쭐한 것이 아닌지 모르겠습니다."

그렇게 다른 대신이 해명태자를 음해하는 말을 하자 유리왕은 침통한 표정으로 앉아 있었다.

"음."

유리왕은 여러 신하들이 하는 말을 들으며 침묵을 지키고 있지만 속으로는 부글부글 끓어오른다. 그러나 머릿속은 빠르게 회전이 되고 있었다.

"이놈이 졸본에서 백성들이 전쟁에 승리했다고 치켜세우니 우쭐한 마음에 주변의 작은 나라들은 안중에도 없는가 보구나. 그렇게 작은 나라라고 우습게보다가는 큰 코 다친다는 것을 왜 모르는가? 내 이놈을 아예 죽여서 후환을 없애는 것이 고구려를 위해서 좋을 것이다."

기실 유리왕은 해명태자가 전 수도였던 졸본의 백성들이지만 그 백성들에게 지지를 받는 것에 대하여 심히 기분이 언짢았다. 아직 자신의 기운이 남아있어 자신의 영역을 넘보는 것을 허용하지 않겠다는 강한 권력욕을 가지고 있었던 것이다. 그런 유리왕의 심중을 파악하고 있는 것이 국상인 아란불이었다. 유리왕의 마음속엔 해명을 제거하고 왕자들 중 자신이 가장 사랑하는 치희의 아들인 여진 왕자를 태자에 앉히고 싶은 마음을 은연 중 비친 적이 있었다. 어느 땐가 여진 왕자와 이야기를 하고 있을 때였다. 그때 국상인 아란불이 유리왕을 알현하러 들어가고 있을 때 유리왕이 여진 왕자를 향하여 말을 하고 있었다.

"여진아, 네가 태자라면 얼마나 좋겠느냐. 그러면 네가 나를 이어 이 나라의 왕위를 이어 받을 텐데 말이다.”

그러자 여진 왕자가 말했다.

“아바마마 그런 말씀 하지 마옵소서. 아바마마 다음은 태자이신 해명 형님이 보위에 오르셔야 하옵니다.”

“음.”

아란불은 그들 부자가 잠깐 나눈 말을 듣고 모른 척 하고 있었지만 유리왕의 의중에는 다음 왕의 자리는 여진에게 물려주고 싶은 마음이 강하게 자리하고 있다는 것을 알 수 있었다. 사실 아란불로서는 어떠한 일이 있어도 해명태자를 태자위에서 내리고 자신의 영달을 위해서는 여진 왕자와 같은 사람이 왕이 되었으면 하는 바람이 강했다. 해명태자의 성격으로서는 자신과 같은 사람은 안중에도 없는 사람이었다. 그런 해명태자가 보위를 이어 받았을 때는 앞날이 빤하게 보이고 있는 것이었다. 그는 어떠한 일이 있어도 해명태자와 유리왕의 사이를 갈라놓아야만 자신의 앞날이 있을 것이란 생각이었다. 그래서 그는 황룡국 사건을 빌미로 해명을 제거하기로 한 것이다.

“폐하, 해명태자는 아직 철이 나지 않은 듯합니다. 여기 저기 적들이 작은 일만 있어도 핑계를 삼아 침략하려고 하는 이때에 그런 철없는 짓을 황룡국 왕에게 하였으니 황룡국 왕이 얼마나 난처해 하겠습니까? 이 기회에 황룡왕에게 서한을 보내어 해명태자를 초청해 죽이게 하시는 것이 어떠한지요?”

유리왕의 최 측근인 국상 아란불은 이미 유리왕이 해명태자를 언제든 제거할 수 있다는 것을 파악하고 있었기에 감히 유리왕에게 말할 수 있었던 것이다.

“해명을 황룡국 왕에게 죽이라고?”

아란불의 말에 유리왕은 한참을 생각했다. 유리왕으로서는 자신의 손으로 자식의 피를 묻히지 않고 해명을 죽일 수 있는 방법은 그 방법이 좋을 것 같다는 판단을 하기에 이르렀다.

"국상의 의견이 꽤 괜찮은 것 같소. 여러 나라에서도 해명이 황룡국 왕의 초청으로 황룡국에 갔다가 피살을 당했다고 알 것이고..."

유리왕은 국상인 아란불의 말을 듣고 그대로 실천에 옮기는 것도 괜찮은 방법이라고 생각했다. 유리왕은 즉시 편지를 써서 황룡국으로 보냈다. 고구려의 사신이 왔다는 말을 듣고 황룡국 왕은 사신을 예로써 접견했다. 황룡국 왕은 고구려의 왕에게 서한을 받을 일이 별로 없다는 생각이었지만 이웃의 왕이 보낸 것이니 일단 받기로 했던 것이다. 고구려의 유리왕이 보낸 서한을 읽으며 황룡국 왕은 얼굴빛이 하얗게 변해가고 있었고 손을 부들부들 떨리고 있었다. 고구려 유리왕의 서신은 이러했다.

황룡국 국왕 전

황룡국 대왕께 삼가 서신을 띄웁니다. 다름이 아니오라 지난번 대왕께서 고구려국 해명태자에게 선의의 마음으로 강한 활을 선물했으나 도리어 망신을 당한 것을 본인이 알고 해명의 잘못을 고구려의 국왕인 이 아비가 대신하여 사죄를 드리는바 부디 고구려를 너그러우신 아량으로 용서하여 주시고 그 무례하고 괘씸한 해명을 대왕께서 초청하여 죽여주시기 바랍니다. 그리하면 대왕의 분도 다소나마 풀리리라 사료 되옵니다.

고구려 국왕 유리

유리왕의 서한을 받고 읽은 황룡왕은 읽은 서한을 접으며 말했다.

"고구려 왕의 서한은 잘 읽었다고 하시오. 왕의 뜻대로 할지는 생각해 보겠다고 전하시오."

그렇게 말하고 사신을 보낸 황룡왕은 깊은 시름에 잠길 수밖에 없었다. 그동안 아란비와의 관계를 생각해 만약 해명태자와 아란비가 혼인을 한다면 국가 간의 혼인이기에 앞으로 자신이 통치하는 동안에는 고구려와는 친밀하게 지낼 수 있다는 생각을 하고 있었다. 그런데 뜻하지 않은 서한을 받게 되고 보니 해명태자의 왕위 승계가 난망하다는 것을 알게 된 것이다.

"그러면 우리 아란비는 어떻게 되는 것인가?"

황룡왕은 고민에 빠지지 않을 수 없었다. 그러나 일단 해명태자는 초청을 하기로 했다. 과연 해명이 어떤 인물인가를 확인해 보고 싶었기 때문이었다. 그는 고구려의 유리왕이 보낸 서한의 뜻대로 일단 해명을 초청하는 형식으로 사신을 보내 자신의 뜻을 전달하였다.

황룡국 왕의 초청하는 뜻을 전달 받은 해명은 부영길 장군과 또 측근인 백유와 설로를 불러 의논을 하였다.

"장군님, 오늘 황룡국 왕이 황룡국에 한 번 와 달라고 초청장을 보내왔습니다. 제 마음은 이미 가기로 결정이 된 상태입니다. 그러나 이렇게 여러분과 상의를 하는 것은 황룡국의 왕이 왜 나를 이 시점에 초청을 했느냐 하는 것입니다. 지난번 사신을 통해 활을 보내 왔을 때 활을 꺾어 자존심을 상하게 해 보복하려고 초대를 한 것은 아닌지 여러 생각이 들기도 합니다."

"태자님, 가시지 않는 것이 좋을 듯합니다."

부영걸 장군의 말이었다.

"왜지요?"

"황룡국 왕이 그런 생각을 가지고 초청을 한 것이라면 위험이 도사리고 있는 것만은 분명합니다. 그런 위험한 모험은 하실 필요가 없습니다."

부영걸 장군의 말이 끝나자 해명태자가 크게 웃으며 말했다.

"하하하하, 걱정하지 마십시오. 하늘이 나를 죽이지 않는데, 어찌 황룡국 왕 따위가 나를 죽이겠습니까?"

해명태자는 그렇게 말하고 있지만 나름 믿는 구석이 없잖아 있었다. 아란비가 황룡국왕에게 자신과의 관계를 이미 말했을 것이란 생각이었다. 또 해명태자로서는 말로만 듣던 황룡국 왕도 직접 만나보고 싶기도 했다. 어쩌면 장인이 될 황룡국 왕을 보고 인간됨을 알고 싶은 마음도 있었기 때문이었다.

"그러면 저희들도 함께 가겠습니다."

백유와 설로가 함께 가겠다고 자원을 하는 것이었다. 해명태자는 부영걸 장군은 자신이 졸본을 비울 경우 자신을 대신할 사람으로 부영걸 장군을 지목했기에 부영걸 장군은 남겨두고 백유와 설로를 데리고 함께 가기로 하였다.

"그렇지 않아도 백유와 설로는 나와 함께 행동을 해야 할 것이다."

백유와 설로는 해명태자의 말에 신이 났는지 싱글벙글 하고 있었다. 그렇게 회의를 마친 해명태자는 백유와 설로만을 대동하고 군사들도 없이 황룡국을 향하여 말을 몰았다.

황룡국에서는 고구려의 해명태자가 온다는 소문이 파다하게 퍼졌다. 그 말을 아란비도 들었다. 그녀는 해명태자라는 말에 벌써 가슴이 뛰기 시작했다.

"태자님이 무슨 일로 우리 황룡국엘 오실까?"

황룡왕은 아직 아란비에게는 해명태자가 온다는 사실을 말하지 않았다. 좋은 일로 오는 것이라면 벌써 말을 해주었을 것이지만 유리왕이 자신의 자식을 죽여 달라고 요청한 사실을 말하기가 아버지로써 도저히 할 수가 없었다. 그러나 황룡국 왕으로 써는 해명을 초청은 하지만 죽일 마음은 애초부터 없었다. 다만 아란비와의 관계가 있기에 해명태자의 인물됨을 직접 보고 싶었기 때문이었다. 그는 초조한 마음으로 해명태자를 기다리고 있었다. 아직 21세의 어린태자지만 지난번 사신을 통해 강한 활을 보냈을 때 힘도 들이지 않고 단번에 활시위를 당겨 꺾어 버렸다는데, 놀라지 않을 수가 없었다. 그 이 후 황룡왕은 정말 해명태자를 보고 인물됨을 보고 싶었던 것이다. 잠시 후 해명태자가 도착이 되었다는 전갈이 왔다. 한 나라의 국왕이라면 당연히 황룡국 왕이 나가 영접을 해야겠지만 해명태사는 국왕이 아니고 태자였기에 황룡국 국상이 나가 해명태자를 영접했다. 얼마 후 해명태자가 국상의 안내를 받으며 황룡국 궁궐로 들어섰다. 훤칠한 키에 딱 벌어진 어깨, 오뚝한 콧날, 넓은 이마 사내로써는 준수한 외모까지 어디에 내놓아도 당당한 장부였다.

"우리 아란비가 반할만도 하구나. 허허허."

속으로 황룡왕은 흡족한 표정으로 해명태자를 바라보았다.

"고구려의 태자 해명이 황룡국 왕을 뵈옵니다."

"어서 오시오. 해명태자, 반갑습니다."

해명태자도 황룡국 왕을 보면서 인자한 모습이 자신의 아버지인 유리왕과는 다른 인품을 가졌다는 생각에 호감이 간다. 유리왕은 황룡국 왕과는 판이하게 다른 위인이었다. 그는 소견이 좁았으며 누구에게든 자신의 것은 빼앗기는 것을 용납하지 못하는 인물이었다. 그것은 가까이에서 보았던 해명태자의 판단이었다. 그가 도절을 죽게 한 것도 자신의 것을 지키기 위한 유리왕의 성격에 기인한 것이었다. 그는 어려서부터 홀어머니의 품에서 자랐다. 주위 사람들에게도 아비 없는 자식이라고 늘 손가락질을 받고 살았다. 그래서 그는 다른 아이들처럼 쾌활한 성격이 되지 못하고 자신의 생각을 숨기며 사는 아이로 성장했던 것이다. 그러다 보니 성격도 소극적이적이고 자신의 것은 빼앗기지 않으려 했고 피해망상증과 같은 증세를 가지고 있었던 것이다. 소극적인 사람이 자기 것을 강하게 지키려는 성향을 가지고 있듯이 유리왕 또한 그랬다. 그러기에 주몽이 죽자 고구려 왕위를 계승할 때도 비류와 온조를 밀어내고 고구려의 왕통을 이은 것은 그러한 성격이 강하게 작용 했을 것이라고 보아야 할 것이다. 해명태자가 이런 저런 생각에 잠겨 있을 때 황룡왕이 말했다.

"먼 길을 오느라 수고가 많았소이다,"

"아닙니다. 와보니 그리 먼 길은 아니더이다."

"하하하, 역시 젊음이 좋긴 좋은 것 같습니다. 그리고 소문대로 해명태자가 과연 대단한 분인 것 같습니다."

"무슨 과찬의 말씀이신지요? 소장이 폐하께 사과할 부분이 있는데, 지난번 활을 선물로 주신 것을 무례하게 당기다 부러뜨려 민망할 다름입니다."

"하하하, 솔직함이 마음에 듭니다. 외모도 장부다운데 마음까지도 사내답습니다. 유리왕이 부럽습니다."

그 말은 황룡왕이 진정으로 유리왕을 부러워하는 마음이었다. 그동안 들었던 소문이 허언이 아니었다는 것을 황룡왕은 해명을 보면서 느끼고 있었다. 외모에서 풍겨 나오는 비범함과 겸손함에서 그가 어떤 인물이라는 것을 바로 알아볼 수 있었다.

"그런데 왜 유리왕은 이렇게 비범하고 똑똑한 태자를 나에게 죽여 달라고 한 것일까?"

황룡왕은 유리왕이 자신에게 해명태자를 죽여 달라고 한 것에 대하여 의문이 들기 시작했다. 그는 아무리 생각에 생각을 더 해도 해명태자는 죽이기 아까운 인물이었다. 그는 유리왕이 죽여 달라는 어떠한 이유가 있을 것이라는 생각을 하고 만약 황룡국에도 해가 되는 인물이라면 아란비와 어떠한 관계가 있든 간에 죽일 수도 있다는 생각을 했다. 그래서 곳곳에 이중 삼중으로 자객을 배치해 놓고 있었다. 그러나 해명태자의 기상을 보며 황룡왕은 그 생각을 바꾸고 말았던 것이다. 황룡왕은 해명태자와 대화를 나누며 그에게 흠뻑 빠져 들어가고 있는 자신을 발견하고 있었다. 황룡왕이 넌지시 해명태자에게 물었다.

"태자께서는 아버님인 유리왕의 뒤를 이어 고구려의 왕이 된다면 어떤 통치를 할 생각이십니까?"

'흠, 하고 얕은 기침을 한 해명태자는 잠시 깊은 생각을 하고 있는 것 같았다. 그러더니 정색을 하고 말했다.

"외람된 말씀이오나 이해하시고 제 말을 들어 주시기 바랍니다. 제가 고구려의 왕위에 오르면 고구려와 근접해 있는 옛 조선국들과 연합해 중화족(中華族)을 우리의 옛 땅에서 몰아내겠습니다. 그리하여 새로운 옛 조선을 되찾아 그 옛 땅에서 우리 한민족(韓民族)이 연합해 다시는 중화족(中華族)이 옛 조선(朝鮮)땅을 감히 탐하지 못하도록 할 것입니다."

황룡왕은 해명태자의 포부가 대단하다는 것을 알았다. 그리고 함께 연합해 중화족(中華族)을 치겠다는 것은 근방의 작은 나라들은 건드리지 않겠다는 약속과 같은 것이라는 것을 느낄 수 있었다. 아직은 젖비린내 나는 풋내기 같지만 그의 포부는 대단한 것이었다. 자신은 과연 저 나이에 그런 생각을 꿈에도 해본 적이 없었다. 그저 물려받은 왕위를 현상유지나 하면 잘 하는 것이라고 생각했던 것 외에는 아무 것도 없었다. 그리고 부왕으로부터 왕위를 계승해 아무 과오없이 나라를 다스리고 있지만 해명태자와 같이 중화족(中華族)의 강국 한나라를 무릎 꿇리겠다는 생각은 꿈도 꿔본 적이 없었다. 그런데 21세의 젊은이가 그런 대단한 포부를 가지고 있다는 데에는 놀라움을 금치 못하고 있었다. 그러면서 아란비가 사람을 보는 눈이 보통은 아니라고 생각했다. 황룡왕으로서는 아란비가 해명태자의 여자가 되는 것에 대하여 반대할 이유가 하나도 없었다. 고구려의 왕업을 계승할 왕재(王才)로서 명석한 두뇌, 사내로써 가져야할 야망과 덕망, 준수한 외모, 건장한 신체 무엇 하나 나무랄 데가 없는 해명태자였다. 차라리 아란비가 못하면 못했지 해명태자를 능가한다고 볼 수 없었다. 황룡왕은 해명태자를 보면 볼수록 마음이 흐뭇했다.

“저런 잘난 녀석이 내 사위가 된다면 이 황룡국이라도 물려주고 싶다.”

사실 황룡왕의 마음은 그랬다. 해명태자가 원한다면 황룡국을 해명태자에게 물려 주고 싶은 마음이었다. 그러면서도 황룡국 왕의 마음에는 의문점이 많았다. 왜? 라는 의문부호가 수도 없이 떠올랐다.

“왜 저렇게 잘난 아들을 아버지는 죽이지 못해 안달이 나서 남의 손을 빌려서까지 죽이려고 하는 걸까?”

황룡국 왕은 많은 생각을 했지만 그 의문을 풀 수 있는 것은 유리왕의 솔직한 마음을 알기 전에는 대답할 길이 없었다. 그러나 나름 마음을 정리할 수 있는 근거는 있었다. 그것은 먼저 번 태자인 도절의 죽음에서 해답을 찾을 수 있는 것이었다. 어떻게 보면 유리왕은 잔인한 사람인지도 모른다는 생각이었다. 첫 번째 태자인 도절을 죽게 만들고 또 두 번째 태자인 해명태자 마저 죽이려 한다는 것은 어떠한 사유가 있던지 잔인한 성격의 사람이라고 밖에는 판단할 근거가 없었다. 황룡 왕으로서는 남의 나라의 일이라 내막 적으로는 자세히 모른다. 그러나 모든 것을 떠나서 죽을죄가 아니라면 자신이 낳은 자식을 둘씩이나 죽게 한다는 것은 자신으로서서는 이해가 가지 않는 일이었다. 더 이해가 가지 않는 것은 유리왕이 졸본성을 버리고 국내성으로 도읍을 옮긴 후 해명태자는 쳐들어온 한나라 군과 동부여 군을 맞아 매번 싸워 단 한 번도 패한 적이 없이 승리를 거두었지만 결과는 죽음이란 것이었다. 황룡왕은 해명태자에게 완전히 매료가 되어 어린 사람이지만 존경스럽기 까지 하다. 그렇게 해명태자를 보고 좋은 마음이었던 황룡국 왕은 해명태자와 단 둘이 단독으로 말을 하고 싶었다.

"태자께서는 나와 단둘이 독대할 마음은 없는지요?"

"네, 그렇게 하지요."

"그러면 자리를 옮기기로 합시다."

황룡왕은 해명태자를 밀실로 안내했다. 밀실로 안내 받을 때 백유와 설로가 따라 오려 했다. 그러자 황룡국 병사들이 그들을 제지했다. 곳 무슨 일이 일어날 것 같은 분위기였다. 그 모습을 본 황룡왕이 말했다.

"걱정들 마시오. 아무 일 없을 것이오. 그것은 황룡국 왕으로서 내가 책임질거요."

그래도 백유와 설로가 날카로운 눈을 번뜩이며 듣지 않자 해명태자가 말했다.

"걱정들 말아라. 나에게 무슨 일이 일어날 것이었으면 벌써 났을 것이다. 그러나 지금 것 아무 일도 없지 않느냐."

그러자 황룡왕이 말했다.

"나를 믿으시오. 무엇을 의심한단 말이오."

그때서야 백유와 설로가 뒤로 물러선다. 황룡국 왕이 앞을 서고 해명태자가 뒤를 따른다. 황룡국 궁궐을 한참 가던 황룡국 왕이 멈췄다. 그곳은 훌륭하게 지어진 집이었는데 황룡국 왕이 도착하자 문이 스르르 열렸다. 황룡국 왕은 해명태자를 그 집으로 안내했다. 실내는 깨끗했고 아름다운 향이 나는 방이었다. 방으로 들어가니 황룡국 왕이 해명 태자를 앉으라며 탁자 밑의 의자를 권했다. 해명태자가 의자에 앉자 황룡국 왕이 빙그레 웃으며 말했다.

“해명태자, 대단한 담력이요.”

“무슨 뜻입니까?”

“난 오늘 해명태자에게 솔직한 말을 해야겠오.”

“무슨 말씀인지요.”

“태자는 우리 아란비 공주를 잘 알지요?”

“폐하, 아란비 공주님이요? 알고말고요. 아주 잘 압니다.”

“그러면 우리 아란비가 태자님의 딸을 낳은 것도 아십니까?”

“예?”

해명태자는 황룡국 왕의 말에 깜짝 놀랐다.

“폐하, 무슨 말씀이신지요?”

“지난번 해명태자가 동부여의 자객들에게 위기에 처해있을 때 태자의 상처를 치료 하느라고 아란비 공주가 궐에 들어오지 못한 날이 있었지요. 그날 태자와 공주가 하룻밤을 함께 지낸 것으로 알고 있소. 그날 밤 맺어진 인연으로 아란비가 딸을 낳은 것이오.”

해명태자는 뒤통수를 몽둥이로 크게 맞은 것 같은 기분이었다. 자신은 지금 것 쳐들어오는 적들과의 싸움 때문에 정신이 없는 속에서도 기끔은 아란비를 생각했던 적이 많았나. 해명태자가 이곳에 올 때도 황룡국에 오면 아란비 공주를 만날 것이란 막연한 생각만 했었다. 그런데 황룡국 왕을 통해 아란비 공주의 소식을 알게 되었고 자신의 딸까지 낳았다는 소식도 알게 된 것이나. 해명태자가 황룡국 왕의 말을 듣고 놀라고 있을 때 문이 열리며 아름다운 여인이 들어오고 있었다. 해명태자가 고개를 들고 바라보니 그가 꿈에도 잊지 못했던 아란비공주였다.

"아란비 공주."

"태자님, 너무 보고 싶었어요."

그때 유모가 어린 해명태자의 딸을 데리고 들어 왔다.

"태자님, 태자님의 딸이에요."

해명태자가 자신의 딸을 보니 아란비 공주를 닮은 모습이 너무도 앙증맞게 예쁘다.

"꼭 공주를 닮아 너무도 예쁘군요."

그 말을 듣고 황룡국 왕이 말했다.

"허허허, 내가 보기에는 아란비 공주만 닮은 것이 아니고 아비인 해명태자도 많이 닮았습니다."

"네, 제가 보기에도 저를 닮았다고 생각했습니다."

"하하하,"

"하하하."

황룡국 왕도 해명태자도 함께 호쾌하게 웃는다. 웃음소리에 무거웠던 분위기는 간 데 없고 방안은 웃음소리로 가득 찼다. 그날 밤 황룡왕은 해명태자와 아란비가 함께 할 수 있도록 배려를 했다. 또 해명태자에게 유리왕이 보내온 서신에 대해선 한마디도 말하지 않았다. 그 말을 하면 해명태자와 아란비 공주의 만남이 기쁨에서 슬픔으로 변할 것 같아서였다. 황룡국 왕은 해명태자가 떠날 때 말할 예정이었다. 그날 밤, 황룡국 왕은 해명태자와 아란비 공주가 함께 회포를 풀 수 있도록 배려해 주었다. 오랜만에 함께 밤을 보내게 된 해명태자와 아란비 공주는 꿈같은 밤을 보내게 된 것이다. 해명태자가 이곳으로 출발하기 전까지는 이런 일이 일어날 줄은 알지 못했던 것이다. 황룡국 왕과 측근들이 물러가고 해명태자와 아란비 공주, 단 둘이 남았다. 이미 방에는 원앙금침이 있는 것은 말할 나위도 없었다.

"아란비 공주 이것이 꿈이오?"

"태자님, 꿈이 아닙니다. 여기 아란비가 있잖아요."

"지금 내가 꿈을 꾸고 있는 것 같소."

"태자님, 행복해요."

"나도 그동안 전쟁 때문에 눈코 뜰 새 없었다오. 죽이지 않으면 죽어야 하니 어찌 적을 죽이지 않을 수 있었겠소. 그렇게 피가 튀는 살육이 이루어지는 현장에서도 난 아란비 당신만은 잊어본 적이 한 번도 없었다오."

"태자님."

"아란비 공주."

두 사람은 오랜만에 서로의 살 냄새를 느끼며 심장 뛰는 소리를 들을 수 있었다. 해명태자와 아란비 공주가 이런 원앙금침에서 함께 자는 것은 처음이었다.

"공주, 사랑해요."

해명태자가 뜨거운 입맞춤을 하고 아란비를 원앙금침으로 안아다 눕힌다. 그런 다음 불을 끄고 아란비 공주의 옷을 하나하니 벗긴다. 아란비 공주의 백옥 같은 속살이 드러난다. 해명태자는 봉긋이 올라온 아란비의 유두를 애무하기 시작했다. 아란비 공주가 해명태자의 손길에 반응한다.

"아, 태자님, 사랑해요."

"아란비, 아란비, 사랑해요."

해명태자의 손길이 부지런히 아란비 공주의 백옥 같은 몸을 애무한다. 그렇게 해명태자와 아란비 공주의 뜨거웠던 순간이 지나고 두 사람은 알몸으로 서로를 안고 있었다.

"태자님, 사랑해요."

"나도 아란비 당신을 사랑해요."

그렇게 해명태자가 다시 한 번 아란비 공주를 으스러져라 힘껏 안으며 말한다.

"아~ 아란비."

"태자님. 태자님."

둘은 알몸으로 꼭 안은 채 돌이 된 듯 잠이 들었다. 얼마의 시간이 흐른 후 잠에서 깬 해명이 아란비를 보니 벌써 깨어 해명을 바라보고 있었다.

"잠을 자지 않고 뭘해요?"

"태자님을 보고 있었어요. 자고 있는 모습이 너무 평화로워 보여서요."

"그런데 아까부터 궁금한 것이 있었어요. 우리 아기 이름을 묻고 싶었거든요."

"아직 이름을 짓질 못했어요. 태자님을 만나면 지어달라고 하려 했거든요."

"그랬군요."

"예쁜 이름으로 지어 주세요."

"그러면 내 이름의 첫 자인 해와 공주의 이름 중 가운데 자 '란'을 따서 해란이라고 하는 것이 어떻겠소?"

"어머, 참 좋아요. '해란' 멋진 이름이에요."

"하하하, 공주가 좋다고 하니 나 또한 기분이 좋군요."

"호호호, 우리 아기가 해란 공주가 되는 거군요."

그렇게 해명태자와 아란비 공주는 딸 이름을 짓고 즐거운 시간을 보내고 있지만 그 둘만의 행복했던 사랑이 그것으로 영원히 끝일 줄은 그들은 까맣게 몰랐다. 다음날 하루 밤을 아란비 공주와 보낸 해명태자는 함께 온 백유, 설로와 떠날 채비를 하고 있었다. 앞에 서 있는 아란비 공주의 눈에선 헤어짐이 아쉬운지 눈물이 글썽이고 있었고 아무것도 모르는 해명과 아란비의 딸 해란은 아란비의 품에 안겨 방긋방긋 웃고 있다. 아란비의 품에 있는 해란을 해명이 받아 안아본다. 해란에게서 엄마의 젖 냄새가 해명태자에게 전해온다. 해명태자가 해란을 안고 나오니 백유와 설로가 해명태자의 말을 끌고 와서 기다리고 있다.

"태자님, 이제 떠날 시간입니다."

"음, 그래야지. 떠나자구나. 폐하, 잘 지내고 갑니다. 편히 계시옵소서."

해명태자가 황룡왕에게 인사를 올리고 떠나려 하자 황룡왕이 해명태자를 잠시 보기를 원했다.

"잠깐, 태자께서는 잠시 나를 보고 갔으면 좋겠소."

"예. 그렇게 하겠습니다."

밀실로 안내된 해명태자에게 황룡왕이 유리왕이 보내온 서한을 내놓는다.

"태자가 보면 놀랄 것이요."

해명태자는 유리왕이 보내온 서한을 보며 놀라지 않을 수 없었다.

"아버님이 나를 죽이라고 하셨습니까?"

"그렇다네."

해명태자는 슬펐다. 자신이 아무리 고구려를 위해서 싸워봤자 죽음뿐이라는 것을 알고는 슬픔이 북받쳐 올라온다. 도절이 죽을 때 유리왕에게 썼던 편지가 떠올랐다.

"아버님은 어찌 그리 잔인하신가? 고구려의 태자는 아버님보다 더 나으면 안 되는 것을, 내가 잘해서 명을 재촉하였구나."

해명태자가 우는 모습을 보니 황룡왕이 보기에 측은해 보인다. 그는 무슨 말로 해명태자를 위로해야 할지를 몰랐다.

"태자, 너무 걱정하지 말아요. 고구려에서 살기 힘들면 우리 황룡국에서 살아도 됩니다. 해명태자가 좋다면 말입니다. 그러면 언제든 두 손을 들고 환영할 것이요."

그러나 해명태자에게는 황룡왕의 제안은 받아드릴 수 없는 제안이었다. 황룡왕의 제안을 받아들이는 순간 그것은 조국을 배반하는 동시에 역적이란 누명을 쓰게 되는 것이기 때문이다.

"말씀은 잘 들었습니다. 하오나 고구려의 태자로서는 받아드릴 수 없는 제안이라 없던 걸로 하여 주십시오."

"해명태자의 마음이 그렇다면 어쩔 수 없는 노릇이오. 그러나 한 가지만 묻고 싶소.

왜 유리왕이 아들인 해명태자를 황룡국을 통해 죽이라 했을까요?"

잠시 고민을 하는 듯하던 해명태자가 결심을 한 듯 말했다.

"사실 국내성으로의 천도 문제로 아버님과 의견이 달랐습니다. 전 천도를 반대했고 아버님은 강력하게 천도를 원했습니다. 전 저 나름대로 이유가 있었습니다. 돌아 가신지 오래 되었지만 동명성제인 할아버지의 뜻을 받들고 싶었기 때문입니다. 할아버지께서는 아까 대왕님께 드린 말씀이지만 그 말은 할아버지의 뜻이었습니다. 그분은 눈을 감으시기까지 아버님의 손을 꼭 잡으시며 부탁을 했다고 합니다. 꼭 다물(多勿)정신을 버리지 말라고 말입니다. 전 이 말을 외할아버지인 송양 어른께서 들려 주셔서 알게 되었습니다. 그래서 전 아버님의 뒤를 이어 고구려의 왕이 되면 할아버지의 뜻을 받들어 중화족(中華族)의 무리를 우리 조선의 옛 땅에서 몰아내고 조선족(朝鮮族)만의 강한 나라를 만들어 외세(外勢)가 틈타지 못하는 나라를 세우는 것이 필생의 꿈으로 정하고 살아왔습니다. 지난번 도절 형님도 저의 손을 꼭 잡으며 부탁을 하고 돌아 가셨습니다. 제가 어찌 그분들의 꿈을 저버리겠습니까?"

황룡왕은 해명태자의 이야기를 들으며 감동도 받았지만 젊은이의 꿈이 너무도 원대하여 자신도 모르는 사이에 해명태자의 손을 꼭 잡으며 말했다.

"태자, 나도 떨어져 있지만 태자를 도울 것이오. 힘을 내시고 그 큰 뜻을 꼭 펼치길 바라오."

황룡국 왕으로서는 해명태자에게 더 이상 해줄 일이 없었다. 그저 말로서만이 위로 할 뿐이었다. 그러면서 속으로 생각했다. 이것이 정치구나. 아버지와 아들사이의 부자지간이라도 정치적인 노선이 틀리면 가차 없이 죽여 버리는 세 비정한 정치의 논리라는 것을 유리왕과 해명태자를 보며 깨닫고 있었다.

"이제 하실 말씀이 없으시지요. 그러면 저는 이만 가보겠습니다. 해명태자는 그렇게 황룡국 왕과 작별을 고하고 졸본을 향하여 출발했다. 졸본으로 향하면서도 해명태자의 마음은 복잡하게 얽혀 있었다.

"아버지는 나를 어찌하여 황룡국 왕에게 죽여 달라고 한 것인가? 차라리 자신이 직접 죽이면 더 깨끗할 텐데, 자신의 손에 피를 묻히지 않고 죽이고 싶었던 것일까?"

여러 가지 의문이 들 수밖에 없었다. 그는 실타래처럼 복잡하게 얽힌 마음을 안고 졸본으로 돌아왔다. 그래도 해명태자에게 위안이 되었다면 보고 싶었던 아란비를 볼 수 있었다는 것과 자신도 몰랐던 딸이 있었다는 것이다. 해명태자는 할 수만 있다면 모든 것을 내려놓고 평민으로 돌아가 아란비와 해란과 함께 살고 싶다는 생각이 들었다. 그러나 그것도 마음대로 할 수 있는 일이 아니었다. 그 자리를 내려놓고 죽든지 아니면 어떠한 일에도 흔들림 없이 그 자리를 지키는 일일 것이다. 그러나 지금 처한 상황으로서는 그 자리를 지킨다는 것도 어려운 일이라 생각이 든다. 그는 직감적으로 자신에게 피할 수 없는 죽음의 그림자가 서서히 다가오고 있다는 것을 느끼고 있을 뿐, 정치적 놀음의 희생양이 될 수밖에 없는 거대한 힘이 뒤에 도사리고 있다는 것을 해명태자는 알지 못했다. 그 뒤에는 국상 아란불 일파가 자신들의 정치적 야욕을 채우기 위해 끊임없이 유리왕을 부추기는 술수와 흉계가 숨어 있었던 것이다. 어리석은 유리왕은 아란불 일파의 감언이설에 속아 해명태자를 죽이는 일에 앞장을 서고 있는 것이다.

한편 고구려 수도인 국내성에서는 황룡국에 갔던 해명태자가 아무런 위해도 받지 않고 환대를 받은 후 졸본으로 갔다는 소식을 접한 유리왕은 머리끝까지 화가나 있었다.

"황룡국 왕이 해명을 죽이지 않고 살려 보냈다고? 이런 일이 있을 수 있나, 황룡국 왕이 나의 제안을 감히 거절해? 어디

두고 보자. 내 말을 듣지 않은 대가가 어떤 것인지 똑똑히 보여 줄게야."

유리왕은 황룡국 왕에 대하여 심한 배반감을 느끼며 뿌드득 이를 갈았다. 그러자 옆에 있던 국상 아란불이 한 몫 거든다.

"폐하, 혹시 황룡왕이 해명태자에게 폐하께서 죽이라고 보낸 편지를 보여준 것은 아닐런지 모르겠사옵니다. 순순히 돌려보냈을 땐 다 무슨 속셈이 있기 때문이 아니었겠사옵니까? 해명태자가 폐하께서 자신을 죽이라고 한 것에 대하여 앙심을 품고 황룡국과 연합하여 우리 고구려를 친다면 큰 일이 아니겠사옵니까? 해명태자를 제거하기로 하였다면 기회를 놓치지 마시고 차라리 역적으로 몰아 폐하의 보검을 보내어 그 검으로 자결하라 하시옵소서. 그렇게 하면 해명태자인들 어찌하겠사옵니까? 그리고 해명태자가 죽으면 폐하께서 가장 사랑하시는 여진 왕자를 태자로 봉하시면 될 것이옵니다."

국상인 아란불로써는 해명태자를 제거하여야만 자신의 세력을 더욱 공고히 할 수 있었다. 그리고 언제나 자신의 뜻대로 할 수 있는 유리왕이 물러난다면 자신들의 세력은 한 번에 와해되고 말 것은 자명한 일이었다. 해명태자의 주변에는 부분노 장군의 아들인 부영걸 장군과 같은 강직하고 용맹한 사람들이 포진하고 있었기 때문이었다. 국상 아란불로써는 유리왕이 오래도록 집권을 하든지 아니면 유리왕이 가장 사랑했던 치희의 소생인 여진 왕자가 다음 보위를 물려받는 것이 가장 좋은 일이었다. 여진이 어렸기에 왕이 된다면 자신이 마음대로 요리할 수 있다고 생각했기 때문이었다. 그렇게 자신의 생각대로만 된다면 자신과 자신의 일파는 오래도록 영화를 누릴 수 있을 것이다. 그러기에 목숨을 걸고 해명태자를 제거하려고 하는 것이었다. 그러나 유리왕은 국상인 자신의 말을 흘려듣고 있는 것 같았다.

"그 문제에 대하여는 내가 조금 더 깊이 생각을 한 후 결정하겠오."

"폐하, 결단은 빠를수록 좋사옵니다."

"국상은 개의치 마시오. 모든 것은 내가 알아서 할 것이니 이만 물러가시오."

그렇게 국상인 아란불 일파를 돌려보낸 유리왕은 고심을 하기 시작했다. 해명태자를 황룡국 왕을 통해 제거하기로 한 것이 해명태자도 알게 되었다면 해명태자의 성정으로 보아 졸본의 군사를 이끌고 국내성을 칠 가능성도 없잖아 있었다. 그렇다면 차라리 국상 아란불의 말대로 이 기회에 해명태자를 제거하는 것이 옳을 것이란 생각이 들었다. 만약 해명태자가 반발하여 군사를 일으키면 역적이란 누명을 씌워 백성들에게 호소하면 여론의 힘과 우세한 군사력으로 해명태자의 반 군을 충분히 제거할 수 있다는 계산이 나왔다. 유리왕은 아란불의 말대로 이 기회에 해명을 제거하는 것이 옳을 것이란 판단을 내렸다. 판단이 서자 그는 자신의 보검을 보내어 자살을 종용키로 했다. 해명은 졸본에서 힘이 강대해지면 언제고 자신의 자리를 탈취하기 위해 국내성으로 진격할 것이라고 늘 불안한 마음을 가지고 있었다. 유리왕은 아직은 자신이 젊다고 생각했다. 고구려를 통치하려면 아직도 많은 날이 남았다고 판단하고 있었다. 그런데 자신의 생각과는 달리 많은 장군들이나 신료들은 해명태자를 고구려의 미래로 보고 있었다. 그런 것을 유리왕이 좋아할 리가 없었다. 그러니 자연적으로 해명태자는 유리왕의 입장에서는 아들이라도 정치적인 라이벌이 될 수밖에 없었던 것이다. 유리왕은 그런 것이 못 견디게 싫었다. 그는 그날 밤으로 해명태자에게 보내는 편지를 썼다. 아란불의 말대로 편지와 함께 자신의 보검을 보내어 그 검으로 자살을 하라 명한 것이다. 그 편지를 보면 자존심이 강한 해명태자로서는 분명 자신의 말을 들을 것이란 것에 대하여 확신을 가지고 있었다. 다음날 유리왕은 졸본으로 전령을 보냈다. 어제 밤 고민하며 쓴 편지를 전령을 시켜 졸본성의 해명태자에게 보낸 것이다.

18. 아란비의 슬픔

해명태자가 고구려로 떠난 그날 밤 황룡국 왕은 아란비의 숙소로 향했다. 아란비도 유리왕이 해명태자를 죽이려 한다는 것을 알아야 할 것 같았기 때문이다.

"공주 있느냐?"

시녀에게 물었다.

"폐하, 공주님은 막 잠이 드신 것 같사옵니다."

"그러면 공주에게 내가 다녀갔다고 전해라."

"예, 폐하."

황룡왕이 막 자리를 뜨려할 때 아란비의 방문이 열리며 아란비 공주가 나오고 있었다.

"아바마마, 이 늦은 밤에 어인 일로 공주를 찾으셨사옵니까?'"

"음, 너와 잠시 의논할 일이 있어 왔었는데 잠자리에 들었다 하여 가려던 중이구나."

"그러면 소녀를 깨워서라도 말씀을 하셔야지요. 어찌 그냥 가시려 하시옵니까?"

"허허, 공주 네가 피곤해 잠이 든 줄 알았구나."

"어서 안으로 드시옵소서."

아란비의 방으로 들어간 부녀는 잠시 침묵 속에 있었다. 그리고 먼저 입을 연 것은 아란비 공주였다.

"아바마마, 무슨 급한 일이라도 있사옵니까? 이 늦은 밤에 어인 일로 소녀를 찾으셨는지요?"

"일이 복잡하게 돌아가는 것 같구나. 나보다 너에게 더 급한 일인지 모른다. 해서 밤이 늦었지만 이렇게 찾아 왔구나."

"무슨 일인지 어서 말씀하소서."

아란비는 별안간 마음이 불안해지기 시작했다.

"해명태자에 관한 이야기란다."

"태자님께 무슨 일이라도 생긴 겁니까?"

"오늘 해명태자가 다녀간 것은 고구려의 왕 유리왕이 나에게 해명태자를 초청해 죽여 달라고 하는 부탁을 했기에 그 부탁을 받고 오게 했던 것이란다. 해명태자가 너와 어떤 관계인지는 알지만 인물이 내가 생각하는 것만큼 못할 때는 죽일 수도 있었다. 그러나 해명태자는 네가 아니더라도 나도 그의 인물됨을 보고 한 번에 반해 버릴 만큼 괜찮은 왕재(王才)였다. 그를 내가 죽이기에는 너무도 아까운 인물이었어. 나는 그를 죽이기보다는 고구려에서 쫓겨나면 내 뒤를 이어 우리 황룡국의 왕위를 계승하길 바라며 그에게 넌지시 권해 봤단다. 그러니 해명태자는 그 제인은 너무도 고마우나 자신은 역적이 될 수 없다며 거절하더구나. 분명 유리왕은 내가 그를 죽이지 않았으니 어떠한 방법을 통해서라도 그를 제거하려 할 것이다. 이를 어찌하면 좋겠느냐."

그러자 아란비 공주가 눈물을 흘리며 아버지인 황룡왕께 간절한 마음으로 부탁을 한다. 아니 차라리 애원을 하고 있었다.

"아바마마, 태자마마를 그냥 그렇게 죽게 할 수는 없사옵니다. 태자님을 구할 방법은 없을까요? 흐흐흑흑."

아란비 공주가 눈물로 해명태자를 살려달라고 애원을 하는데 자신에게 그를 구할 힘이 없는 것이 한이 될 뿐이었다. 사랑하는 딸의 소원하나 들어주지 못하는 약소한 나라의 왕인 것이 원망스러울 뿐이다.

"아란비, 다 이게 내 잘못에서 비롯된 일이구나. 나는 아무런 뜻도 없이 해명태자가 활을 잘 쏘고 강한 활을 쓴다하여 그가 얼마나 힘이 센지 알아보고 싶었다. 그런 내 호기심이 해명태자를 죽게 만들고 말았구나. 나의 힘으로는 그를 살릴 방법이 없구나. 우리에겐 힘으로 고구려를 이길 방법이 없어. 우리가 힘이 강한 나라라면 어떠한 방법을 써서라도 해명태자를 구할 수 있겠지만 우리 황룡국에는 그럴만한 힘이 없구나. 아란비, 애비가 정말 미안하다."

"아바마마, 소녀가 해명태자님이 있는 졸본으로 가봐야 될 것 같아요."

"네가 그 연약한 몸으로 어찌 졸본으로 갈 수 있겠느냐."

"아닙니다. 소녀의 지아비이고, 해란의 아비입니다. 만약을 위해서라도 우리 해란이에게 아버지의 모습을 한 번이라도 더 보여주어야지요."

"그러면 호란이도 함께 가는 것이 어떻겠니? 호란이가 함께 간다면 너에게 큰 힘이 될 것이다."

"아바마마의 뜻이 그러하시다면 그렇게 하겠습니다."

"그래라. 무슨 일이 있으면 바로 오너라."

"네, 아바마마. 그렇게 하겠습니다."

아란비 공주는 아버지인 황룡왕의 배려가 너무도 따뜻하기만 해 눈물이 비 오듯 쏟아진다. 다음 날 그녀는 아버지인 황룡왕과 작별을 고하고 해란과 함께 호란을 대동하고 졸본을 향하여 떠났다. 아란비 공주가 졸본을 향하여 떠난 지 며칠이 지나 졸본에 당도 할 수 있었다. 우선 성 밖에 묵을 집을 정했다. 그리고 거리로 나가 졸본성 안의 소식을 수집할 참이었다. 며칠이 지나며 그녀가 수집한 소식이란 것은 참담한 소식이었다. 해명태자가 유리왕이 보낸 왕의 검을 받았다는 것이었다. 왕이 보낸 검으로 스스로 자결하라는 명령이었다. 그 말을 접한 아란비는 해명태자 보다는 백유와 설로를 만나는 것이 우선이라 생각했다. 그녀는 호란을 졸본성으로 들여보내 백유와 설로를 찾아서 자신의 서한을 전하도록 했다.

"호란아, 네가 수고 좀 해야겠다."

"네, 공주님."

"내가 백유와 설로 장군에게 전하는 편지를 줄 것이니 졸본성으로 가서 그들에게 전해라."

"네 공주님."

아란비 공주는 지난 밤, 밤이 새도록 잠 못 이루고 써놓았던 편지를 호란에게 주었다.

"꼭 백유장군과 설로 장군을 만나 이 편지를 전해라."

"네, 공주님."

호란은 아란비 공주가 주는 편지를 품속에 넣고 졸본성으로 들어갔다. 졸본성에 들어가니 여러 사람들이 모여 하는 말들을 들을 수 있었다. 졸본성에는 해명태자가 유리왕의 미움을 받아 죽게 된 것을 안타까워하고 있었다.

"쯧쯧쯧, 해명태자님처럼 똑똑하고 백성을 위할 줄 아는 분이 이 나라의 왕이 돼야 하는데 태자님이 죽게 되었으니 고구려의 앞날이 어떻게 될지 걱정스럽습니다."

"그러게 말이요. 지난번에는 도절 태자님을 죽이더니 이번엔 또 해명태자님 마저 죽인단 말이요?"

"에이, 빨리 유리왕이 먼저 죽어야 태자님과 왕자님들이 제명을 살 것입니다."

이렇게 백성들은 유리왕을 원망하며 유리왕이 먼저 죽기를 바라고 있었다. 호란은 졸본 백성들이 해명태자를 지지하고 있다는 것을 알 수가 있었다. 태자가 비록 유리왕이 죽으라 했다지만 해명태자가 죽으려 하지 않는다면 유리왕도 해명태자를 억지로 죽일 수는 없을 것이란 생각이 들었다. 호란은 지금 해명태자의 생각이 어떤 것인지 그것을 아는 것이 급선무라 생각했다. 호란은 수소문 끝에 백유와 설로의 행방을 알 수가 있었다. 그녀는 은밀히 설로와 백유가 있는 집으로 몰래 숨어들었다. 한참을 두리번거리다 확실히 두 사람이 살고 있다는 것을 확인 후 작은 소리로 두 사람의 이름을 불렀다.

"계십니까? 백유 장군님, 설로 장군님."

"누구시지요"

"여기가 백유 장군님과 설로 장군님이 계신 댁인가요?"

"음, 어디서 듣던 목소린데."

하면서 설로가 문을 열고 나온다. 그리고 문 앞에 서있는 호란을 보고 놀라고 있었다.

"아니, 너는 호란이가 아니냐?"

"네, 호란입니다."

"그런데 이 밤에 네가 무슨 일로 왔느냐?"

"공주님의 심부름으로 왔사옵니다. 여기 아란비 공주님께서 보내신 서한입니다."

호란은 아란비 공주가 보낸 편지를 설로에게 건넸다.

"그래, 어디보자."

그리고 호란이 건넨 아란비 공주의 서신을 설로가 읽기 시작했다.

백유 설로 장군님

저는 황룡국 공주인 아란비입니다.

대략 태자님에게 저에 대한 말씀은 들으셨을 줄 압니다.

이미 저에게는 태자님과의 사이에 태어난 해란이라는 아기가 있습니다.

그러니 저는 해명태자님과 부부의 정을 맺은 사이인 것입니다.

그러나 불행이도 태자님의 신상에 좋지 않은 소식이 있어 이렇게 황룡국을 떠나와 이곳 졸본에 와 있습니다.

태자님이 어떻게 될지 걱정이 앞서 이렇게 두 분 장군님께 태자님의 안부를 묻습니다.

부디 태자님의 안위를 알려 주십시오.

아란비

아란비의 서신을 읽고 난 백유와 설로는 호란에게 물었다.

"지금 공주님은 어디 계시느냐?"

"공주님은 성 밖의 민가에서 임시로 기거하고 계십니다."

"그러면 우리가 성 밖으로 나가 공주님을 뵈어야 할 것 같구나."

"장군님들 그러시겠어요?"

"당연히 우리가 공주님을 찾아뵙는 것이 도리가 아니겠느냐."

"장군님들 고맙습니다. 저는 먼저 가서 공주님께 알려야 하겠습니다."

"그래, 그럼 그렇게 하거라."

호란은 급히 자리를 떴다. 빨리 가서 아란비 공주에게 알려야 했기 때문이었다. 아란비 공주는 호란에게서 이제나 저제나 소식이 올 때를 초조한 마음으로 기다리고 있었다. 그렇게 초조한 마음으로 기다리고 있을 때 호란이 급히 달려 들어오고 있었다.

"공주님, 공주님, 잠시 후 설로 장군님과 백유 장군님이 오실 것입니다."

"오, 수고했구나. 뭐 다른 소식은 들은 것이 없느냐?"

"네, 두 분 장군님께서 우선 가서 공주님께 말씀을 드리라고 해서 다른 것은 알아볼 여유가 없었습니다."

"그랬구나. 그럼 두 분 장군님을 기다려야겠구나."

그렇게 얼마를 초조한 마음으로 아란비 공주는 백유와 설로를 기다리고 있었다. 그들이 와야만 해명태자의 근황을 알 수 있기 때문이었다. 약 한 시진 가량을 기다리니 백유와 설로가 10여 세 정도의 소년과 함께 왔다. 아란비 공주와 호란이 문밖에서 기다리고 있다가 그들을 반갑게 맞이했다.

"공주님, 어찌 이리 먼 길을 오셨는지요.?

"먼 길이 문제인가요. 그간 별고 없으셨지요?"

"다른 일은 없는데 태자님께서 자결을 결심하신 것 같아 태자님의 마음을 돌리느라 애를 먹고 있습니다."

"아~"

아란비 공주는 백유와 설로가 하는 말을 들으며 무슨 말을 할 수가 없었다. 눈물만 흐를 뿐이다. 그간 해명태자의 성정으로 보아 자신이 한 말에 대하여는 어떤 일이 있어도 실행에 옮길 사람이란 걸 너무도 잘 알고 있었다.

"태자님의 마음은 변함이 없는 것 같습니다. 폐하의 명령을 어긴다면 역적이 될 것 입니다. 이 상황을 알고 무휼 왕자님이 시종들과 함께 국내성에서 먼 길을 오셨습니다. 해명 태자님은 무휼 왕자님을 많이 사랑하셨거든요."

"그럼 이 분이 무휼 왕자님이신가요?"

"네, 그렇습니다."

그러자 어린 소년인 무휼이 아란비 공주를 보고 인사를 한다.

"안녕하세요? 무휼입니다. 저에게는 형수님이겠군요. 저의 조카도 있다는 소리를 들었습니다."

해명태자와는 10여 년이 넘는 나이 차가 있음에도 무휼은 아란비 공주를 보고 어른스럽게 인사를 건넨다.

"아, 무휼 왕자님, 저는 황룡국의 공주인 아란비입니다. 그리고 이 아이는 저와 태자님 사이에 태어난 해란입니다."

"그렇군요. 저의 조카가 되겠군요. 해란, 너무 예쁩니다."

"고맙습니다. 무휼 왕자님."

무휼은 십여 세도 되지 않은 어린 소년이었지만 어른스러웠다.

"부왕께서 형님께 내린 명령을 잘 알고 있습니다. 그러나 형님께서는 부왕의 명령을 그대로 따를 필요는 없다고 생각합니다. 부왕의 마음이 누그러지시면 없던 일이 될 것입니다."

"그렇게만 된다면 얼마나 좋겠습니까? 무휼 왕자님. 그럼 태자님은 무얼 하시고 계십니까?"

"태자님은 자숙하고 계십니다. 부왕께서 다른 지시를 내릴 때까지 자숙하고 계시는 것 같습니다."

"제가 성에 들어가 형님을 뵙고 새로운 상황이 오면 바로 알려 드리겠습니다. 그리고 형님께 말씀드려 형수님을 뵙게 해드리지요."

"왕자님, 감사합니다."

무휼과 백유, 설로는 아란비 공주를 잠깐 만난 후 졸본성으로 들어갔다. 졸본성으로 들어간 그들은 바로 태자궁으로 들어갔다. 해명태자는 그의 집무실에서 두문불출하고 있었다. 무휼과 설로 백유가 들어오자 해명태자가 물었다.

"아란비 공주는 보았는가? 그리고 편안해 보였던가? 아니 편안해 보일 리가 없지."

해명태자가 아란비가 와있는 것을 알고 있는 것은 설로와 백유가 호란의 이야기를 듣고 해명태자에게 전했기 때문이었다.

"공주님은 태자님에 대한 걱정 때문에 매우 불안한 모습이셨습니다."

"그럼 우리 해란이도 보았는가?"

"예, 태자님."

"많이 컸지?"

"예, 태자님."

"많이 보고 싶구나. 그 녀석 많이 예뻐졌을 텐데..."

해명태자는 그렇게 속으로 읊조리듯 말하고 있었다. 말을 잇지 못하는 그의 눈에서 눈물이 주르르 흘렀다. 해명태자가 강한 성격의 소유자이나 아란비와 해란을 생각 하면 한없이 약한 남자가 되는 것이다. 그때였다. 유리왕이 보낸 전령이 도착했다는 전갈이 태자궁에 전달이 되었다.

"태자님, 국내성에서 전령이 도착되었습니다."

"들게 하라."

잠시 후 문밖에 대기하고 있던 유리왕이 보낸 전령이 들어왔다.

"태자께서는 고구려 대왕 폐하의 명령서를 예의를 갖추어 받으시오."

해명태자는 무릎을 꿇고 공손히 유리왕의 명령서를 받았다. 해명태자는 그 자리에서 유리왕이 있는 국내를 향하여 예를 올린 후 유리왕의 명령서를 뜯어본다.

해명 보아라.

고구려의 국왕으로써 명한다.

이 명령서를 받는 즉시 자결하라.

지난번 명령을 했음에도 그냥 있는 것은 네가 감히 나에게 반기를 들고 역모를 꾀하려는 것이 아니고 무엇이겠는가?

네가 내 명령을 이번에도 어긴다면 내가 친히 군사를 이끌고 반역자인 너를 처단하러 갈 것이다.

내 명령서를 받는 즉시 실행에 옮기기 바란다.

고구려 국왕

"아바마마, 너무 하십니다. 소자가 황룡국 왕이 보내온 활을 꺾은 것은 고구려를 업신여기지 못하게 처음부터 기를 꺾으려 한 것입니다."

유리왕의 전령이 가지고온 명령서는 해명태자가 받는 즉시 자결하라는 것이었다. 해명태자는 유리왕이 보낸 명령서를 앞에 놓고 통곡을 한다. 그리고 그는 단호한 표정이 되었다.

"아바마마, 소자가 꼭 죽어야 된다고 하시니 그렇게 하겠습니다. 아바마마께 죽어야 할 짓을 했다면 죽겠습니다. 그러나 너무 억울하옵니다. 동명성제께서 유언하셨던 다물(多勿)정신을 이어받자는 것이 죽을 짓인지 모르겠습니다. 흐흐흑."

해명태자가 설로에게 말했다.

"말 한 필을 준비해다오."

"태자님, 지금 왜 말이 필요하십니까?"

"묻지 말고 준비해다오."

그리고 해명태자는 말없이 자신의 방에 있는 자신이 즐겨 쓰던 긴 창을 꼬나 들었다. 그리고 밖으로 나간다. 잠시 후 설로가 말 한 필을 끌고 왔다. 해명태자의 머릿속은 이무런 생각을 할 수가 없었다. 그냥 머리가 하얗게 비어 있을 뿐이다. 그는 설로가 끌고 온 말에 올랐다. 그리고 넓은 벌판으로 말을 몰고 비호와 같이 달려간다. 불길한 마음에 무휼을 비롯해 설로와 백유도 해명태자의 뒤를 쫓는다. 그러자 앞만 보고 달리던 해명태자가 말머리를 획 하고 돌린다. 그리고 말했다.

"아란비 공주가 있는 곳이 어디냐? 나는 그들 모녀를 보아야겠다."

"태자님, 저희들을 따라 오십시오."

설로와 백유가 앞장서서 달리기 시작했다. 해명태자가 그들을 쫓자 무휼이 뒤를 이어 달린다. 한참을 달리던 설로와 백유가 어느 마을로 들어간다. 천천히 가던 그들은 어느 초가지붕 앞에 섰다.

"태자님, 이 집입니다."

"주인이 있는지 불러 보아라."

그러자 설로가 큰 소리로 집주인을 부른다.

"계십니까?"

그러자 방문을 여는 소리와 함께 나타난 사람은 호란이었다.

"태자님 아니세요?"

태자님이라는 소리를 들었는지 왈칵 방문이 열리며 아란비 공주가 해란을 안은 채 맨발로 뛰어 나왔다.

"태자님, 태자님. 흐흐흑흑."

아란비 공주는 해명태자를 보자 눈물부터 흘린다.

"사랑하오."

해명태자는 아란비 공주의 품에 있는 해란을 받아서 자신의 품에 안는다. 해란은 자주 보지 못하는 아버지인 해명태자임에도 피가 통하는지 해명태자의 품에 덥석 안기는 것이다. 해명태자는 해란을 품에 안고 있으니 가슴이 터지는 것 같고, 해란의 따뜻한 온기가 전해져 오니 슬픔이 북받쳐 온다. 눈물이 앞을 가려 앞을 보지 못할 정도다.

"태자님, 왜 그렇게 울기만 하세요?"

"너무 오랜만에 보니 반가워서 그렇답니다."

해명태자는 자신이 처한 상황을 아란비에게는 알리고 싶지 않았다. 그렇게 함께 하기를 약 한 시진 가량을 있었다. 이 만남이 해명태자와 아란비 공주가 세상에서 마지막으로 보는 것일 줄은 두 사람은 몰랐다. 해명태자는 아란비 공주에게 해란을 돌려주며 말했다.

"아란비 공주, 미안하오. 귀한 몸인데..."

"무슨 말씀이세요. 우리 일이 잘 풀려 혼인을 하면 죽을 때까지 함께 있을텐데요. 그때는 우리 아이도 많이 낳고 행복하게 살아요."

해명태자는 아무것도 모르고 앞날을 말하고 있는 아란비 공주가 애처롭기만 하다.

"나는 바쁜 일이 있어 가봐야 되니 나중 내가 다시 올 것이요."

그렇게 아란비 공주에게 작별을 고하고 말에 오른다. 그러자 무휼, 설로, 백유도 함께 말에 오른다.

"해란아, 아버지께 인사해야지."

그러자 해란이 까르르 웃으며 해명을 부른다.

"아부, 아부~"

하며 해란이 고사리 같은 손을 흔든다. 해란의 이 앙증스런 모습을 더 이상 보지 못할 것이라 생각하니 해명태자의 가슴이 터질 것 같다. 그는 더 이상 여기서 아란비와 해란을 볼 자신이 없다. 더 이상 있다가는 자신이 미쳐버리고 말 것 같았기 때문이었다. 생각이 여기에 미치자 가슴이 미어지며 끝내 눈물이 흐른다. 흐르는 눈물을 아란비 공주에게 보이기 싫어 해명태자는 뒤도 돌아보지 않고 말에 올라 채찍을 가했다. 그러자 말이 히히힝~하며 앞발을 높이 들고 달리기 시작했다. 그러자 무휼과 설로, 백유도 해명태자의 뒤를 따르기 시작했다. 해명태자는 쉬지 않고 말을 몰았다. 그곳은 창원이라는 벌판이었다. 벌판으로 달려간 해명태자는 벌판에 말을 세우고 잠시 내려 풀밭에 누웠다. 그리고 세 사람을 불러 앉혔다.

"내 말을 잘 듣기 바란다. 나는 부왕께서 국내성으로 천도를 한 뒤 쳐들어오는 적을 두려움 없이 물리쳤다. 그리하여 이곳 졸본이 안정을 찾았고 적들도 함부로 넘보지 못하게 되었다. 그러나 나는 아무런 죄도 없이 죽게 되었다. 이유가 있다면 황룡국 왕이 보낸 활을 꺾어버렸다는 것이고 또 하나는 할아버지의 유언인 다물(多 勿)정신을 끈질기게 주장했다는 이유일 것이다. 그 일은 내가 아니더라도 다른 누가 왕이 되더라도 실행에 옮겨야할 일들이 아니더냐. 그것이 내가 죽어야 되는 이유가 될 수 없다는 것을 너희들도 너무도 잘 알 것이다. 짐작컨대 내가 공을 세워 졸본의 백성들이 나를 따르매 부왕께서 내가 고구려에 반기를 들고 역모를 꾀할까 두려워 하시는 것 같다. 이런 상태에서 내가 살아 있으면 부왕께서 마음 놓고 고구려를 편히 다스릴 수가 없을 것이다. 내가 죽어 부왕을 편하게 하여 느리면 그보다 더 좋은 효도가 어디 있겠느냐."

"태자님, 그건 안 됩니다. 공을 세운 태자님께 상은 주시지 못하더라도 죽으라니요. 그건 말도 안 되는 말입니다. 저희들은 목숨을 걸고 태자님을 지켜 드리겠습니다. 흐흐흐흑.”

“아니다. 내가 죽지 않으면 부왕은 나를 역적이라고 군사를 보낼 것이다. 그렇게 되면 본의 아니게 고구려가 둘로 나뉘게 될 것이다. 그러느니 내가 떠나는 것이 고구려를 위해서도 좋을 것이다. 내가 너희들에게 부탁을 하겠다. 여기 있는 무휼이 성장해 고구려의 왕이 되거든 무휼을 힘껏 도와주기 바란다.”

“형님, 무슨 말씀을 하시는 건지 모르겠습니다. 저는 형님을 잃고 왕이 되기는 싫습니다.”

“아니다, 왕이란 아무나 되는 게 아니다. 왕은 하늘이 내리는 게지. 내가 왕이 되고 싶은 마음이 있어도 하늘이 허락지 않으면 왕이 될 수 없는 게다. 나는 왕이 되면 강한 고구려를 만들고자 했는데 나도 도절 형님처럼 하늘이 허락지 않는 것 같구나.”

“해명 형님!”

무휼은 옆에서 아무 말도 못하고 눈물만 흘리고 있을 뿐이다.

19. 아! 해명태자

그때였다. 한 병사가 뽀얗게 먼지를 일으키며 말을 몰고 달려오고 있었다. 달려온 병사는 말에서 내리자마자 숨을 헐떡이며 보고를 한다.

"태자님, 국내성에서 온 전갈입니다. 황후께서 승하 하셨다는 전갈입니다. 태자님이 졸본에 계시지 않아 이곳에 계시다는 것을 알고 이렇게 급히 찾아 왔습니다."

"무엇이라~ 어마마마께서 승하하셨다고? 어마마마께서 어쩌다가... 어흐흐흑흑."

병사의 전갈에 모두 놀랐지만 더욱 더 놀란 것은 해명태자였다. 해명이 슬픔에 잠겨 있을 때 무휼이 해명태자의 팔을 부추기며 빨리 국내성으로 가자고 말했다.

"형님, 어마마마가 승하 하셨으니 빨리 국내성으로 가셔야지요. 설마 어마마마께서 돌아 가셨다 하는데 아바마마인들 형님께 죽으라고 하시겠습니까?"

"그런데 어마마마께서 왜 갑자기 돌아 가셨는지 모르겠구나?"

그러자 기별을 가지고 온 병사가 말했다.

"황후마마께서는 자결을 하신 거라고 합니다."

"뭣이라고? 어마마마께서 어찌하여 자결을 하셨단 말이냐."

"태자님 때문이었다고 합니다."

황후 송씨는 유리왕과 결혼 후 나름 자신의 황후 자리를 지키며 해명, 무휼 등 왕자를 생산했다. 그런데 내전에는 공공연한 비밀이었던 해명태자를 자결하라는 유리왕의 명령이 황후도 알게 된 것이었다. 황후 송씨는 놀라 유리왕을 찾아가 해명을 죽으라한 이유를 대라고 따졌다.

"폐하, 해명을 자결하라 명령한 이유가 무엇입니까? 해명이 그곳에서 위험을 무릅 쓰고 쳐들어오는 적을 막아 공을 세웠건만 상을 주지는 못할망정 죽으라 했다니 이것이 말이나 되는 일인가요? 지난번 도절을 죽게 하고 그것도 모자라 이번엔 해명태자까지 죽이려 하십니까? 흐흐흑."

"황후가 무얼 안다고 떠드는 것이오. 그놈은 죽을 짓을 했기에 죽으라 한 것이오."

"저도 알 것은 다 압니다. 해명이 황룡국 왕이 보낸 활을 꺾어 놓은 게 어째서 그렇게도 큰 잘못입니까? 적에게 아예 기를 꺾어 놓는 것이 그리 잘못입니까? 도리어 상을 줄 일입니다. 그리고 아버님인 동명성제님의 유언인 다물(多勿)정책도 아버님이 돌아가시기 전 폐하에게 유언으로 부탁했을 때 그렇게 하겠노라고 약속 하신 분이 누구입니까? 그런데 그 유언을 따르겠다는 해명을 왜 무엇 때문에 죽이려 하십니까? 폐하의 옆에서 아부나 하면서 바른 말도 못하고 음모나 꾸미는 아란불 일파를 위해서 입니까?"

"허허, 황후가 아무리 떠들어도 해명 그놈은 죽음을 면치는 못할 것이오."

"폐하가 끝내 그러신다면 내가 해명보다 먼저 갈 것입니다.

나는 자식을 먼저 앞세우는 어미는 되지 않을 겁니다. 자식을 제 가슴에 묻고 어찌 세상을 살아갈 수 있겠습니까?"

황후는 해명에 관한 일에는 단호했다. 그녀는 해명이 죽었다는 소리는 자신이 살아서는 들을 수 있는 이야기가 아니었다. 해명태자는 그녀가 유리왕과 혼인 후 어미로서 처음 생산한 첫 자식이었기에 잘나고 똑똑한 해명이 다른 왕자들보다도 더 애착을 가지고 있었는지 모를 일이었다. 열손가락 깨물어 아프지 않은 손가락이 어디 있겠느냐 만은 송씨 황후에게는 해명이 자신보다 먼저 죽는다는 것은 상상조차도 할 수 없는 일이었다. 그러나 유리왕의 마음은 요지부동이었다.

"황후가 나를 겁박하는 것이요? 아무리 나를 겁박을 해도 나의 결심은 고구려의 안녕을 위한 것이기에 변함이 없을 것이요."

"흥, 고구려의 안녕이 아니고 아란불 일파의 안녕을 지켜주기 위해서겠지요. 이미 아는 사람들은 다 알고 있는 사실입니다."

그러나 유리왕은 황후가 그냥 엄포를 놓는 것이라고 생각했다.

"흥, 엄포에 넘어갈 내가 아니요."

그렇게 유리왕과 심한 언쟁이 있은 후 황후는 자신의 방에서 예리한 단검으로 자신의 가슴을 찔러 자결을 한 것이었다. 그녀가 유리왕에게 남긴 것은 간단히 쓴 몇 줄의 글이 전부였다.

폐하께

폐하, 저는 어미로써 자식을 앞세운 어미가 되지는 않을 겁니다. 해명을 죽게 하고 가슴에 그 아이를 묻고 살 자신이 나에게는 없습니다. 자식의 죽음을 알고도 그것을 말리지 못하는 능력 없는 어미가 세상에 살면 무엇 하겠습니까?

저는 해명보다 먼저 가서 해명을 기다릴 겁니다.

폐하, 부디 부귀를 누리시며 만수무강 하소서.

황후 송ㅇㅇ

황후 송씨는 이렇게 유리왕에게 유서를 남기고 해명보다 먼저 세상을 떠난 것이다.

"흐흐흑흑, 어마마마, 어찌하여 이 못난 해명을 위하여 먼저 가셨습니까? 어마마마, 잠시만 기다려 주십시오. 곧 소자 해명도 어마마마의 뒤를 따라 어마마의 곁으로 가겠습니다."

해명태자가 슬픔에 잠겨 있을 때 멀리서 또 한 명의 병사가 헐떡이며 뽀얀 먼지를 일으키며 말을 몰아 달려오고 있었다.

"태자님, 태자님, 한나라 군이 국경을 넘어 쳐들어올 조짐을 보이고 있다는 보고입니다. 황후마마께서 승하 하셔서 어수선한 틈을 노리고 쳐들어오려는 것 같습니다."

그러자 해명태자가 결연히 일어섰다.

"비겁한 놈들, 상대의 슬픔을 틈타 쳐들어온다는 것은 나라와 나라 사이의 예의가 아니다. 무휼은 빨리 국내성으로 돌아가 어마마마 장례식에 참석 하여라. 나는 이곳에서 한나라 군을 맞아 싸울 것이다."

해명태자는 비장한 얼굴로 무휼에게 말하고 있었다. 해명태자의 말에 무휼왕자는 해명태자의 말을 듣지 않을 수 없었다.

"네, 형님의 말씀대로 하겠습니다. 태자마마께서도 부디 무사하시길 빕니다."

"내 걱정은 하지 말고 부디 어마마마의 장례식을 잘 치루거라."

무휼왕자는 해명의 말에 따라 바로 국내성으로 떠났다. 무휼왕자를 국내성으로 보낸 후 해명태자는 부영걸 장군과 설로와 백유를 불러 한나라 군과의 싸움에 대하여 숙의하였다.

"사실상 나로서는 고구려 군을 지휘할 권한이 사라진 것이나 다름이 없습니다. 그러나 부영걸 장군님께서 마지막으로 저에게 이번 한번만 적을 물리칠 수 있는 기회를 주시기 바랍니다. 꼭 필승의 의지로 적을 물리치겠습니다."

해명태자의 말이 끝나자 부영걸 장군이 말했다.

"태자님, 달라진 것은 아무것도 없습니다. 폐하께서 태자님께 자결하라고만 하셨지 어떠한 권한을 제한 한다고 한 적은 없습니다. 이 위기에서 결정권은 태자님에게만 있습니다. 아무 걱정하지 마시고 태자님 하시고 싶으신 대로 하십시오."

"부장군님께 감사할 다름입니다. 그러면 장군님께서는 이 성을 지켜 주시고 나는 설로와 백유와 함께 적을 치러 가겠습니다."

그러자 옆에 있던 곽유가 말했다.

"태자님, 소장도 태자님과 함께 할 수 있는 영광을 주십시오."

"오, 곽유구나, 그동안 동부여와의 전쟁에서는 곽유의 힘이 컸지. 오늘은 나와 함께 원 없이 한(漢)나라 놈들을 격살(擊殺)

시켜보자."

그렇게 결정을 하고 해명태자는 한나라와의 전투를 위하여 출정하였다. 해명태자가 군사를 이끌고 한나라 군사를 맞으러 갈 때 척후병이 와서 보고를 한다.

"적이 한 시진 이후에 이곳까지 도착할 수 있을 것 같습니다."

"음, 놈들이 빨리도 왔구나. 그들의 군세(軍勢)는 얼마나 되더냐? 아니 얼마가 되든 상관이 없다. 많던 적던 모두 격살시킬 것이다. 아마 우리 고구려 군사들의 사기가 나로 인하여 많이 꺾인 것 같다. 더 이상 적을 방치 한다면 고구려가 위험에 빠질 것이다. 우린 이곳에서 더 이상 가지 말고 여기서 적을 맞이할 것이다. 지금 이곳에서 적의 예봉을 꺾지 못한다면 고구려는 큰 혼란에 빠질 것이다."

해명태자는 한시진이 남았으니 전투 준비를 한 후에 군사들에게 잠시 쉬게 했다.

전투에 앞서 긴장을 풀기 위해 잠시 쉬며 농담과 같은 것을 하는 것도 전투를 앞둔 군사들에게는 도움이 되기 때문이었다. 거의 한 시진이 가까워 오자 멀리서 뽀얀 먼지가 인다. 한나라 군사들이 뽀얀 먼지를 일으키며 해명태자가 진을 치고 있는 곳까지 당도하고 있었다.

"자 모두 전투 준비를 하라. 우리 고구려 군사가 한나라 군에 비하면 현격하게 군사의 수는 적을 것이나 저들은 우리를 치기 위하여 쉬지 않고 달려 왔고 우리는 저들이 오기 전까지 충분한 휴식을 취했다. 우리는 우리의 조국 고구려를 사랑하는 마음은 적을 능가하고 남음이 있다. 대 고구려 군사들이여! 오늘은 우리가 일당백을 한다는 마음으로 한나라군의 정면을 돌파 할 것이다. 내가 나가 적장의 목을 치면 모두 돌격해 적이 숨 쉴 틈도 주지 말고 놈들을 도륙하라."

양군이 대치를 하고 있는 상황에서 한(漢)나라의 장수가 앞으로 나와 큰소리로 싸움을 돋군다.

"야, 이 고구려 오랑캐 놈들아, 너희 중 이 어르신과 상대할 놈이 있다면 당장 나와 봐라. 한칼에 목을 날려줄 것이다."

그러자 백유가 화가 나 앞으로 말을 몰고 내 달리려 하자 해명이 제지한다.

"백유는 멈춰라. 내가 나갈 것이다. 내가 나가 저놈의 목을 치거든 군사를 휘몰아 쳐라. 저놈들은 쉬지 않고 왔기에 피로가 쌓여 있을 것이다. 저들이 쉬기도 전에 우리가 먼저 저들을 몰아친다면 적은 크게 힘 한번 쓰지 못하고 괴멸될 것이다. 죽을 각오로 적과 싸운다면 살 것이요, 살려는 자세로 적을 맞이한다면 반드시 죽을 것이다."

그렇게 말을 하고 있는 해명태자는 이것이 이 세상에서 고구려를 위하여 싸우는 마지막 전쟁이라는 것을 인식하고 비장한 마음으로 한나라와의 전투에 임하고 있는 것이었다.

"한나라 돼지 같은 놈들아, 여기 고구려의 대지 해명이 나간다. 네놈은 목이나 길게 빼고 내 칼을 받아라."

벽력같이 고함을 지르고 해명이 질풍같이 내달린다. 그는 이미 오늘 이곳이 자신이 죽을 장소라고 결심하고 나온 터였다. 어머니 송씨의 죽음이 자신 때문이라는 것을 안 순간 더 이상 이 세상에 남아 구차한 목숨을 연명하고 싶지 않다는 생각이 들었기 때문이기도 했다. 죽음을 불사한 해명이 앞으로 나가자 기다리고 있던 한나라 장수도 긴 창을 꼬나들고 해명을 맞아 나온다. 그러나 둘의 싸움은 둘이 한데 엉키는 순간 승부는 끝나고 말았다. 긴 창을 들고 해명을 찌르는 순간 해명이 옆으로 몸을 돌려 피하고는 칼을 휘두르니 한나라 장수의 머리와 몸이 따로 분리가 되고 말았다. 가히 귀신같은 솜씨였다. 적의 장수가 목이 두 동강이가 나며 말에서 굴러 떨어지자 해명 태자는 여세를 몰아 혈혈단신으로 적진 속으로 뛰어든다. 그때였다. 한나라 군 진영으로 해명태자의 뒤를 따라 말을 달려가는 장수가 있었다. 곽유였다. 그는 해명태자가 적진 속에 혈혈단신 뛰어들자 그가 죽을 결심으로 뛰어 들고 있다는 것을 알았다. 곽유는 이미 해명 태자의 마음을 읽고 있었다. 그는 해명태자가 동부여의 대소를 활로 쏴서 말에서 굴러 떨어지게 한 소문을 듣고 그 동안 해명태자를 마음으로 흠모했었다. 그런 그에게 해명태자를 가까이에서 모시게 되었으니 그의 꿈이 이루어진 것이었다. 그는 해명태자를 가까이에서 모시고 있으니 이 세상에서 더 바랄 것이 없었다. 그는 해명태자를 위해서라면 언제라도 죽을 각오가 되어 있었다. 그는 해명태자가 위험하다는 것을 직감적으로 알고 바로 해명태자의 뒤를 따라 적의 한가운데로 뛰어든 것이다.

"태자님을 구해야 한다. 태자님을 혼자 보내드릴 수는 없어. 태자님 소장이 함께 가겠습니다."

곽유가 적진으로 뛰어드니 해명태자는 이미 한나라 군사들에게 완전 포위되어 악전고투하고 있었다. 그러나 해명태자는 죽음을 초월한 것 같았다. 그의 몸은 이미 적의 피로 붉게 물들어 있었다. 겉으로 보이는 모습은 적의 피가 얼굴에 튀어 악귀처럼 처절해 보였다. 그 위기의 찰라에 곽유가 뛰어들어 해명태자를 포위한 적들을 이리 베고 저리 베며 동에 번쩍 서에 번쩍한다. 곽유 덕에 위기였던 해명태자는 숨 쉴 수 있는 틈이 생겼다. 해명태자가 곽유를 보니 곽유도 온 몸이 피로 물들어 있다. 적을 죽일 때 튄 피다. 뒤이어 백유와 설로가 돌격 명령을 내리자 고구려 군이 한나라 군을 향하여 휘 몰아치기 시작했다. 그러자 장수를 잃은 한나라 군은 앞을 다투어 도망하기에 바빴다. 도망을 하며 자신들끼리 밟히고 넘어져 아비규환이다. 여기에서 큰 승리를 한 해명태자가 군사들을 수습하니 고구려 군도 꽤 피해가 있었고 곽유가 보이지 않아 찾으니 한나라 군사들의 시체들과 함께 피를 흘리고 쓰러져 있었다. 해명태자가 급히 곽유를 알아보고 말에서 내려 곽유를 부둥켜 않았다.

"곽유, 왜 이런 무리수를 두었는가? 내가 뭐라고 나를 살리려고 자네가 죽어야 하는가? 흐흐흑흑."

그러자 희미하게 숨이 붙어 있던 곽유가 말했다.

"태자님, 소장은 죽는다 해도 이제는 여한이 없습니다. 다만 소장에게 아쉬움이 있다면 좀 더 길게 태자님을 모시지 못하고 먼저 떠난다는 것입니다. 부디 이 위기 잘 넘기시고 부디 고구려의 왕이 되시이 성군이 되시고 부디 다물(多勿)정신을 고구려의 유업으로 삼으셔서 꼭 중화족(中華族)을 우리의 옛 땅에서 몰아내시고 성군이 되시옵소서. 소장 곽유는 하늘에서 태자님의 성공을 기원하겠습니다."

곽유는 가쁜 숨을 몰아쉬더니 입에서 한모금의 피를 토하고 이내 숨을 거두고 만다. 곽유는 해명태자의 수하에 들어 온지 얼마 되지 않아 가장 먼저 세상을 떠난 사람이 되었다.

한나라 군이 고구려 군사들의 강한 기세에 눌려 도주하자 해명은 마음에 결심을 실행에 옮기려 했다.

“설로와 백유는 잠시 나와 상의할 일이 있다.”

“예, 태자님.”

“이제 전쟁도 끝이 났다. 부영걸 장군님께 승리 소식을 전하라. 그리고 내가 없더라도 다음에 무휼이 왕위에 오르거든 무휼을 도와서 이 고구려를 강한 나라로 키우는데 일조해 주기 바란다. 그리고 아란비 공주와 나의 딸 해란에게도 신경 써주기 바라고, 나는 떠나도 고구려는 영원해야 되니 고구려를 위해 죽는 날까지 충성해 다오.

“태자님, 무슨 말씀이십니까?”

“나는 이 전쟁을 수행하러 나올 때부터 이미 결심을 하고 나왔다. 이 전쟁을 승리로 이끌면 나는 아바마마의 명령대로 나의 죽음을 실행에 옮기로 결심했다. 이젠 전쟁도 승리를 했고 미련 없이 떠날 것이다.”

“태자님, 안됩니다. 태자님이 무슨 죄를 지으셨기에 죽으셔야 된단 말입니까. 공을 세운 사람에게 상을 하사하시진 못할망정 죽으라니요. 저희들도 태자님을 따라 죽을 겁니다.”

“부탁이다. 제발 내 말을 들어 다오. 이미 나의 결심은 꺾을 수 없는 확고한 신념이다. 내가 태어난 지 얼마 되지도 않은 해란과 아란비 공주를 두고 가는 것이 마음에 걸린다. 그들을 꼭 돌보아 다오. 그리고 곽유의 시신도 잘 처리해 주기 바란다. 그는 가장 멋진 고구려 사내였다.”

그리고는 눈물을 뿌리며 말안장에 걸려 있는 창을 들고 말에 오른다. 전 날 비가 내린 땅이라 푹신 거린다. 해명은 말을 달리며 창날이 하늘로 나오도록 창을 거꾸로 꽂는다. 창날이 햇빛을 받아 눈부시게 빛난다. 그러자 해명태자가 다시 말을 돌려 달려온다. 그리고는 창날이 하늘로 솟은 위로 뛰어 내렸다. 창이 해명태자의 몸을 꿰뚫고 나온다. 순식간에 일어난 일이라 백유와 설로도 말릴 사이도 없었다. 해명태자의 배에서 쉴 새 없이 피가 솟구친다. 쓰러진 해명태자의 밑으로 붉은 피가 흥건히 고여 있다. 그곳에 있던 모든 고구려 군사들이 무릎을 꿇고 울었다. 하늘도 해명태자의 죽음을 슬퍼하는지 조금 전까지도 맑았던 하늘에서 갑자기 검은 구름이 몰려들더니 비가 내리기 시작했다.

"태자님, 흐흐흑흑."

"태자님, 흐흐흑흑."

백유와 설로도 무릎을 꿇고 쓰러진 해명태자의 앞에서 통곡을 한다.

"태자님, 이렇게 가시면 안 됩니다."

"헉헉~ 백유와 설로야, 나의 죽음을 슬퍼하지 마라. 어차피 인생이란 것은 덧없는 것이 아니더냐? 난 지금 것 꿈을 꾸다가 가는 것이다. 인생에서는 두 가지의 꿈이 있다는 걸 알았지. 신몽(善夢)과 익몽(惡夢)이지. 나는 아란비 공주와 자네들과 함께 했던 것은 선몽(善夢)을 꾼 것이고 아바마마와 사이가 벌어지며 악몽(惡夢)을 꾸기 시작한 거지. 어찌 사람이 살면서 좋은 일만 있겠느냐. 나 먼저 떠나니 전에도 부탁을 했지만 나의 동생인 무휼이 왕위에 오르면 내가 죽어서도 동명성제(東明聖帝)의 꿈이었던 다물(多勿)을 위하여 귀신이 되어서라도 도울 것이라 전하여 주고 아란비 공주와 나의 딸 해란에게도 신경 좀 써주게나. 그러면 내가 훗날 저승에서 만날 때 그 은혜를 잊지 않고 갚겠네. 헉헉, 어머니 이제 저도 어머니 곁으로 갑니다. 그리고 도절 형님 지금 저도 곧 갈 것이니 저승에서 만나요. 헉헉헉."

해명태자는 숨쉬기가 힘든지 잠시 후 조용해진다. 설로가 태자님 하고 흔들어 보니 이미 숨이 끊어진 상태였다. 해명태자의 죽음을 확인한 순간 백유와 설로는 물론 이번 전쟁에 참여했던 군사들이 모두 무릎을 꿇고 통곡을 한다.

"태자님, 어찌 이렇게 허망하게 가십니까?"

"태자님~"

백유와 설로가 통곡을 하는 가운데 하늘도 슬퍼서 우는지 비가 계속해 내리고 있었다. 그렇게 젊은 나이에 해명태자는 자신이 그리도 꿈꾸던 고구려의 꿈을 22세의 젊은 나이로 접고 허망하게 떠난 것이다. 설로와 백유는 해명태자와 곽유의 시신을 수습해 군사들과 함께 졸본성으로 돌아 왔다. 그리고 낱낱이 부영걸 장군에게 보고했다. 부영걸 장군도 해명태자의 비보를 듣고 비분 강계한 모습으로 눈물을 뿌린다.

"아! 고구려의 희망이었던 태자님이 이렇게 가시다니, 공을 세운 태자님께 후한 상은 내리지 못할망정 죽음을 내린다면 누가 나라를 위해 목숨을 걸고 싸우겠는가?"

"장군님, 저희들은 이제 이곳을 떠나겠습니다. 고향에 내려가 초야에 묻혀 살까 합니다. 저희들은 지금까지 태자님을 주군(主君)으로 알고 모셨습니다. 그러나 이제 주군(主君)께서 돌아 가셨으니 저희들은 이제 이곳에 머물 명분이 없어졌습니다."

"자네들 생각도 그런가? 나도 이곳을 떠날 생각이네. 나도 지금껏 태자님을 주군(主君) 알고 살았지. 이곳에 있으면 태자님 생각이 나서 더 이상 이곳에 머물 수 없을 것 같네."

"저희들 생각도 장군님과 같습니다. 태자님이 계시면 죽는 날까지 함께 하려고 했는데 이제는 그런 꿈도 사라졌습니다."

"그렇게 하세나. 이젠 아란비 공주님이나 만나 뵈어야 될 것 같아."

"그런데 태자님의 죽음을 어떻게 알리지요?"

"그래도 알려야지. 그래서 굳은 마음으로 살아가시게 해드려야지. 어떤가? 자네들도 함께 가지 않겠나?"

"당연히 함께 가야지요."

"그런데 일단 우리가 이곳을 떠난다는 것을 국내성에 알려야 하지 않겠어?"

"당연히 그렇게 해야지요."

"일단 국내성에 알리고 태자님의 장례를 끝내고 후속조치를 취하기로 하세."

부영걸 장군이 해명태자가 죽었다는 것을 국내성의 유리왕에게 보고를 하였다. 그리고 그와 함께 졸본성에서 자신과 함께 했던 자신과 설로아 배유도 사직을 하겠다는 보고도 잊지 않았다. 국내성에서는 후임자를 위한 숙의 끝에 부영걸 장군의 형인 부영노 장군과 그의 부장들이 부임하기로 했다. 부영노 장군은 부분노 장군의 장남으로써 부분노 장군이 선비족을 물리칠 때 선비족을 유인하는 고구려 군을 지휘했던 장군이다. 그간 부영노 장군은 부영걸 장군이 졸본에 남았을 때 유리왕과 함께 국내성으로 가서 유리왕의 측근이 되어 있었다. 그러나 부영걸 장군과 백유와 설로가 사직을 한다 하자 유리왕은 자신의 측근인 부영노 장군을 졸본으로 보내게 된 것이다. 부영노 장군을 졸본으로 보낸 유리왕은 부영노 장군에게 해명태자의 장례를 성대하게 치루도록 지시했다. 해명태자의 장례를 치루자 유리왕은 해명태자가 죽은 곳을 창원이라 부르고 그곳에 그를 기리는 사당을 짓도록 지시했다. 한편 아란비 공주는 이제나 저제나 해명태자의 소식을 기다렸지만 기다리는 소식은 오지 않고 한나라가 고구려를 치려고 군사를 동원 했다는 소식을 듣게 되었다. 또 그 한나라를 대적할 장수가 해명태자라는 것이었다. 소문은 속속 아란비 공주의 귀에 들려 왔다. 해명태자가 적장의 목을 치고 대승을 거두었다는 것이었다. 아란비는 대승을 거두었으니 유리왕도 해명태자를 용서해 줄 것이라 생각했다. 그러나 다음 소문은 아란비를 절망의 구렁텅이로 빠뜨리기에 충분했다.

"해명 태자님이 돌아가셨대."

"태자님이 창원 벌판에서 자신의 창으로 자진을 하셨대."

"쯧쯧쯧, 가엾은 태자님. 기어이 돌아가시고 말았어. 흐흐흑"

"졸본의 백성들도 해명태자의 죽음을 알고 모두 눈물을 흘리고 있었다. 그 소문을 듣는 아란비 공주의 마음은 천 갈래 만 갈래 찢어지는 것 같다.

"아, 아, 태자님, 당신 기어이 나와 해란이를 두고 가셨군요. 얼마나 원통하십니까? 야속한 사람. 흐흐흑흑."

아란비가 우니 해란은 영문도 모른 채 아란비를 따라 운다.

"엄마, 엄마, 울지마. 앙앙~"

이제 제법 큰 해란이 엄마를 달래며 운다. 그러나 아란비의 슬픔은 하늘에 닿고도 남을 슬픔이다. 아란비가 슬픔을 이기지 못하고 있을 때 부영걸 장군과 설로와 백유가 왔다.

"공주님, 이미 소문으로 알고 계셨군요. 저희들도 어쩔 수 없었습니다. 태자님의 결심이 원체 확고 하셔서 말릴 수 없었습니다."

"이미 돌아가신 분 지금에 와 말하면 무엇을 하겠습니까? 제가 여러분께 미안할 뿐입니다."

"저희들은 졸본을 떠나 고향으로 떠날 예정입니다. 공주님께서는 어찌하실 건지요. 황룡국으로 가실 것이 아니라면 저희들 고향으로 함께 가시지 않겠습니까? 설로가 아란비에게 권했다. 그러나 아란비 공주는 아무 대답도 하지 않고 있었다. 한참 뜸을 들이던 아란비 공주가 말했다.

"전 태자님도 없는 고구려 땅에 살 수는 없어요. 세 분 장군님들께서도 모두 고향 으로 가시는데 저라고 여기 머물고 있을 수는 없어요. 저도 해란이를 데리고 호란이와 함께 아버님이 계신 황룡국으로 가야지요. 세분 장군님들께서 먼저 떠나시면 저도 곧 떠나겠습니다. "

"공주님, 무슨 일이 있으면 호란이를 통해 기별을 하여 주십시오."

"네, 그렇게 하겠습니다. 안녕히 가십시오."

그렇게 세 사람은 각자 자신들의 고향으로 내려갔다. 그들이 떠나고 아란비 공주는 졸본에 남았다. 남아서 매일 해명태자의 사당에 가서 해명태자의 명복을 빌었다.

그러던 어느 날 백유와 설로가 찾아왔다.

“아니 두분 장군님께서 어인 일로?”

“저희들은 사실 정확한 고향이 없습니다. 막상 떠나고 보니 갈만한 곳이 없었습니다. 그래서 돌아가시기 전 태자님의 부탁도 있고 해서 이곳에 남아 공주님께서 황룡국으로 가실 때까지 공주님을 돌보겠습니다. 허락해 주십시오.”

“그 일이 제가 허락할 사항은 아닌 것 같습니다. 두 분 장군님의 마음이지요. 저야 장군님들이 남아 저희들을 돌보아 주신다면 그보다 더 좋은 일은 없겠지요.”

그날로 백유와 설로는 아란비가 사는 마을에서 떨어진 이웃마을에 집을 구하여 살기로 했다. 비록 떨어졌지만 가끔 백유와 설로가 다녀갔고 호란도 반찬을 만들어 주고 오기도 했다. 백유와 설로가 남아 돌보아 주니 마음은 든든했다.

20. 아란비 아리라 강에...

한편 유리왕은 해명태자가 죽고 난 후 많은 후회를 했다. 그간 해명이 고구려를 위하여 너무도 큰 공을 세운 것이 많았기 때문이었다. 그러나 세월이 가면 사람의 일이란 잊혀 지게 마련이다. 해명이 죽고 일 년이란 세월이 흐르니 해명태자의 불행했던 일들도 희미한 옛일이 되어가고 있었다. 유리왕의 뇌리에서 해명태자의 일은 희미하게 남아는 있었지만 옛일일 뿐이었다. 유리왕이 해명태자의 일을 빨리 잊어가고 있는 데에는 여진 왕자가 있었기 때문이었다. 여진 왕자는 훤칠한 키에 인물도 잘났지만 처음부터 유리왕이 왕자들 중 여진을 가장 사랑했다는 점이다. 유리왕이 여진 왕자를 사랑하게 된 데는 이유가 있었다. 여진왕자는 다름 아닌 유리왕과 치희의 사이에서 태어난 왕자였던 것이다. 치희가 화희에게 그렇게 치욕을 당하고 떠나면서 여진왕자는 두고 떠났던 것이다. 그것은 어쩔 수 없는 어머니로서의 치희의 모성애였다. 그녀가 여진왕자를 데려갔다면 평범한 아이로 자랄 것이 분명했기에 여진을 왕자로 키우기 위하여 고구려 왕궁에 놓아두고 떠난 것이었다. 치희가 그렇게 떠난 후 유리왕은 여신을 치희의 분신인양 사랑했다. 여진 왕자를 볼 때마다 마치 치희를 보는 것 같은 착각에 빠질 때가 한 두 번이 아니었다. 유리왕으로서는 다른 왕자들에 비해 여진왕자는 눈에 넣어도 아프지 않을 것 같은 존재였다. 어쩌면 여진왕자는 도절과 해명을 죽게 한 원흉일 수 도 있었다. 그것은 여진 왕자를 자신의 후계자로 삼고 싶어 했던 유리왕이 여진을 후계자로 삼는데 도절과 해명은 걸림돌이 되는 존재였을 것이다. 그러나 왕은 하늘이 허락해야만 되는 것이라고 했던가? 여진 왕자도 하늘이 그에게 준 명(命)이 길지는 못했던 것 같다. 그 해 어느 여름이었다. 날씨가 몹시도 무더웠던 여름에 압록수로 물놀이를 간 것이 화근이었다. 시종들과 함께 갔지만 갈 때마다 아무런 사고도 없었기에 그날도 즐겁게 물놀리를 하고 있었다. 물론 함께 간 시종들도 자유롭게 물놀이를 즐기고 있었다. 그러나 여진 왕자는 물이 얕은 곳에서의 물놀이는 마음에 차지를 않았다. 차차 수심이 깊은 곳으로 들어가기 시작했다. 그때 별안간 물 소용돌이가 치며 여진 왕자는 물 소용돌이 속으로 휘말려 들어가고 말았다. 그것은 순간에 일어난 일이었다. 여진 왕자는 물속으로 빨려 들어가며 외쳤다.

"사람살려! 사람살려!"

"아니, 여진 왕자님이 물속에 빠졌다."

시종들이 여진 왕자를 구하기 위해 물속으로 뛰어들었으나 여진 왕자처럼 물의 소용돌이 속으로 빨려 들어가고 말았다. 여진 왕자와 시종들은 그길로 물속에서 나오지 못하고 며칠 후 강 하류에서 죽은 시체로 발견이 되었다. 이 소식이 전해진 고구려의 궁궐은 슬픔으로 가득차고 말았다. 여진 왕자와 함께 물놀이를 가서 살아 돌아온 시종들은 모두 투옥되고 말았다. 왕자를 제대로 보필하지 못했다는 죄목이었다. 여진 왕자의 장례 후 유리왕은 그날부터 자리에 몸져누웠다. 가장 사랑했고 자신의 왕위를 물려주려 했던 치희가 낳은 여진왕자가 죽었으니 그럴 만도 했겠지만 송씨 황후와 도절태자, 해명태자의 죽었을 때와 비교해 봤을 때는 좀 너무하다는 생각이들 일이었다.

"여진아, 여진아, 네가 이 애비를 두고 먼저 가다니. 나는 너의 어미 치희가 보고 싶을 때는 너를 보며 그리움을 달랬단다. 그런데 너마져도 내 곁을 떠나고 말았구나. 내가 어찌 너의 어비를 다시 볼 수 있게니. 너마져 떠나니 나는 세상에 살아 있을 일이 없구나. 나도 너를 따라 가련다. 어흐흐흐흑흑."

"폐하, 진정하시옵소서. 자꾸 그러시면 몸이 좋지 안사옵니다."

"내 사랑하는 아들이 죽었는데 내 몸이 나쁜 게 대수더냐. 어이구, 여진아, 네가 이 애비를 두고 먼저 가다니..."

여진 왕자의 죽음으로 인한 유리왕의 병세는 점차 악화되어만 갔다. 유리왕이 병석에 몸져누운 그 해에 몸이 쇠약해진 유리왕은 회복을 하지 못하고 끝내 숨을 거두고 말았다. 어떻게 보면 소심한 성격의 군주(君主)였지만 자신의 정적(政敵)이라고 생각이 들면 자식이라도 결코 용납하지 않았던 폭군이라고도 볼 수 있었던 유리왕의 최후는 초라했다. 그가 왕위 재위 시 죽은 태자가 도절과 해명, 2명과 강에서 익사한 여진 왕자까지 3명이니 유리왕의 생전에 앞서 보낸 자식들이다. 또 도절태자와 해명태자는 어쩌면 정치적인 희생양이었다고 보아도 가히 틀린 말이 아닐 것이다. 특히 해명태자의 일은 그의 치적 중 가장 치졸한 일이 될 것이라고 보는 것이다. 어떻게 보면 시를 읊을 줄 아는 예술인의 기질도 있는 것을 보면 그는 왕이란 직책

보다는 예술인이 되었다면 훨씬 더 빛을 발했을지 모른다. 유리왕이 도절태자를 죽게 하고 또 연이어 해명태자를 죽음으로 몰고 여진 왕자까지 죽었으니 아들 셋을 앞세우고도 마음 편히 왕위에 앉아 있을 수는 없었을 것이다. 어떻게 보면 고구려의 역사적으로도 불행한 왕이었다.

한편 졸본에 남아 있던 아란비에게도 유리왕이 죽었다는 소문이 들렸다. 여진 왕자가 죽고 얼마 있다 유리왕이 죽은 것이다. 아란비는 해명태자를 죽게한 유리왕이 미웠지만 죽은 사람을 더 이상 원망하고 싶지는 않았다. 아란비는 호란에게 해란을 데리고 황룡국으로 가기를 권했다.

"호란아, 네가 해란을 데리고 황룡국으로 먼저 가야 되겠다."

"공주님은요?"

"나는 여기 남아서 태자님의 사당을 좀 더 돌보다 가려고 하니 시간이 걸릴 수도 있을거야."

"그럼 저도 여기 남아 공주님 가실 때 함께 가겠습니다. 공주님, 그렇게 하도록 해주세요."

"아니다, 먼저 가서 아바마마께 아란비는 잘있다고 전해라. 아바마마께서는 지금도 잠 못 이루시고 내 걱정을 하고 계실거다."

"폐하께서 그러신데 저마저 간다면 폐하께서는 더 공주님 걱정을 하실겁니다. 공주님, 제발 저보고 떠나라고 하지 마십시오."

"아니다. 여기서 너와 해란이 나 때문에 고생할 필요가 없다. 난 하늘에서도 버림을 받은 몸이다. 황룡국으로 간다 해도 나는 아바마마께 해만 될 사람이다."

"공주님, 그게 무슨 말씀이십니까?"

"나는 늘 지금까지 아바마마의 속만 썩이고 살았어. 흐흐흑흑."

"공주님, 흐흐흑흑."

"호란아, 나는 여기서 마음 정리 좀 하고 갈 것이니 네가 해란이와 함께 황룡국으로 가다오. 부탁이야."

아란비 공주의 모습은 마치 혼이 빠진 사람의 모습이었다. 그런 모습의 아란비 공주를 두고 호란은 황룡국으로 떠날 수가 없었다. 그는 어떠한 일이 있어도 아란비 공주의 곁을 떠나지 않겠다고 다짐했다. 다음 날 아침이 되자 일찍 깬 아란비 공주는 해란이와 놀고 있었다. 어느 모로 보나 엄마의 모성애가 흠씬 풍기는 모습이었다. 둘은 까르르 까르르 웃으며 재미있는 시간을 보내고 있었다. 호란은 두 모녀의 즐거운 시간을 방해하지 않기 위해 부엌으로 나갔다. 아침밥을 짓기 위해서였다. 아침밥상을 차려 방으로 들어갔다. 그러자 아란비가 호들갑을 떨며 밥상머리에 앉는다.

"얘, 호란아, 오늘은 내가 배가 고팠나봐. 밥 냄새가 너무 좋아. 호호호."

"공주님, 정말이예요? 공주님에게 그런 소리 요즘에 와서 처음 들어요. 호호호."

"그래? 음, 맛있어."

"공주님이 맛있다 하시니 전 기분 좋아요."

"그런데 호란아, 내가 다녀올 때가 있어. 오늘 해란이 좀 부탁할게."

"어디를 가시려고요?"

"태자님의 사당에 좀 다녀오려고 해."

"그럼 빨리 다녀오세요."

"응, 알았어."

호란에게 해란을 맡기고 말을 타고 아란비는 창원에 있는 해명태자의 사당으로 갔다. 사당에 들어서니 만감이 교차한다. 그녀는 그동안 해명태자와 함께 했던 기억들을 떠올려 본다. 어떻게 보면 길지 않은 만남이었지만 쌓은 정은 이루 말할 수 없는 것이었다. 그녀는 사당에서 해명을 생각하니 눈물이 멈추지를 않는다. 그녀는 그렇게 울다가 사당에서 나와 말에 오른다. 말에 오른 그녀는 그녀가 늘 자주 다녔던 아리라(지금의 송화강)로 향했다. 사냥을 나올 때마다 건넜던 강이다. 어려서부터 친했던 아리라 강이기에 어느 곳이 깊은지 얕은지 너무도 잘 아는 아란비 공주다. 그녀는 말을 몰아 아리라 강의 가장 깊은 곳으로 갔다. 그리고 신을 벗어 가지런하게 놓고 높은 절벽에 선다. 밑은 천길 절벽에 수심이 가장 깊은 곳이다. 그녀는 입으로 뭐라고 중얼 거린다.

"아바마마, 용서해 주세요. 아바마마의 못난 딸 아란비 먼저 떠납니다. 그리고 해란아, 어미 없어도 잘 자라줄 거지? 어미 먼저 간다고 원망하지 말아라. 어미는 태자님이 너무 보고 싶어 먼저 간단다. 호란아, 우리 해란이 잘 부탁할게. 흐흐흑."

그녀는 아무 것도 보이지 않았다. 다만 그녀의 눈에는 해명태자의 환영만 보일 뿐이었다. 그녀는 처연한 얼굴로 하늘을 우러러본다.

"태자님, 전 당신이 없는 이 세상에서 더 이상 살아갈 희망이 없어요. 이제 이 아란비도 당신 곁으로 가려고 합니다. 우리 이 세상에서 이루지 못한 사랑 저 세상에서 이루도록 해요. 그리고 다음에 다시 태어난다면 우린 평범하게 태어나 마음 것 사랑을 누리며 살고 싶어요. 흐흐흑."

그녀는 아무런 생각도 없이 아리라 강의 깊은 물로 그 연약한 몸을 던지고 말았다. '풍덩' 하는 소리와 함께 그녀의 가냘픈 몸은 물속으로 가라앉기 시작한다.

해명태자의 환상이 아란비에게 다가온다.

"아란비, 이러면 안돼요. 우리 해란이는 어찌 살라고 당신마저 이러면 안 됩니다."

"태자님, 난 당신이 너무 보고 싶어요."

"아니요. 여기는 당신이 올 곳이 아니랍니다. 어서 돌아가세요."

그녀에겐 해명태자의 말은 아무런 소용이 없다. 그만 생각하면 아무런 고통도 없다. 물속에서도 행복할 뿐이다. 그 다음 날 아란비가 타고 나간 말이 안장이 빈 채 집으로 돌아 왔다. 호란이 말(馬)을 보니 아란비의 말(馬)인데 아란비는 없고 혼자 온 것이다. 그리고 말(馬)이 호란의 소매를 물고 잡아끈다. 어딘가로 가자고 하는 것 같았다. 호란은 이상하다 생각하며 해란과 함께 말이 끄는 대로 가고 있었다. 호란은 말을 따라가며 말이 가는 곳에 분명히 아란비가 있을 것이란 확신이 생겼다.

"공주님께 무슨 변고가 생긴 것이 틀림이 없구나. 그러나 공주님 잠시만 기다려 주세요. 이 호란이가 갑니다."

그렇게 생각을 하며 따라가니 말은 아리라 강의 높은 절벽으로 호란을 끌고 가고 있는 것이었다. 그러자 호란의 마음에 불길한 예감이 들기 시작했다.

"아니 공주님이 왜 이런 곳에 계신단 말인가?"

불길한 예감 속에 말이 안내한 곳에는 아란비는 보이지 않고 아란비가 신었던 가죽신만 가지런히 놓여 있었다. 호란은 아란비가 그 절벽 아래로 떨어져 자진 한 것을 금방 알 수 있었다.

"공주님, 왜 이런 일을 저질렀어요. 으흐흐흑흑."

호란은 아리라 강(현 : 송화강)의 절벽 끝에서 목 놓아 한없이 울었다. 해란도 영문도 모른 채 호란이 우니 따라 울고 있다. 그러나 호란은 여기서 마냥 울고만 있을 수 없었다. 일단 아란비 공주의 시신은 수습을 해야만 했다. 늦은 밤까지 그곳에 머물다 일단 집으로 돌아온 호란은 다음날 백유와 설로를 찾아갔다. 그러나 백유와 설로는 집에 없었다. 옆집에 물으니 사냥을 나간 것 같다고 하는 것이었다. 힘없이 발길을 돌리려는 데 백유와 설로가 말을 타고 들어오고 있었다.

21. 황룡국으로

호란을 발견한 백유와 설로가 말에서 급히 내려 묻는 것이었다.

"나는 공주님을 뵈러 다녀오는 길인데 아무도 없어 태자님의 사당에 가 봐도 아무도 없고 혹시 이곳에 오셨는가 해서 급히 왔는데 무슨 일이 있는가?"

"흐흐흑흑, 공주님이 돌아가신 것 같아요."

"아니, 그게 무슨 소리야? 돌아 가셨으면 돌아가신 것이지 돌아가신 것 같다는 말은 뭔 말이야?"

호란은 그간 있었던 일을 낱낱이 백유와 설로에게 말했다. 백유와 설로는 놀라며 그럼 공주님께서는 돌아가신 것이 틀림없는 일일세. 어흐흐흑흑.

호란도 함께 따라 울고 있었다. 그러자 울고 있던 두 사람이 눈물을 닦고 단호히 말했다.

"아직 우리가 공주님의 시신을 보지 못했으니 일단 아리라강으로 가자. 가서 공주님의 시신을 찾아 수습을 해야 할 것이 아니겠느냐."

그들은 급히 아리라 강의 하류로 말을 몰고 갔다. 강줄기를 따라 아란비의 행방을 찾았으나 상류에서는 아란비의 흔적조차도 찾을 수 없었다. 그렇게 헤매던 끝에 하류에서 아란비가 입고 있던 옷 조각을 발견하게 되었다. 옷 조각은 비단으로 짠 옷이었는데 아란비도 그 옷은 아껴 입던 옷이었다. 옷 조각을 발견한 백유와 설로가 말했다.

"공주님이 이곳 하류에 있을 것은 분명하구나. 옷 조각으로 봐서는 공주님이 살아 계실 수도 있을 것 같구나."

"어째서지요?"

옷으로 보아 어디 나무와 같은 곳에 걸려서 찢어진 것 같은데 그렇다면 물살에 떠내려 오다 나무와 같은 곳에 걸려 살아 계실 수도 있어. 빨리 찾아야 되겠어. 시간이 없다."

백유와 설로는 지금 것 내려왔던 아리라 강의 상류로 다시 급히 올라가기 시작했다. 그때였다. 뽀얀 연기 속에 해명태자가 나타났다.

"백유, 설로야, 고맙구나. 끝까지 남아 나를 돕는구나. 지금 시간이 없다. 너희들이 가는 방향 즉 아리라 강 상류로 올라가면 아란비 공주가 나뭇가지에 걸려 살아 있을 것이다. 지금 시간이 없다. 그녀의 몸이 식어 간다. 빨리 가서 살리기 바란다."

하고 해명태자는 홀연히 사라졌다. 백유와 설로는 해명태자가 아란비 공주를 살리기 위해 자신의 앞에 나타났다고 생각했다. 그는 급히 호란을 불렀다.

"호란, 어쩌면 공주님이 상류 쪽 어딘가에 살아 계실 확률이 있어. 지금 해명태자님이 나타나 상류 쪽에 아란비 공주님이 살아 계신다 했어. 우리가 먼저 가서 공주님을 찾을 테니 천천히 올라와."

하고 두 사람은 상류를 향하여 비호와 같이 달려간다. 백유와 설로가 상류로 올라가며 강가 나뭇가지들을 유심히 보며 가는데 어느 고목과 같은 나뭇가지에 여자의 머리가 걸려 떠내려 가지 않고 물살이 출렁일 때마다 몸이 흔들리고 있었다. 백유는 아란비 공주가 틀림없다고 확신을 하고 그곳으로 달려갔다. 다행히 긴 머리가 나무에 걸려 얼굴 부위가 물에서 나와 있어 숨을 쉴 수 있었기에 생명은 구한 것 같았다. 백유와 설로는 아란비 공주를 발견하자 우선 그가 숨을 쉬는지 코에 손을 대봤다. 미약하게 숨을 쉬고 있었다. 두 사람은 속으로 쾌재를 불렀다. 그리고 해명태자에게 감사를 했다.

"아, 공주님이 살아 계셨구나. 태자님, 감사합니다. 만약 돌아가셨다면 훗날 태자님을 어찌 뵐 면목이 있었겠습니까. 공주님, 살아 계셔서 고맙습니다."

두 사람은 우선 아란비의 인공호흡이 급했다. 그녀를 안아다 평지에 뉘이고 가슴을 누르며 인공호흡을 시켰다. 아란비 공주가 많은 물을 토해낸다. 그러나 아란비는 쉽게 깨어나지를 않는다. 두 사람은 아란비 공주가 죽었다고 절망에 빠져 있었는데 살아 있는 것을 알고 환호성을 지른다. 그들은 멀리서 올라오고 있는 호란을 향하여 소리를 질렀다. 그의 목소리는 환희에 찬 목소리였다. 아란비가 죽었다고 절망에 빠져 있었는데 이렇게 살아 있으니 그 기쁨이 얼마나 컸겠는가? 그는 호란을 향하여 미친 듯 소리를 질렀다.

"호란이, 공주님이 살아 계신다. 빨리 와."

"뭐라고요? 공주님이 살아 계신다고요? 아, 하늘님, 감사합니다."

호란은 숨이 턱에 찼지만 아란비가 살아 있다는 말에 단숨에 뛰어왔다. 그러나 호란이 아란비를 보니 사람이 아니었다.

그녀의 몸은 처참할 지경이었다. 몸 곳곳에는 떠내려 오며 돌이나 나뭇가지에 긁혀 난 상처가 여러 군데 있었다. 그러나 지금은 그런 걸 생각할 여지도 없었다. 지금은 아란비 공주가 깨어나는 것이 우선이었다. 인공호흡을 해 물을 토해내게 하였으니 안심은 되지만 찬 물에서 오랜 시간 있었기에 체온이 떨어져 있어 빨리 집으로 가서 따뜻한 물로 씻기고 몸을 따뜻하게 한 다음 안정을 취해야 했다.

"두 분 장군님, 우선 공주님을 말이 있는 곳까지 모시고 가야겠어요."

"알았다."

백유와 설로는 아란비를 안고 말이 있는 곳까지 갔다. 축 늘어진 아란비가 무게를 느끼게 했지만 백유는 그런 것을 느낄 수 있는 시간조차도 없었다. 그는 아란비 공주를 말에 태우고 호란과 함께 집으로 왔다. 집으로 돌아온 호란은 아란비를 따뜻한 곳에 눕히고 옷을 갈아 입혔다. 호란이 옷을 갈아입히는 동안 백유와 설로는 물을 데우기 위하여 장작에 불을 지피고 가마솥에 물을 길어다 가득 채웠다. 한참 후 물이 끓자 끓은 물에 찬물을 적당히 타서 따뜻하게 한 다음 호란이 아란비를 씻기기 시작했다. 그렇게 따뜻한 물로 씻기자 아란비의 얼굴에 핏기가 돌기 시작한다. 점점 그녀가 살아나기 시작한 것이다. 집으로 온지 열흘이 지난 후 아란비 공주가 깨어났다. 얼굴에서 땀이 나더니 몸을 마구 흔들어 댄다. 그리고 눈을 번쩍 뜨는 것이었다. 그러나 동공엔 맥이 풀려 있었다.

"여기가 어디야?"

"공주님, 여긴 우리가 살고 있는 집이랍니다."

"내가 여기에 어떻게 와 있지?"

"공주님이 아리라 강에 투신 하신 걸 하늘이 도와 사신 겁니다."

호란의 말을 듣자 벌써 오래 전의 일같이 느껴진다. 죽음 직전에서도 해명태자와의 꿈같은 만남이 감미롭게만 느껴진다. 해명태자가 자신이 물에 빠지며 정신을 잃을 때 해란을 생각해 빨리 돌아가라고 했던 생각이 떠올랐다.

"왜 나를 살렸어. 그냥 죽게 내버려 두지. 나는 죄가 많아 태자님도 죽게 한 년인데 ,흐흐흑흑."

아란비는 울음을 그칠 줄 모르고 계속 울어댄다. 호란도 어린 해란도 밖에 서 있는 백유와 설로도 함께 울고 있었다. 그렇게 3개월의 시간이 흘렀다. 아란비 공주도 이제는 건강을 되찾은 듯 했다.

"공주님, 이젠 몸이 어떠신가요?"

"응, 이제 다 낳은 것 같아. 호란이 너와 두 분 장군님이 아니었으면 난 죽고 말았겠지?"

"공주님도 왜 그런 말씀을 하세요."

"난 이제 안 죽을 거야. 내가 정신이 어디 갔었나봐. 해란이는 어떻게 살라고 내가 그 짓을 했는지 알 수가 없어. 난 내가 죽고 싶어도 죽을 목숨이 아니야."

"호호호, 어째서요?"

"난 전에도 너와 함께 호랑이 밥이 될 뻔 했을 때도 해명태자님이 살려 주었잖아. 그런데 이번에도 너와 두 분 장군님이 살려 준 것을 보면 쉽게 죽을 목숨이 아닌 것 같아."

그날 밤 밤이 늦도록 지난 이야기에 꽃을 피웠다. 이야기로 꽃을 피우다 보니 날이 밝아오는 줄도 몰랐다. 아란비 공주가 하품을 한다. 그리고 호란도 마찬가지였다. 누가 먼저랄 것도 없이 그 자리에서 잠이 들고 말았다. 다음날 일어나니 누가 찾아 왔다는 것이었다. 이웃에 사는 여인이 찾아온 사람을 안내해 데리고 온 것이었다.

"어린 딸아이와 살고 있는 사람을 찾는다 하여 저는 모시고 왔어요."

아란비가 안내되어 온 사람을 보니 자신은 전혀 알지 못하는 사람이었다.

"나는 알지 못하는 사람인데요."

그러자 그 사람이 아란비에게 말했다.

"저는 황룡국에서 왔습니다. 폐하께서 공주님에게 전해드리라 하여 공주님께 드릴 서신을 가지고 왔답니다. 공주님은 쇤네를 잘 모르시겠지만 쇤네는 궁궐에서 뵈어 알고 있습니다."

"그랬구나."

아란비는 그 사람이 내민 황룡국 왕이 보낸 서신을 펼쳐 읽는다.

아란비 보아라.

고구려에서 고생이 많을 줄 안다.

해명태자가 이미 세상 사람이 아니라는 것도 소문을 통해 다 알고 있다.

나는 네가 이제나 저제나 올 줄 알고 기다리고 있는데 아무리 기다려도 오지를 않는구나.

아란비야,

이 애비도 이젠 늙었구나.

네가 빨리 돌아와 이 애비 좀 도와주고 마음 편히 살게 해다오.

해란이도 많이 컸을 텐데 그 놈도 많이 보고 싶구나.

아란비야, 하루라도 빨리 오너라.

애비가

황룡왕의 편지는 아버지의 애잔함이 절절 넘쳐흐르고 있었다.

"흐흐흑흑, 폐하, 이 아란비 아버님을 잠시 잊었던 듯합니다. 이 아란비를 용서해 주세요. 아버님을 뵈러 곧 가겠습니다. 흐흐흑흑"

그녀는 잠시나마 자신의 나라인 황룡국을 잊고 살아온 것이 부끄러웠고 아버지인 황룡왕을 잠시나마 잊고 살아온 것이 죄스러웠다.

"호란이, 우리가 이젠 황룡국으로 갈 때가 된 것 같다. 그간 고생 많았다. 두 분 장군님들도 그간 고생이 많았는데 어떻게 저와 함께 가시지 않겠어요?"

"저희가 가는 것은 좋으나 황룡국으로 간다면 고구려를 배반하는 것이 되기에 함께 살 수는 없을 것 같습니다."

"장군님들, 아쉽네요. 장군님들이 가셔도 일체의 벼슬이나 어떠한 직책을 가지고 있지 않으면 되지 않겠어요."

“아닙니다. 공주님이나 저의 마음이 그렇다 해도 고구려에서는 그렇게 보지 않을 겁니다. 공연히 돌아가신 해명태자님께 누가될까 두렵습니다. 공주님의 따뜻한 마음 잊지 않겠습니다. 편히 가십시오.”

“네, 아쉽지만 두 분 장군님의 뜻이 정 그렇다면 뜻대로 하십시오. 그간 저로 인하여 고생하셨고 감사했습니다. 호란아 우리도 출발을 하자.”

아란비 공주는 아쉬움 속에 백유, 설로와 작별을 하고 황룡국을 향하여 떠나고 있었다. 그들이 이별을 하고 있을 때 멀리 산 위에서 말에 탄 채 그들을 보며 눈시울을 적시는 사람이 있었다. 그는 시골로 낙향한다고 했던 부영걸 장군이었다. 그도 차마 아란비 공주를 두고 떠날 수가 없어 계속 그곳에 남아 아란비 공주와 백유와 설로를 숨어서 지켜보고 있었던 것이다.

“공주님, 소장이 죽을 때까지 태자님은 저에게는 주군(主君)입니다. 편안히 가시옵소서.”

아란비 공주가 떠나는 산마루에 석양빛이 붉게 물들고 있었다. 〈끝〉

P 프롤로그

고구려 건국에 관한 이야기는 참 많다. 건국 신화나 이야기를 보면 거의가 신화적인 이야기가 주를 이룬다. 고구려는 기원전 37년에 세워진 나라이다. 이때 주몽의 나이가 22세였으니 그때의 나이로는 빠른 것도 아닌 것이다. 광활한 만주 벌판에서 웅지를 키워온 청년의 나라, 고구려(高句麗)는 신성하고 밝고, 높은 나라란 뜻이다.

주몽은 나라를 세운 뒤 자신의 성씨도 '밝음'을 상징하는 고씨로 삼았다. 이는 훗날 주몽왕의 시호가 된 동명성왕(東明聖王)의 뜻과도 무관하지 않다. 우리나라 5000년의 역사를 통해서도 주몽은 어진 인물이었다. 주몽이 동부여의 박해를 피해 한낱 산간지역에 위치한 졸본지역에 도읍하여 훗날 동아시아를 떨게 만든 대제국으로 발전시킨 것은 그 치열한 정신과 민중의 마음을 휘어잡을 수 있는 탁월한 지도력 때문이었다. 동명성왕 주몽은 고구려를 위해 준비된 제왕이었다. 그는 한창 혈기왕성한 젊은 나이임에도 불구하고 타협할 줄 아는 지도자, 남을 설득시킬 줄 아는 지도자였다. 초기 고구려는 순노부, 소노부, 관노부, 절노부 등 5개의 부족 연합국가 형태였다. 동명성왕이 이들을 하나로 묶어 중앙집권체제를 유지할 수 있었던 것은 그만큼 통솔력이 뛰어났다는 것을 의미한다. 주몽은 4년이 지나도록 변변한 궁궐 하나 짓지 않았다. 무엇보다 중요한 건 하루 빨리 영토를 확장하여 제대로 된 국가의 면모를 갖추는 일이었다. 당시 비류수 중류 지역에는 말갈족들이 살고 있었다. 주몽은 먼저 말갈족들을 쫓아낸 다음 상류에 있던 비류국을 정벌한다. 그리고 난 후 비로소 성을 쌓고 궁궐을 짓기 시작하면서 본격적인 영토 확장에 들어간 고구려는 주몽 즉위 6년, 행인국을 정벌하고 즉위 10년에는 다시 북옥저, 병합에 성공하게 된다. 북쪽에서 내려온 이방인에 불과한 주몽이 자신의 지지기반을 확고히 하고 완벽한 통치력을 발휘하기 위해선 토착 세력들과의 정치적 결탁이 불가피했다. 그래서 한동안 고향에 두고온 예씨 부인을 생각하며 왕비를 들이지 않던 주몽은 어쩔 수 없는 선택의 기로에 놓이게 된다. 주몽의 둘째 부인 소서노는 이미 한번 결혼한 경력이 있는 미망인에다 비류라는 아들까지 있었다. 애까지 딸린 과부이긴 해도 소서노의 집안은 꽤나 막강했다. 실제로 그녀의 집안은 주몽이 나라를 세울 때 재정적인 후원자 역할을 했다. 동명성왕 14년째 되던 해, 부여국으로부터 유화부인이 사망했다는 비보가 날아들었다. 이 때 주몽은 고구려 국왕 자격으로 부여국에 조의를 표하는 사신을 보낸다. 예씨 부인은 그보다 오래 전에 자신의 남편이 고구려 왕이 됐다는 사실을 알고 있었을 것이다. 그녀는 사신을 통해 주몽에게 자신이 아들을 낳았으며 그 아이가 아버지를 닮아 영특하고 용맹한 청년으로 성장했다고 알렸다. 그 아이가 훗날 동명성왕(東明聖王)의 뒤를 이어 고구려의 2대 왕이 된 유리 왕자였다. 금와왕의 총애를 한 몸에 받던 유화부인마저 세상을 떠나자 유일한 보호자를 잃은 예씨 부인은 고구려로 들어오겠다는 의사를 강력히 피력했을 것이다.

예씨 부인과 유리의 등장은 고구려 정가에 돌풍을 불러일으킨 일대 사건이었다. 이미 고구려의 왕비가 된 소서노는 그동안 착실히 자신의 세력 기반을 닦아 놓았다. 장성한 두 아들을 둔 그녀로서는 전부인과 그 아들의 존재가 달가울 리 없었다. 예씨 부인과 유리가 고구려로 들어오기까지에는 유화부인이 사망한 뒤로도 4년이라는 시간이 걸렸다. 동명성왕 19년째의 어느 봄날, 예씨 부인과 유리가 부여를 탈출해 들어왔다. 주몽은 그들이 입국하는 즉시 유리를 책봉하여 만천하에 후계자로 공표한다. 그 동안 차일피일 하며 태자 책봉을 미뤄왔던 주몽에 대해 의구심을 품어 왔던 소서노와 그 두 아들은 말 그대로 낙동강 오리알 신세가 되고 말았다. 그해 동명성왕(東明聖王)은 40세를 일기로 세상을 떠났다. 마치 자신이 세운 나라를 유리에게 물려주기 위해 19년 동안 나라를 지켜오기라도 한 것처럼 태자 책봉 5개월 만에 돌연 사망한 것이다. 생면부지의 이복형제가 왕위를 이어받게 되자 비류와 온조는 주저 없이 반기를 들었다. 여기에는 왕비인 소서노의 세력들도 가세하게 된다. 그러나 대세는 이미 기울어 있었다. 동명성왕이 생전에 자신의 보위를 이어 받게 될 아들을 위해 확실한 지지기반을 마련해 두었던 것이다. 대권다툼에서 패한 비류와 온조, 소서노 왕비는 자신들의 세력을 이끌고 북만주에서 한반도로 탈출을 강행한다. ("왕의 책사"에서 인용함.)

여기서 느끼는 것은 아버지인 동명성왕 주몽에 비해 유리왕은 자신이 낳은 친자식이라도 가차 없이 자신의 마음에 들지 않으면 내치거나 죽여 버리는 비정함이 있었다. 주몽이 강하게 유리를 밀었기에 고구려 초기에서는 왕자의 란(亂)과 같은 비극이 발생하지 않은 것이다. 조선 초기에 발생한 배다른 형제들 간의 권력 다툼을 보라. 얼마나 처참한 골육상전이었는가? 그걸 보면 고구려의 주몽은 자신이 얼마 살지 못하고 죽는다는 것을 알고 미리 장자인 유리에게 왕위를 물려주기 위해 치밀하게 각본을 짜놓고 죽은 것이었다. 여기서 우리는 권력의 비정함을 다시 한 번 느껴보아야 할 것이다.

2018년 월 일 도봉산 자락에서 저자

고구려 역사소설
해명태자와 다물(多勿)

초판인쇄일 I 2019년 4월 25일
초판발행일 I 2019년 4월 30일

지은이 I 봉 필 현
발행인 I 이 형 중

발행처 I 도서출판 동 강
주　소 I 서울시 성동구 성수2가 3동 277-1
전　화 I 02-2277-0423
팩　스 I 02-2277-0423
이메일 I sjmj0423@hanmail.net

ISBN I 978-89-956259-6-5 03810

정가 15,000원